原名《向癌挣命》获阅文集团第四届现实题材网络征文大赛优胜奖

U0869459

向尘埃

陈新文题

殷君发 著

天津出版传媒集团
百花文艺出版社

图书在版编目（CIP）数据

向尘埃 / 殷君发著 . -- 天津 : 百花文艺出版社 , 2023.4

ISBN 978-7-5306-8546-4

Ⅰ . ①向… Ⅱ . ①殷… Ⅲ . ①长篇小说－中国－当代 Ⅳ . ① I247.5

中国国家版本馆 CIP 数据核字 (2023) 第 059746 号

向尘埃

XIANG CHENAI

殷君发　著

出 版 人：薛印胜

责任编辑：郑　爽

封面题字：陈新文

装帧设计：百悦兰棠 [BAIYUE LANTANG]

出版发行：百花文艺出版社

地址：天津市和平区西康路 35 号　　**邮编：**300051

电话传真：+86-22-23332651（发行部）

+86-22-23332656（总编室）

+86-22-23332478（邮购部）

网址：http://www.baihuawenyi.com

印刷：廊坊市海涛印刷有限公司

开本：787 毫米 ×1092 毫米　1/16

字数：258 千字

印张：15.75

版次：2023 年 4 月第 1 版

印次：2023 年 4 月第 1 次印刷

定价：68.00 元

如有印装质量问题，请与廊坊市海涛印刷有限公司联系调换

地址：河北省廊坊市安次区码头镇金官屯村海涛印刷有限公司

电话：（0316）2516002　邮编：065000

版权所有　侵权必究

目 录

主要人物

1. 李锦平：市人民医院肿瘤内科主任。
2. 何向东：市人民医院心内科主任。
3. 王晓源：李锦平妻子，小学教师，癌症患者。
4. 李高峰：李锦平儿子。
5. 黄学倩：市人民医院肿瘤内科护士长。
6. 郑　昕：黄学倩丈夫。投资失败，离婚之后远走他乡，生死不明。
7. 何英丽：市人民医院肿瘤内科护士。
8. 江明剑：老板，肺癌患者，立下遗嘱，成立抗癌基金会。
9. 刘翠英：江明剑夫人。
10. 刘　淳：刘翠英侄女，何向东妻子。
11. 谢金韵：农民，结肠癌患者。
12. 谢铭莱：修理工，谢金韵儿子。遭遇车祸意外身亡。
13. 夏晶晶：市人民医院肿瘤内科医生。
14. 周达善：老板，胃癌病人。
15. 陈瑾利：周达善前妻。
16. 姜力祥：肝癌患者，抗癌基金会第一个受益者。
17. 李云昊：市人民医院院长。
18. 向姝琳：导管室护士。
19. 金奥韦：肿瘤小患者。
20. 庄　强：医务部主任。
21. 雪　雪：郑昕和黄学倩的女儿。
22. 柳　川：网络软件和心脏支架经销商。

一

冬天连续下七天暴雨，非常罕见。

万千尘埃沾上雨水，被风雨裹挟着，急速向地面扑去。雨水密密麻麻倒下来，李锦平担心，再这么下去，洪灾会不期而至。一想到洪灾，他的心就“咯噔”下沉。小时候，一场大洪灾，夺走了爷爷奶奶的生命，他第一次体会到死亡的撕心裂肺。尔后，他学医，当上了肿瘤科医生，在死神面前，病人就像被风雨裹挟的尘埃，坠向万丈深渊。每每直面死亡，他都竭力抢救。

李锦平与家人吃过团圆饭，匆匆赶往医院。暴雨丝毫没有停下来的意思，向着大地倾泻，天地混沌，思绪恍惚。走到仙山峰下，他习惯性抬眼望望，暴雨中的仙山峰一如既往地矗立。不远处，湘江呼啸奔腾，江南书院却处子般静谧。市人民医院依山傍水，忠实护卫一方健康。

每年惯例，李锦平都要召集肿瘤内科医务人员、病人和家属一起包饺子、吃饺子。

春节前，能出院的病人都回家团聚了，只有一些病情严重的，或者处于弥留之际的晚期病人留在医院过年。一些病人命悬一线，来日无多，有的按月计算，有的按天计算，他们既对活下去充满了渴望，又被病魔折磨得绝望，过了这个年，恐怕有人挨不到下一个年。

李锦平一脚跨进病房，就感受到了浓浓的年味儿。护士长黄学倩已经带着医务人员在科室忙活起来，和面的、剁馅子的、擀饺子皮的、包饺子的，场面异常活跃，给这个平时安静得抑郁的病房，增添了些许生活气息。

李锦平先去病房看了几个危重病人，再挨个儿查房，一圈儿下来，才放心过来和大家一起包饺子。

虽说李锦平是典型的南方人，包饺子却是一把好手。只见他双手三下五下捏了几下，一个剔透留香的饺子就包好了，擀饺子皮的何英丽跟不上他的节奏，护士长黄学倩帮忙，才勉强跟上他的速度。

黄学倩笑着说："李主任，知道您是包饺子的高手，别秀技术了，慢点，离除夕夜还早。"

何英丽好奇李锦平包饺子的手艺，问道："护士长，李主任是不是拜过师，专门学过包饺子？"

李锦平停下来，伸直手指，说："我当实习生时，普腹外科带教老师看到我这双手，想把我留下，后来却阴差阳错当了肿瘤内科医生。"

何英丽跟李锦平比了比手指，笑着说："李主任，您手指是我手指两倍长！我确认过眼神，您这双手，更适合弹钢琴！至于包饺子，有点儿委屈了这纤纤十指。"这位95后的小姑娘，说话时不时冒出几句网络语言。

黄学倩瞥了何英丽一眼，何英丽收起话题，吐了吐舌头，做了一个鬼脸儿，赶紧擀起了饺子皮。

长期赶时间，李锦平养成了吃饺子的习惯。包一次饺子，够吃一周的早餐，省时省力，久而久之，包饺子技术就练得炉火纯青了。有时，他跟妻子开玩笑，说将来退休了，要开个饺子馆，把这个手艺分享给大家。

玩笑归玩笑，李锦平做事一丝不苟，在全院是出了名的。只要他想干的事，没有干不成的。比如，肿瘤内科坚持了五年的除夕包饺子活动，就从未间断过。

医生、护士、病人、家属，有说有笑，奏响一曲除夕乐章，仿佛一个温馨的大家庭。2床病人江明剑的家属刘翠英忽然跑过来，急切地说："李主任，您去看看，我家老头子醒了，想跟您说几句话。"

李锦平的心忽然悬了起来。他连忙洗净手，赶到江明剑床边。江明剑半眯着眼，挂着吊瓶，戴着氧气面罩，让李锦平意外的是，他灰黄的脸上竟然有了一丝红润。

听到脚步声，江明剑示意刘翠英将床摇起来，自己把氧气面罩向下颌挪了挪，露出嘴，虚弱地说："李主任，今天过年！"

李锦平说："老爷子，今天过年了，祝您早日康复！"

江明剑半眯着眼，说："我知道，你是……逗我开心……这个坎儿，我怕是……过不去了……"江明剑憋红了脸，费力地说着每一个字，说几个字，就要停顿很久。

江明剑是肺癌晚期病人。最大限度减轻他的痛苦，让他有尊严地走完人生最后一程，是李锦平每天需要面对的。有时，李锦平看到癌魔折磨病人，自己却只能使用镇痛剂这种治标不治本的办法，很是无奈。

喘息一会儿，江明剑用力睁开眼睛，盯着李锦平，说：“今天过年……过完年……我就该……走了！”

刘翠英的眼泪一下子就出来了，低声说道：“老江，别瞎说，你说过不忍心丢下我不管的。你不在了，我怎么活？”

“老爷子，咱们说点高兴的话题，大家都在包饺子，等会儿尝尝我们的手艺。”李锦平尽量让自己的语气轻松起来，减轻江明剑的思想压力。

江明剑憋着一口气，从枕头下摸出一个信封，递给李锦平，说：“请帮我……转交给……心内科……大夫……何向东……”

江明剑的手在空中扬了一会儿，信缓缓地飘落到病床上。李锦平赶紧呼叫，医生护士都赶了过来，插管吸痰、心肺复苏、止血止咳，忙活了将近半个小时，江明剑终于恢复了心跳，死灰的脸上有了一点儿血色。

刘翠英看江明剑又活过来了，“扑通”一声跪倒在地，声泪俱下地哭道：“李主任，黄护士长，感谢你们又救了他一命！他走了，我也不能活了！”

李锦平赶紧将刘翠英扶起来，说：“使不得使不得！您起来说话。”刘翠英抹一把眼泪，哽咽着说：“李主任，我和他没有孩子，他走了，我真的不知道怎么活下去！求求你，治好他！治好他！”

李锦平说：“刘大姐，您休息一会儿！我们都希望自己的病人能早日康复！”

江明剑在肿瘤内科住了大半年。李锦平清楚地记得，那天是他在门诊接诊的江明剑。那时的江明剑，抽烟一根接着一根，咳嗽不停，痰中有血。

李锦平跟刘翠英单独沟通，刘翠英一下子就瘫坐在椅子上。李锦平问她，要不要将病情告诉他自己？江明剑却推开了诊室的门，说自己已经猜到了结果，让刘翠英和医生不要再瞒他，自己会坦然面对。李锦平没有料到，江明剑还算豁达。江明剑反倒劝慰起刘翠英：“即使咱们没有子女，即使将来我离开了你，你也要好好活下去！”

李锦平每天面对人间悲剧，却能感受人间最真挚的感情。

黄学倩问李锦平：“李主任，饺子煮好了，开始吃吗？”

李锦平从回忆中走了出来，病房内弥散着饺子的香味儿。李锦平走出病房，故意拖长了声音说：“吃饺子了——大家过年好——”

病房又生动起来。大家暂时忘却了重疾的困扰，忘却了人间的痛苦，祝贺新年，期待来年美好！

年，是时间的标志，更是生命的标志。岁月枯荣，虫鸣鸟叫，风霜雨雪，生命来来往往，更替从未间断。

7 床病人谢金韵的儿子谢铭莱拿来了自己家酿的谷烧酒，给每个人倒了一杯，说："李主任，今天过年，我敬你们一杯！"然后，一仰脖子，"咕咚"喝个精光。

李锦平本来不怎么喝酒，谢铭莱这么豪气，他也象征性地喝了一下。谷烧酒的度数高，李锦平感觉有一团火"刺啦"一声，从咽喉一直烧灼到胃，他连吃了四五个饺子，才没有吐出来。

谢铭莱笑着说："李主任，谷烧酒要一小口一小口慢慢喝。"

李锦平擦了一下呛出来的眼泪，缓了一下，说："我觉着这喝酒也和医生治病一样，得根据实际情况用药，量大量小，要看个体差异。"

"当医生的，三句话不离本行！"谢铭莱竖起了大拇指。

李锦平尝试着按照谢铭莱的说法，抿了一小口，这次的感觉就不一样了，喝出了粮食的醇香，酒曲的绵长，丝丝入心田。

大家有说有笑，欢欢喜喜迎接新春，病房俨然成了一个欢乐的大家庭。李锦平多么希望，能留住这一刻的美好，留住过年的喜庆。

饺子吃完了，李锦平带着医生护士挨个巡查一遍病人，才走出了医院。

雨停了，竟然下起了雪。精灵般的雪花，飘洒在人间每一个角落，将大地装扮得素洁高雅。

李锦平是踩着新春的钟声回到家的。爸妈和妻子正在观看春晚，儿子李高峰一个人在书房玩游戏，听到父亲关门的声音，赶紧关了电脑出来。一家人相互祝贺新春，李高峰今年高考，今年说得最多的祝福语，就是祝他考上理想的大学。

说来也巧，李高峰理想的大学是医科大学，算是子承父业。

李锦平拉过一把凳子，让李高峰坐下，问道："说说，依你现在的成绩，考上医科大学的把握多大？"

关系高考大事，爷爷主动把电视关了。李高峰信心满满，说："我感觉没问题。"

孩子踌躇满志，做父母的当然开心。李锦平笑了，说："自信满满啊。希望你兑现承诺，不要沉迷于游戏。"

李高峰撇撇嘴，拖长了声音回答道：“知道了——过年还不让我放松一下啊？”

李锦平知道，自己的那套大道理，在孩子这里已经不起作用了，这可能就是代沟吧。小时候，孩子能听你的话，长大了，你和孩子谁都无法说服谁，再往后，父母看着孩子成长、起飞，父母只能放手。

李锦平说：“有目标，就朝着这个方向努力，千万不能半途而废。”

李高峰嘟囔道：“谁不知道啊，你好歹也是大医院的科主任，啥时候开始变得这么唠叨了？”

李锦平愣了一下，转向妻子王晓源，问：“我唠叨吗？”

王晓源不置可否。李锦平求救般将目光转向父母，父亲倒是耿直：“医生当久了，是不是都有点唠叨？生怕别人不懂你的意思。”

李高峰得意地打了一个响指，说了声“晚安”，就回房睡去了。

李锦平望着儿子的背影，一脸迷茫。

家人陆续休息去了。李锦平有守岁的习惯。所谓守岁，就是除夕这晚，通宵不睡。李锦平理解守岁，一方面守着一年的平安，守着一年的健康，一方面希望科室病人安然度过除夕之夜。

李锦平斜倚在沙发上，顺手拿起小说《大清相国》，细细阅读陈廷敬的故事。不为良相则为良医。做医生和做相国，有很多相通之处，医生的生存法则是德、术、稳、快、准。做官，是学成文武艺，货与帝王家；做医生，是探寻人体奥秘，拯救人类疾患。

一杯茶，一本书，任思绪遨游，忘却柴米油盐，与故事中的主人公进行心灵对话，实在是人生一大乐趣。茶是红茶。李锦平爱茶，尤爱红茶，他爱红茶的馨香，爱红茶暖心的红。

除夕注定灯火辉煌。除夕的灯，元宵的火，是家乡的习俗，说的是除夕晚上，家家户户灯火辉煌，家里所有的灯都要亮起来，平安辞旧岁，亮堂迎新春，元宵节晚上，大家点上火把送龙灯，祈祷灾星祸害都随龙灯去。过年，过的是一个团圆，图的是一份吉祥，盼的是一年平安。

李锦平看书喝茶，时而拿起手机瞧瞧。他不是手机控，而是挂念科室的病人。这个时候，他真的担心接到电话。人家过年团团圆圆、红红火火，肿瘤内科的人过年，不管医生还是病人，都有许多感慨和惆怅，这一年，多少人走了，多少人不幸患上了肿瘤，多少人在与万恶的肿瘤抗争！

李锦平无意中触摸到口袋里的信。信封被封得严严实实，信封上的楷书颇见书法功底：市人民医院心内科何向东主任收。

李锦平盯着信，有些迷茫。那一年，何向东是心内科住院医生，被一个老板殴打。难道打何向东的是江明剑？

李锦平一声长叹：时间是多么好的良药！

李锦平不知道自己是什么时候睡着的。醒来的时候，他身上盖着被子。早几年，李锦平守岁还能坚持一个通宵，现在即使是浓茶伺候着，也不能坚持到天亮了，每次都是不知不觉中睡去。岁月不饶人，一年比一年睡得早，也醒得早。

李锦平睁开眼，第一件事就是看手机，没有未接来电，他松了一口气。吃过早餐，李锦平习惯地往医院赶。当医生的，一年365天都要查房，这是铁律。查过房，指导医生们开完医嘱，时钟指向10点30分。李高峰打来电话，他和妈妈都在等他一起去给外公外婆拜年。依着家乡的习俗，初一宅，初二郎，初三初四女拜娘。意思是初一要在自己家里和父母过，初二才是给岳父岳母拜年。李锦平每年都是初一去岳父岳母家拜年，一则，他不认死理，自己与父母同住，岳父岳母也是自己的父母，不能区别对待；二则，工作忙，时间不充裕，只要有时间，大年初一也可以出去拜年，没那么多讲究。

护士长黄学倩匆忙跑了过来：“李主任，谢金韵昏迷了！”

谢金韵是肠癌患者，早年做了清扫手术，这次定期复查，发现癌细胞转移。他已经昏迷，心电监护仪显示心电图毫无规律。李锦平第一反应是室颤：除颤！

值班医生夏晶晶麻溜地将除颤仪递给李锦平。黄学倩则迅速解开谢金韵衣服纽扣。

一番与死神比速度的抢救，谢金韵又苏醒过来了，心电监护仪显示心电图波形正常，室颤的危险已经解除了。

谢铭莱愣愣地看着医生护士忙得大汗淋漓。谢铭莱是个孝子，虽然文化程度不高，但非常孝顺，本来这次父亲拒绝住院，是他软磨硬泡，把父亲送进了医院。

李锦平忙着抢救他父亲的时候，谢铭莱双手紧紧地攥着床沿，牙齿紧咬，能听到“咚咚咚”的心跳声。

父亲生病之后，谢铭莱几次亲眼看到医生护士为抢救父亲付出的努力，他对医生充满了感激，说："李主任，谢谢你为我老爸又挣回了一条命！"

李锦平正在洗手，听到谢铭莱在后面和他讲话，扭过头，说："我们先要给你父亲支持治疗，稳定他的生命体征，下一步，才能进行放疗。"

谢铭莱虽然对李锦平说的一连串医学术语不懂，但并不陌生。伺候父亲这些年，跟医生打交道多了，自然就熟悉了医学术语。他说："李主任，我求你们不要轻易放弃我父亲。父母在，家就在……"

夏晶晶叫了谢铭莱去谈话，递给他一份《病危通知书》："根据你父亲现在的病情，家属要有足够的心理准备……"

李锦平洗完手，回办公室的途中，听到谢铭莱在阳台上打电话，声音低沉，语调缓慢，仿佛随时都会哭出声来。李锦平内心一阵感慨：大家都说久病床前无孝子，谢铭莱的孝顺却是真实的，发自内心的！

一上午的折腾，李锦平没有心情去拜年了。在办公室发了一会儿呆，给家里去了电话，告诉王晓源，改天再去岳父岳母家拜年。电话里，李高峰非常不满，在一旁嘟囔。李锦平知道，李高峰跟外公外婆的感情很深，尽管高三的寒假时间短得可怜，他还是在外公家待到大年二十九才回来。

李锦平在办公室默默坐了一会儿，黄学倩推门进来，问："李主任，回家吗？郑昕来接我，顺路一起走？"

李锦平一直对郑昕没什么好感，觉得这个男人做人有点假，不诚实。他本来是想拒绝的，郑昕跟在黄学倩身后，又是拜年又是递烟，客气得很。李锦平的家离医院不远，走路也不到一刻钟。没有急诊，没有急事，他都是走路上班的。他喜欢欣赏沿途的风景，人民公园、千年书院、仙山峰、湘江河，风景四季不同。郑昕这么客气，李锦平不好拒绝他的一番好意。

郑昕很健谈。不到五分钟的车程，他从国内谈到国际，从社会谈到经济，热点事件、热门话题，好像无所不知。听说郑昕一直在做投资，具体做什么，他并不知道。郑昕所谈，其实是拾人牙慧，并无新意。李锦平静静听着，有时礼节性地笑笑，很含蓄的样子。

李锦平下车的时候，郑昕还很有礼貌地下来为他开门。有那么一瞬间，李锦平有一些感动，反思自己是不是对郑昕有先入为主的偏见。也仅仅只有一瞬间，李锦平就否定了这种想法，他从对方的眼神里看到了游离。

家里的饭菜热腾腾的，已经被摆在桌上。大年初一的中饭，讲究的是和睦、甜蜜、吉祥、顺利。

父亲看一家人吃得大快朵颐，非常开心，笑着说：“这才是过年，吃好玩好，好好放松一下心情。我虽然被高血压糖尿病限制了食欲，但看着一家人和和美美，比吃山珍海味都强。”

李锦平猛然想起，父亲还没吃药，他拿起药递给父亲。父亲看了他一眼，说：“今天大年初一不吃药。一天不吃没关系的。”

这一回，老伴儿没给老头子面子，把碗筷往桌子上一放，说：“老头子，过分了啊！”示意李锦平把药给她：“我来喂你吃！”

老头子被管束了几十年，不愿意跟老伴儿争执，主动从儿子手里拿过药吃了。王晓源抿着嘴笑。李高峰吐出一块排骨，向爷爷扮了个鬼脸：“我知道你会吃的。在奶奶面前，你就是个小乖乖。”

一家人笑声洋溢，弥漫着新春的欢腾。

二

医学影像检查显示，江明剑的癌症病灶有控制的迹象，生理指标也趋向稳定，咳嗽的痰液中，肉眼看不到血丝了。

早上，夏晶晶来查房，告诉江明剑这个好消息。得知肿瘤得到控制，刘翠英很高兴。江明剑得知消息，表情平淡，问道："暂时不用下地狱了？"刘翠英很不乐意，说："什么下地狱？大过年的，别乱说！"江明剑半眯着眼，斜倚在床头，慢吞吞地说："肺癌晚期，迟早是要死的。我心里有件事一直搁着，死了也不安心，迟早会让我下地狱。"

刘翠英知道江明剑的意思，拉着夏晶晶转身出了病房。夏晶晶满脸不解地问刘翠英："刘阿姨，究竟是什么事？最近总听他念叨。"刘翠英没正面回答她，而是问："夏医生，李主任什么时候上班？大年三十那天，老江给了他一封信，不知道李主任转交了吗？"夏晶晶瞥了一眼手表，说："现在还早，才7点钟呢！李主任没有跟我提过信的事。"刘翠英不愿意这件事被更多的人知道，转而问江明剑的病情："请问夏医生，老江的病情好转了，大概什么时候可以做手术了？"夏晶晶迟疑了一下，字斟句酌地说："什么时候能做手术，我们还要做进一步的观察，我们会请胸外科医生来会诊。"刘翠英听出话外之音，急切地问："夏医生，您给我交个底，到底有没有做手术的希望，如果做了手术，能活多久？我们有钱，只求你们尽力！"

夏晶晶心里很清楚，江明剑是肺癌晚期，当初讲的手术，是让患者和家属看到希望，到了这个时候，只能从专业的角度向刘翠英解释病情。刘翠英似懂非懂，只知道，老伴儿的病情依然很严重，肿瘤没有再长大，生理指标没有再恶化，很可能只是暂时的假象，并不是说完全朝着好的方面发展。

刘翠英的眼里掠过一丝失望，刚点燃的希望之光瞬间熄灭了。她清楚自己的处境。只要江明剑撒手离开人世，她就是孤家寡人一个，守着一堆财富，也没什么意义。况且，她从来不过问江明剑生意上的事情，对做生意更是一穷不通。嫁给江明剑快三十年了，过惯了衣食无忧的日子，到老了，却要承受丧夫之痛，要独自面对柴米油盐酱醋茶的烦恼，恐惧一直缠绕着她。刘翠英不由得怨恨起来。刚结婚的时候，一直劝他戒烟，他不听，总说生意场上，烟是和气草，见面一支烟，就拉近了人与人之间的关系。时间长了，她懒得管了，他的烟瘾就越来越重，不知道从什么时候开始，除了睡觉，烟不离手，一双手被烟熏得焦黄。她虽然对他的烟瘾有过一些担忧，但没有想到会是这个结果。早知道抽烟有这么严重的后果，她无论如何也会让他戒烟！

刘翠英往病房内看了一眼瘦得不成人样的江明剑，沉重地叹了一口气。刚来的时候，江明剑还指望通过做手术，切除癌变的部位，但夏医生告诉他，做手术的前提条件是身体吃得消，手术本身是医源性的伤害，不是每一个人都能承受得住。夏医生建议，先采取支持疗法，再看手术时机。

其实，这种委婉的说法，是一种心理暗示，是医生给病患点燃的希望之光。在这场生与死的博弈中，医务人员和病患之间结成同盟，共同对抗死神的到来，对抗疾病的折磨。

那些平日里围在江明剑身边转的人不见了，整天亲切地称呼江明剑“江总，江老板”的人不见了。江明剑的亲侄子也只来医院探望过一次，得知叔叔患的是肺癌晚期之后，就再也没来过。倒是自己的侄女刘淳，一有时间就来医院看望姑父，让刘翠英感受到一些亲情的温暖。

刘翠英主动放下了身段。她不再是一个颐指气使的阔太太，而是一个肺癌晚期病人的妻子。她突然明白了做人的道理，变得低调起来，特别是面对李锦平和夏晶晶的时候，显得格外地尊重，说话语气低八度。

夏晶晶见刘翠英情绪低落，安慰道：“刘阿姨，相信医生，我们一定会尽力的，您不要有太大的压力！”

刘翠英点点头，牙齿咬住嘴唇，不让自己哭出声来。

李锦平踏进科室大门，一眼就看到夏晶晶与刘翠英在一起嘀咕，他下意识摸了摸口袋，信还装在他口袋里。大过年的，李锦平不愿意因为一封信，勾起何向东主任的伤心往事。他想：也许，何向东早已忘记这件事了，该不该把信交给他呢？李锦平犹豫不决。

夏晶晶眼尖，几乎同时看到了李锦平，正要打招呼，李锦平向她招手。夏晶晶安抚刘翠英，待她情绪平稳了，悄悄去了主任办公室。

李锦平跟夏晶晶说了自己的想法，夏晶晶终于明白刘翠英所指的信是道歉信，她说：“江明剑的老伴儿刚才还在询问信件的事。”李锦平说：“江明剑做错了事，被良心谴责了一辈子！何向东受了委屈，却堂堂正正一辈子。”夏晶晶叹息道：“人之将死，其言也善，鸟将死之，其鸣也哀。江明剑是真的意识到自己错了，从情理上说，你还是应该早一些把信转交给何向东主任，我是担心万一哪天江明剑病情突变，当面说一声对不起的机会都没有了！”

李锦平觉得有道理，起身去了心内科。何向东正带着医生查房。见李锦平来到心内科，感觉比较突然。一般情况下，李锦平是不会到心内科病房来的，心内科和肿瘤内科的交集并不多。护士向姝琳下夜班准备回家，见李锦平来了，赶紧招呼李主任到办公室。

向姝琳的丈夫生前是肿瘤内科医生，半年前遭遇车祸意外去世，之前向姝琳在肿瘤内科工作，但她睹物思人，始终没走出丈夫去世的阴影，不到一周，她就申请调到了心内科工作。

李锦平问：“工作还习惯吗？”向姝琳回答道：“这段时间重病人多，挺累的，但我习惯了，这样很好，忙起来就什么事也不想了，一天过得很充实。”李锦平说：“充实一点好。希望你能真正走出悲痛，过自己想要的生活。”向姝琳点头，说：“谢谢李主任。我会努力走出来。”李锦平问道：“两个老人怎么样？”向姝琳重重地叹了一口气，说：“他妈妈还是没走出来，每天对着他的照片，眼睛都要哭瞎了。他爸一天到晚啥话也不说。唉！”一个突发事件，能改变一个家庭的命运。李锦平说：“如果是这样，你就更要坚强起来。两个老人还指望你养老送终。”向姝琳说：“嗯。我知道了。”

向姝琳急着赶回去给公婆做早餐。丈夫不在了，生活的重担她要挑起来。

看着向姝琳的背影消失在走廊的尽头，李锦平的心情异常沉重。耐心地等何向东查过房，李锦平才将信转交给何向东，说：“何主任，这是我科室一个叫江明剑的病人给您的信。”

江明剑！何向东的身子微微颤抖了一下。他努力压抑情绪的波动，眉头紧蹙，撕开信的封口。匆匆看完，他将信还给李锦平。李锦平迅速瞟了一眼，信很短：何主任，因为妈妈心梗去世，我不理智，伤害了您，我深表歉意！江明剑。

李锦平说：“他记得很清楚，说明在很早之前就意识到自己错了。”何向东请李锦平来到自己的办公室，倒了一杯茶，说：“这件事已经过去多年。

他记得，我更记得，不可能忘掉的。”何向东清楚地记得，那时，他当心内科医生不久，凌晨两点多钟，120 急救车送来一名 70 多岁的急性心梗患者，其实，患者到病房的时候，心跳和呼吸都已经停止了，但何向东马上实施抢救，并让护士通知二线班医生。

抢救一个多小时之后，二线班医生宣布患者脑死亡。死者的儿子江明剑当即大发雷霆，认为是医生处置不当，打电话纠集几十个人到医院闹事。江明剑是很有名气的老板，身价不菲，临走的时候，还是不依不饶，将何向东打成右耳鼓膜穿孔，直到现在，何向东的右耳还听不到声音。“那个时候，没人能管得了他。”何向东叹了一口气。

李锦平听完何向东的叙述。事件发生的时候，李锦平正在上海进修学习，他问：“后来是怎么处理的？”何向东苦笑了一下：“能怎么处理？我在耳鼻喉科住院两个月，医院负担的医药费。人家那时候是呼风唤雨撒豆成兵的大老板！”李锦平的鼻子莫名酸楚，问：“不了了之？”何向东说：“李主任，时过境迁，他已经意识到自己的错误了。相信能记住这件事的人不多，他能记住，说明良心还没有完全泯灭。我去看看他罢！”李锦平对何向东更加多了一份尊重。

此时，刘翠英的声音让何向东和李锦平吓了一跳：“何主任，您大人大量，我替老江向您道歉，感谢您！”

李锦平没想到刘翠英会来心内科，劝她去守护江明剑，刘翠英不听，执意要替江明剑跟何向东赔礼道歉。何向东好说歹说，刘翠英才回肿瘤内科病房。

是否道歉，对何向东来说已经不重要了，伤害已经铸成，阴影挥之不去，生活必须继续。

世道无常，生活有憾。何向东站在曾经不可一世的大老板江明剑病床前，压抑在胸中的屈辱、愤怒都烟消云散。

江明剑慢慢睁开眼睛。他看到了，那个在自己脑海里浮现了千百遍、在心中默默道歉了千百遍的何向东。他眸子里闪过一道惊讶的光线，脸上刀刻一般的皱纹稍稍舒展，对何向东伸出一双干枯的手。何向东犹豫了一下，想握住那双曾经伤害过自己的手，然而，仅那么一小会儿，江明剑的手就无力地往下垂。

刘翠英赶紧握住那双无力垂下的干枯的手。何向东发现，江明剑的眼角有些浑浊的泪水。他是在忏悔吗？人们习惯在生命即将终结的时候盘点一生的对错，回味一生的辉煌与过错，可是，这些回忆对他本人来说已经毫无意义，错误一旦铸就，伤害不会凭空消失。有人说，实现愿望要趁早，努力要趁早，其实，纠正错误也要趁早，不要让自己的人生带走太多的遗憾！

江明剑稍稍休息了一下，眼巴巴地看着何向东，希望能得到他的原谅。何向东说：“李主任，让他多休息一会儿，我有时间再来看他！”

江明剑好像在说些什么，但从氧气面罩中传出来的却是“呜呜哇哇”的声音。刘翠英把江明剑脸上的氧气面罩摘下来，露出嘴巴，将耳朵贴在江明剑的嘴边。良久，刘翠英为他戴好氧气面罩，面露难色，摇头说：“我没听清他说的话。”何向东安慰道：“他的心意我明白了。让他好好休息吧，我下次再来。”

何向东的心里波涛汹涌。一边是积压在心里的屈辱，一边是躺在病床上悔恨不已的伤害者。放下，说起来简单，做起来真的需要时间。大彻大悟，是一种境界。

回到主任办公室，何向东俯瞰湘江，连续多日的雨雪，湘江的水位抬高了不少，一改往日不紧不慢的姿势，大有汹涌澎湃、溢出江堤的冲动。

医生不就是这样的吗？日积月累的医疗技术、临床经验、治疗细节，都像这从冰雪融化成水的涓涓细流，一点一点积攒，一点一点摸索，千百次实践，变成自己的技术，然后才成就一名合格的或者优秀的医生。他推开窗户，寒冷的北风一下子就钻进房间，何向东打了一个寒战，马上把窗户关了。

他想起刚受伤那一年，女朋友离他而去，他的心情犹如彻骨寒风，低迷到冰点。他不愿意与外界接触，除了在病房，就是在宿舍看书。他特喜欢的一句话就是：躲进小楼成一统，管它冬夏与春秋。生活的磨炼，给人痛苦，也锤炼人的意志。

正是那段时间的磨炼，何向东把人体的心脏和血管研究得透彻明白，把心梗、先心病、瓣膜病诊疗技术练得炉火纯青，成就了一位有名的心内科专家。

只是，何向东目前还是孑然一身，立了业，未成家。不是没有机会，是他不愿再启封爱情的封条。他迟迟不成家，成了父母的一块心病。父母日渐衰老，眼巴巴盼着娶儿媳抱孙子。在小区里，见到抱孙子、带孙子的老头儿老太太，那眼神就透出羡慕，每一次都能刺痛何向东父母的心。

女友刚跟何向东分开的时候，父母还瞒着他悄悄去找过几次，求女方跟何向东复合。直到有一次，父母在女方家里见到一个忙前忙后的陌生男子，才彻底死心。老人又到广告公司设计了一张《征婚启事》，去人民公园征婚。

老两口每天神神秘秘地去人民公园，引起了何向东的怀疑。一天，他上夜班，径直去了人民公园，只见父母正和一群老头儿老太太闲聊，旁边悬挂着花花绿绿的《征婚启事》。他近前一看，呵！足足有上百条，在公园一角迎风招展，阵势壮观。花花绿绿的《征婚启事》，和老年人的苍苍白发形成了鲜明的对比。见他寻到公园来了，父母的表情不自在了，问："你怎么来了？"何向东走到自己的《征婚启事》前，略微迟疑了一下，对父母说："爸，妈，取下来吧！别在这耽误时间了。我不相信所谓的爱情了！"妈妈不乐意，说："你打算就这样过一辈子？趁我和你爸现在身体还好，早点儿成个家，我们也能帮衬帮衬，做点家务，带带小孩。"父亲在一旁附和："是啊，是啊！我们现在身子骨还硬朗，多帮帮你！"何向东将父母拉到一边，说："我的事，我心里有数。"说完，转身将《征婚启事》摘了下来。此后，父母虽然一直渴望抱孙子，但再也没有当面跟何向东说过什么，也不再去人民公园为他征婚。

想到这里，何向东鼻子酸酸的，眼睛涩涩的。一转身，墙角的盆栽，仿佛冒出了些许花苞，星星点点，羞羞答答，粉粉嫩嫩，让何向东眼睛一亮，心中的黯淡漠然，随着春兰的花苞，豁然开朗：春来了！春终于要来了！

三

过了大年初四，年味儿就一层一层地散淡了。绝大多数高三学子，这个春节也提前结束了。一大早，王晓源就为孩子准备好早餐，还在睡梦中的李高峰在妈妈一遍一遍的轻声召唤中，硬生生被拽回到现实。李高峰揉着惺忪的睡眼，嘟囔着："天还没亮，这么早！"

王晓源对李高峰做了一个暂停的手势，轻声说道："放松了一个星期了，该读书了！轻点，别惊醒了爷爷奶奶。"

李高峰回到现实，马上就想到高考这事，一骨碌坐起来，穿衣洗漱，轻且快，麻溜得很。自己可是夸过海口要考上医科大学的。他知道，在高考这个残酷的竞技场上，不努力，无回报。

王晓源是小学教师，对孩子的教育自有一套方法。该松的时候让其野蛮生长，比如兴趣爱好的培养，只要不走歪路，任其发展。现在，李高峰是学校围棋队队员，围棋业余六段，可以靠下围棋谋生了。王晓源记得，孩子三四岁的时候，想给他报个兴趣班，就带着孩子去了青少年宫，让他自己选择，他指着围棋说："我要学下棋。"之后，竟然一路过关斩将，拿到了围棋业余六段的证书。在学习方面，王晓源却是丝毫不曾放松，每一个阶段都给孩子定一个目标，小学三年级的时候，给李高峰定的目标是，一个学期读四本文学名著，不求读懂，只要读完就行，一周写一篇五百字的作文。这一招效果真不错，李高峰的阅读能力和写作能力很快就让大家刮目相看。当然，王晓源对李高峰的培养，还有很多独到的心得，这个心得只属于她，只适合她的孩子，别人无从效仿。王晓源的一紧一松让李高峰张弛有度，学习上一直目标明确，定位准确。李锦平经常想，要不是妻子教育方法得当，自己肯定没这么轻松。

这一夜，李锦平睡得很踏实，没有做梦，没有电话打搅，一觉睡到自然醒，很难得。醒来的第一件事，当然是看手机。除了几个熟人发来拜年短信，没有其他信息。李锦平在手机里找了一条短信，群发出去，回复几条拜年短信，心情陡然轻松起来。

匆匆的脚步，唤醒了忙碌的日子。大街上，扛着各式各样行李箱的人们，怀揣亲人的祝福和家乡的味道，踏上了谋生的行程。照例是忙碌的一年。不管是开工，还是开弓，都没有回头箭。生活是自己选择的，路是自己走的，平凡还是卑微，奋斗还是沉沦，皆有因果。

李锦平今天坐专家门诊，查房的时间比平时要早。何英丽大夜班，见科主任来了，大大咧咧跟李锦平道了一声“早”，然后继续手头的工作。

看着一脸憔悴的何英丽，李锦平觉着有些奇怪，问：“昨夜病房里不平静？”何英丽朝医生值班室努了努嘴，说：“昨夜江明剑情况很不好，昏迷了三次，夏晶晶坚持不让打搅你，一直忙到凌晨五点多钟才去值班室。”

李锦平回头看了一眼医生值班室，他知道夏晶晶的心思。不让他赶过来抢救江明剑，是不想让科主任看轻了她。去年，科室副主任退休，夏晶晶就明里暗里跟他提过，想接班做副主任。当时，李锦平以夏晶晶的职称还是主治医师不能服众这个理由，搪塞了过去。其实，他心里也没有合适的人选，想在几个年轻的骨干中，多观察观察，再提出合适的人选。当然，包括夏晶晶。到现在，副主任这个位置还是空缺的。

李锦平去病房看过江明剑，又翻开病历，觉得夏晶晶的处置得当，措施得力，逻辑缜密，不由得对夏晶晶业务能力的提升速度表示惊讶。他想，看来，是时候向医院领导推荐夏晶晶做自己的助手了。

春节期间，医院病人要少一些，不是特别急、特别重的病，多数人都选择忍一忍，到春节后再去看病。快 12 点的时候，一个打扮入时的青年女子拉拽着一个五十岁左右的男子进了诊室。女子骂骂咧咧：“我是背时透顶了，跟了你这个背时鬼，没享两天福，倒天天吐血，怕是得了胃癌吧！如果你得了癌症，我们两个肯定玩完！”男子说：“年还没过完，你就咒我得癌症，什么玩意儿。如果老子不是癌症，你给老子滚得远远的！”

李锦平心里判断：这是一对儿老夫少妻吗？接过门诊病历，男子名叫周达善。李锦平暗自诧异：这不是市里大名鼎鼎的房地产开发商吗？据说，十多年前就身家过亿了。后来，又听说因为赌博破产了。人这一辈子，经不起折腾啊！

只见周达善一张干瘦的脸就像被刀子沿着颧骨削了一圈，上面刷满了石灰水，病态的白。

李锦平问：“哪里不舒服？多久了？”

周达善没说话，女子却像个炮筒子，说：“医生，你给他好好看一下，他是不是胃癌？每天喝酒，醉醺醺地就跑来找我。这几天，天天都吐几次血。”

为周达善测完血压、体温，做完体格检查，李锦平心里有数了，初步判断为胃癌晚期。周达善却说：“医生，别听她瞎咧咧，我其实就是胃溃疡，不是胃癌。”李锦平迟疑了一下，让女子退出诊室，关上门，说：“周老板，根据你的病情，我建议你住院观察几天。”周达善瞪圆眼睛，眼神像一条X光射线，直勾勾向李锦平射来，激动地说：“医生，你什么意思？好端端地要我住院？告诉你，我现在快破产了，没什么油水了。不住院！”李锦平说：“周老板，根据我的经验，你的病需要接受系统治疗，不能再拖延了！治病跟破产没有关系。”周达善愤然起身，踢开凳子，指着李锦平的鼻子，说：“医生，大过年的，你什么意思？你也咒老子得癌症！告诉你，老子再破产，也不上你的当！”

李锦平领教过很多人，对周达善的激愤言行非常理解。李锦平还想劝说他做个胃镜检查，年轻女子却打开了诊室的门，狠狠地对周达善吼叫：“姓周的，你今天要是不检查清楚，我跟你没完！”

周达善被女子逼近诊室，对李锦平说：“如果老子不是胃癌，有你好看的！你走着瞧！”

女子一把拽过周达善，按着他坐在凳子上。李锦平实在看不下去了，说：“你们都别激动，今天实在不想住院观察，建议你先做个胃镜检查，采集标本做个病理检查，等检查结果出来了再做决定吧！”

两个人去了胃镜室，诊室安静了下来。李锦平推开窗，盯着丝丝绵长的春雨，看春雨将地上的尘埃摧残得七零八落。不远处，雨丝在湘江河面上甚至溅不起一丝涟漪。李锦平想，只有融进江河湖海，水才真正拥有自己的生命。就像周达善，自恃聪明、有能力，不知节制，身体怎么会不垮下来？李锦平为自己的想法吃惊。怎么会突然从水联想到周达善？难道自己成了哲学家？李锦平笑了。这种笑，是对人生的看透。人活着，忙忙碌碌，死了，归于大自然，无人能够抗拒。

李锦平关了诊室的门，准备回家，手机却响起来了：“李主任，谢金韵昏迷过去了！”

李锦平一路小跑进了病房。谢铭莱见到李锦平，就像见到了救星，急切地说："李主任，拜托您救救我爸！我已经跟哥哥们打电话了。他们已经买好了回国的机票，很快就会回来！"

谢金韵有三个儿子，老大老二都在国外，只有老三谢铭莱读书不行，在镇上开个摩托车维修店，守着年迈的父母。老大老二曾经是谢金韵的骄傲，临了，老三却成了他唯一的依靠。

李锦平明白谢铭莱的意思，是想让父亲见孩子们最后一面。李锦平握住谢铭莱的手，说："冷静，我们会尽全力！"

抢救措施都用上去了，谢金韵自主呼吸和脉搏都很微弱，血压也低，呼吸机、心电监护仪有节律地工作，病人气若游丝，只能依靠现代化的医疗设备和药物维系最后的生命。李锦平心里隐隐作痛。他是医生，算得上有资历、有名望、有技术的好医生，但在很多疾病面前，他还是无能为力。

李锦平安顿好谢金韵，却发现王晓源在医生办公室。李锦平讶异地问："你什么时候来的？""我来给你送饭。过了饭点没回去，肯定在抢救病人。快吃吧，我等半个多小时了，待会儿饭菜都凉了。"一股暖流从李锦平的心底涌出。得妻如此，夫复何求？李锦平大口吃饭，三下五除二就把饭菜倒进肚子里。

王晓源拿出一包红茶泡好，递给李锦平，说："喝口茶，歇会儿。"

"还带了茶？"李锦平大感意外。平时，饭后嘬几口红茶，是最大的享受了。在病房吃饭，没有太多的时间，就没得那么多讲究了。

天寒地冻的季节里，茶杯热气袅袅蒸腾，茶香扑鼻而来。品一口亮红的茶汤，李锦平的心情就摇曳在亲情的温馨之中。家人——这个朴素的、沉甸甸的字眼，让李锦平的心思活泛起来：生活不易，善待亲人。

夫妻俩在医生办公室温馨的场景，让上班的医生护士歆羡，大家都主动给腾地方。李锦平突然尴尬起来，收拾好饭盒，对王晓源说："你回去吧，上班的同事都不好意思进来吃饭。"

等电梯的时候，王晓源遇到了同事刘淳。两个人对在医院肿瘤内科意外碰上这件事都感到惊诧，几乎同时问对方："你怎么在这里？"

闲聊了几句才明白，王晓源的丈夫李锦平是市人民医院肿瘤内科主任，2床病人江明剑是刘淳的姑父。刘淳说："巧了，以后请李主任多多关心我姑父。你不知道，他们无儿无女，如果姑父去世了，我姑姑的处境会很艰难。"

王晓源求助般看着李锦平，希望他表个态。李锦平不知道该如何表态。江明剑的生命，现在是以天计算，甚至是以小时计算。他不想说假话，也不忍心对她们说实话，不说出来更好。

李锦平没有接话，这次意外碰上的见面，就有了几分陌生。刘淳微笑着道别，匆匆向病房走去。王晓源问："你刚才为什么不说话？哪怕是句安慰的话也好，良言一句暖三冬呢！"李锦平说："抱歉，我真不知该怎么对她讲。讲假话，她会认为我欺骗，讲真话，我不忍心。"

李锦平经常面对这样的问题，病人家属总想从医生那里得到真实的信息，想要医生给一个承诺，可是，像江明剑这样的病人，明明已经走到了生命的尽头，他还能说什么呢？他敢承诺什么呢？这样的承诺太沉重，他的良心担不起这份重担。

目送妻子进了电梯，李锦平去了江明剑病房。看见刘淳正安慰着眼泪簌簌的刘翠英。见此场景，李锦平的心情也压抑起来。生活是美好的，但美好的生活属于身心健康的人，一旦家里有人患上了癌症，对整个家庭的压力可想而知。沉重不是生活的本意，但有几个人能一帆风顺走完一生？

刘翠英问李锦平："李主任，他如果走了，我该怎么办？"李锦平本来想安慰刘翠英，却找不到合适的词。他面对的，不仅仅是刘翠英一个人，而是这一家人。李锦平岔开话题，转向刘淳问道："你是晓源的同事？"刘淳扯出一张纸巾，擦干泪，说："是的。刚才你不是看见了吗？明知故问！"李锦平闻到了一股火药的气味，赶紧纠正："我刚才不是有意让你和晓源难堪，我只是不忍心看着你们伤心，我却无能为力。特别是在你们面前，我更不能表现出无能为力。我会找到合适的治疗方案，请你相信我！"

刘翠英听刘淳说话的语气不对劲，说："淳儿，不要为难李主任，医生护士都很尽力。"

刘淳以为，同事的丈夫是科主任，能得到一些特别的照顾，哪承想，李主任真话都不愿意说，窝火！李锦平不想继续这种尴尬的场面，对刘翠英讲解了一些要注意的重点，就去了 7 床。谢金韵身上插了很多管子，氧气管、输液管、引流管、胃管，一根一根的管子，既是连接生命的通道，也像一团纠缠不清的麻花。

谢铭莱背对着门，坐在父亲床边。他时而看看手机，时而看看手表。他多么希望远在异国他乡的哥哥们快一些回来。如果，他们的到来，能够让父亲的病情稳定下来，该是多么好的事情。李锦平不想打搅谢铭莱，悄悄退出了病房。

走廊上，又与刘淳迎面相见。刘淳说："李主任，对不起，请您理解我的心情。"

"我非常理解家属的心情。病人痛苦，家属不易，希望你能好好劝导你的姑姑。"

"李主任，我跟王老师同事多年，恳请您好好照顾姑父。他人真的不错。我小的时候，家里经济拮据，是我姑父出钱出力，供我读书。从感情上，我希望他能好起来。"

"理解理解，我们会尽力，也请你相信我。即便是到了你姑父要离开的时候，我希望你能找个理由，支开你姑姑，不要让她看到最悲痛的一幕。"

刘淳挺感动，觉得他挺细心。难怪看王老师一直很幸福的样子。刘淳感慨：有什么样的伴儿，生活就会过成什么样子。

下午照例是专家门诊。李锦平经过门诊大厅，看到周达善一个人在候诊大厅，蔫蔫的样子，歪着脑袋，好像睡着了。李锦平走过去，轻轻拍醒他，说："周老板，别在这里睡啊，容易着凉。"

周达善见是李锦平，眼泪一下子流出来了，呜呜嘤嘤，像受了很大的委屈。李锦平猜想，是胃镜检查结果出来了，虽然切片的病理检查结果还要等一段时间，但胃部肿块诊断应该明确了。

到了诊室，周达善努力让自己镇定下来，将胃镜检查结果递给李锦平，哭着说："李主任，我完蛋了！"

检查结果印证了李锦平的判断。他说："周老板，您的病情非常严重，希望您能住院治疗。"

周达善突然抓住李锦平的手，脖子上青筋胀起，质问道："你们的检查结果是不是弄错了？为什么我会得胃癌？天下人这么多，为什么得胃癌的人会是我？"

李锦平劝慰道："现在还没有明确是胃癌，请您不要激动，我们会尽力为您治疗的。但是，您要积极面对，配合治疗，才能取得较好的疗效。"周达善松开手，安静地坐了一会儿，然后起身，踉踉跄跄地离开了诊室。

李锦平追上去，说："周老板，您就这样回去，危险很大！"周达善没有理会，只顾撒开腿往外走。

李锦平赶紧按照门诊病历上的家属联系电话号码拨过去，希望上午陪他来的年轻女子劝劝他，对方却说："医生，我想你是弄错了，我上午没有陪人到医院看病！"

李锦平这回有点懵了，问："你难道不是周达善的家属？"

女子冷笑了一声："家属？谁是他家属？我没跟他结婚啊。他就是个骗子，骗了我的感情！"

李锦平大约明白了，讪讪地挂了电话。站在窗边，凝视着外面越来越大的雨，噼噼啪啪拍打地面，溅起水花，砸碎尘埃，一瓣一瓣散开，然后又在地上汇聚，向低处恣意奔流。雨是冷雨，风是凄风，天地迷离在风雨中，平时抬眼就能看见的仙山峰、江南书院、人民公园全部被淹没在雨幕中，模糊了人间。

收回视线，李锦平又开始担心周达善，不知道他是否已经到家了。病理检查的结果要几天才能出来，但愿他的胃部肿瘤是良性的，或者早期的，这样的话，还有手术的机会。他希望，周达善能够按期来取检查结果。

对于周达善这个人，李锦平是有些耳闻的，据说他发家之前，办了一家小印刷厂，人聪明，又肯钻研，赚了第一桶金，接了一个烂尾楼，之后涉足房地产、广告、汽车销售多个行业，钱越挣越多。但李锦平不明白的是，周达善为什么不肯住院治疗？难道是讳疾忌医？

不去想他了。李锦平对自己说：世界上很多事想不明白，想不明白的事，就不要去想。

何向东打来电话，问江明剑的病情，希望李锦平抽空陪他再看看江明剑。他问何向东："你对江明剑真的一点都不怨恨了吗？"何向东的声音很平静，说："除了生命和健康，任何事都应该能放下。"

对何向东的以德报怨，李锦平非常佩服。然而真正地放下，何其艰难！大家都知道"知行合一"，而真正能做到的，少之又少。就拿烟酒来说，稍微读了点书的人，都懂得吸烟有害健康、喝酒有害健康的道理，却有一大批人戒不了烟酒。为什么？欲望让人坠入习惯，人们总是不愿意突破生活舒适区，不愿意挑战自己的陈规陋习，就像江明剑抽烟，周达善喝酒，都是欲望在胸，不愿改变，抽烟喝酒几十年，恶性肿瘤的贼眼就盯上了。俗话说，不怕贼偷，就怕贼惦记。烟酒就是人类健康的贼，许多人却终日与贼为友，毫无戒备之心，心甘情愿被这些贼掏空身体，最后酿成悲剧。作为肿瘤内科医生，李锦平多么希望人们能远离恶习。

四

一群鸟雀，在仙山峰上空翻飞。此刻，雨已经停了，太阳照得天空一片明媚，湘江河波光潋滟。新鲜的空气裹着寒流，丝丝缕缕钻进病房，冲淡了消毒水和化疗药物的气味。

早上查房过后，何向东来肿瘤内科看望江明剑。江明剑的精神还好，见到何向东，江明剑示意刘翠英把病床摇起来，斜倚在病床上。江明剑说："请坐。"何向东摆摆手，说："我不坐了，我特意来跟你说一声，我已经原谅你了。"

江明剑如释重负。他翕动着嘴唇，好像要说什么，何向东说："你好好休息吧，我还要去查房，有什么话，等你好了，我俩再说。"何向东来看他，是不想让他带着愧疚离开人世。对以小时计算生命的人来说，再大的事，都已经不是事儿了，没有迈不过去的坎儿，也没有一辈子解不开的结。

刘淳的到来，给尴尬的场面转移了话题。刘淳不再追问李锦平，姑父的病情每况愈下，问与不问，现实就摆在那里，总有一天，她们要面对。当然，生活也会继续。刘淳对李锦平礼貌地点头，视线却落到何向东身上，问："这位医生从来没见过，请问你是……"

刘翠英接过话，说："淳儿，这位就是心内科何向东主任，你姑父常说的那件事……"

当年的事情，刘淳听说过大概。她也认为，姑父当年做得过分了，主张姑父道歉。她大方地握住何向东的手，诚恳地说："何主任，我是他侄女刘淳，我代表姑父向您道歉，请您原谅！"

握手的瞬间，何向东的内心有一股暖流荡漾。他说："其实，我今天来，就是告诉你姑父，我已经原谅他了。这件事已经过去很久了，该画上一个句号了。"刘翠英顺着何向东的话说："刚才何主任亲口说了，他已经原谅老头子了。"刘淳松开手，感慨道："这样啊！何主任真是敞亮的人！"何向东不置可否。积压在胸中多年的阴霾仿佛完全释放，心中一片明媚。他长长地气舒了一口气，说：“我要回科室了。再见！”

电梯旁，李锦平悄悄问：“何主任，刚才的表情有点兴奋，不会完全因为放下的缘故吧？”何向东怔了一下，问：“怎么呢？我兴奋了吗？”李锦平笑着点头：“有时候，就是那么瞬间的感觉。”何向东有点恍惚，反驳道：“哪有！”电梯门刚打开，何向东就闪了进去，差点与出电梯的人撞到一起。

何向东逃离肿瘤内科病房，心却在怦怦乱跳，多少年没这种莫名其妙的感觉了。他觉得自己很荒唐，他为自己荒唐的想法感到羞耻。怎么可能？绝不可能！

主任办公室里那盆兰花，确切地说，是一盆春兰，花茎挺立，花瓣却是梅花形状，花朵上均匀分布着紫色的斑点，如几只幼小的紫蝴蝶小憩，花香优雅地铺满屋子，随着呼吸弥散。何向东盯着兰花，深呼吸几次，顿时身心敞亮。这盆花，是和女友去江西庐山旅游的时候买的。买的时候，还是生草，价钱不贵，两个人却像捡了个宝贝一样，悉心侍弄，浇水施肥除草捉虫，都是按照书上面教的方法，不敢有丝毫怠慢。何向东出事那年，生草还是生草，未露开花迹象，女友站在兰花前说：“我们分手吧。”何向东呆呆地看着女友，问道：“兰花还是生草，你真舍得离开吗？”女友瞥了一眼兰花，说：“我的家人不会接受一个聋子。”何向东转过脸去，将视线移到兰花上，问：“等我将兰花养成了，开花了，你会回心转意吗？”女友白了他一眼，说：“我希望你能明白，我是人，不是兰花，你要是愿意，这盆兰花就留给你。”如今，当年的女友已为人妻为人母，兰花也花期正盛，她会还记得这盆春兰吗？恐怕早就不记得了吧！想起这些，何向东的心就慢慢沉了下去，泪水不争气地模糊了双眼。

向姝琳来敲门，问何向东的医嘱开好了没有。何向东立马想起，还有很多人在等他的医嘱，有护士，也有病人。医嘱没出来，一天的治疗就没办法开始。何向东说：“马上开，稍等片刻！”向姝琳的脚步声就在何向东的回答中远去。春节期间，病人总量不多，但留在医院过年过节的，多数是急诊收住院的，工作压力不比平时小。

开完医嘱，何向东又去病房走了一圈，跟病人和家属交流治疗原则和治疗措施，做一做健康宣教，一些严重高血压或者心脏病患者，住院时间长，有的一年几次住院，久病成良医，对自己的病情也很清楚，像老朋友一样聊聊天，拉拉家常，对病人是一种安慰。何向东很喜欢这句话：有时去治愈，常常去帮助，总是在安慰。对病人来说，安慰，是一剂消除焦虑、担忧的良药。聊天拉家常，对医生而言，不是因为无聊，而是有效的沟通。很多病人喜欢找何向东看病，他的名气也越来越大，大概是医生的口碑吧。

导管室通知何向东，有一个心肌梗死的病人由120急救车送来，急需安装心脏支架。不到三分钟，何向东就跑到了导管室，他先看了病人，又仔细查看了心电图、肌钙蛋白等检查结果，判断这是一个典型的心肌梗死病人。

值班医生正在与家属谈话："你父亲是心肌梗死，必须马上安装心脏支架。"小伙子染了黄头发，正在低头玩手机，头也没抬一下，问："要多少钱？"医生说："大概二万。"小伙子皱着眉头："要这么多？医生，你这不是坑我的吧？不装这个支架行不行？"医生说："你父亲病情非常危险，不装支架会没命的！"听医生的语气越来越重，小伙子终于抬起头，盯着医生，问："不装支架会死？别蒙我了！"

何向东见过无数家属，听到这段谈话，知道又遇到麻烦了。何向东放下检查单，凝视着这个小伙子，平静地问："你就这么盼自己的父亲死去？"小伙子没答话。何向东不忍直视，指着已经昏迷、满脸乌黑的病人，追问小伙子："问你呢！你愿意眼睁睁看着你父亲在你面前死去？"何向东的声音不大，却像锤子，一锤一锤砸在小伙子心上。小伙子抬头看了一眼何向东，懊恼地说："我以为你们骗我的，听人家说，很多医生都夸大病情。"何向东一下子怒了："胡说八道！你父亲心梗的时间越长，心肌缺血的时间也就越长，一旦心肌没有血流供应，缺血缺氧，对心脏造成的损害是不可逆的，你自己想清楚后果吧！"

一边是危重的病人，一边是不愿意签字的家属，何向东着急了，说话的语气显得很重，小伙子立马意识到问题的严重性，马上在《知情同意书》上签了字。

安装心脏支架是个非常精细的技术活，要开通静脉，医生用一根细细的导管，通过静脉将支架送进病人心脏，将梗死部位的血管打通，保证心脏血流正常。整个过程，需要在X光下操作，医生要穿着厚厚的铅制防护服，有人称导管室的医务人员为"铅衣战士"。

值班医生已经开通了病人的血管，何向东穿起铅衣，站到操作台前，凝神屏气，眼睛一直盯着X光显示屏，手慢慢推动导管在病人的血管中匀速前行。导管到达心脏梗死的部位，何向东更加谨慎，将支架小心安装好，撑起来，直到梗死部位的血管恢复血流。

心脏支架安装完毕，余下的事情就交给值班医生了。脱下几十斤重的铅衣，何向东背上的衣服已经湿透。病人家属看到何向东出了导管室，忙堆着笑脸，问："医生，我爸的病怎么样了？你们把我爸救过来了吗？"

何向东诧异，小伙子竟然一下子判若两人，说："我们刚才为你父亲安装了心脏支架，应该暂时没有生命危险了。不过，最终的治疗效果，要通过术后评估才能知道结果。我判断，预后不会太差。"

小伙子握住何向东的手，连声道谢。何向东说："小伙子，以后做人做事，要相信自己的眼睛，道听途说的东西不要信。否则，会害了自己。你知道今天要是再晚半个小时，你就没有父亲了！"

小伙子不好意思地说："谢谢医生救了我爸的命！"

何向东明白，小伙子并非希望自己的父亲死，就是因为种种误解，对医疗行为的无知，导致了一些偏激。而这种偏激，以伤害医生开始，最终会伤害自身健康，乃至付出生命的代价。

电梯里，何向东接到儿科门诊的会诊电话。何向东赶过去，见一名小女孩，咳嗽，面色潮红，儿科医生介绍病情，说："小孩父亲介绍，孩子咳嗽、高烧两天，在药店买了感冒药和消炎止咳药，一直不见好。刚才，我给孩子做了心肺听诊和叩诊，高度怀疑病毒性心肌炎。"

何向东听诊了心肺，看了孩子的舌头和眼睑，对孩子父亲说："赶紧带孩子去做个心电图检查和血生化检查！"听说又要检查，家长情绪激动，说："医生，怎么又要检查？我女儿就是感冒，开点药吃，最多打几天吊针就好了。你们这是吓唬我？"何向东说："这位家属，我们高度怀疑小孩患的是病毒性心肌炎，不是普通感冒！如果再拖延下去，孩子会很危险！"家属更激动了，扯着嗓子，说："你们这是什么医院？谁允许你们小病大治乱检查的？你们这是坏了良心吗？难怪人家说，一个感冒到医院要花一千多，我今天算是见识了。我们不看了！"说完，抱着孩子就要走。何向东也不争辩，说："我们从专业角度给你提出建议，就是做心电图检查和血生化检查，花不了多少钱的。如果孩子真的是病毒性心肌炎，你这样走很危险的，是对孩子不负责！"对方显然失去了理智，说："我签字放弃治疗。你们今天的行为，我已经收集录音了，没想到你们这么黑！真是坏了良心！"

何向东和儿科医生都怔住了，眼睁睁看着家属将小孩抱出诊室。何向东想着不对，马上追出去，对着家属的背影喊道："你回来，不要拿孩子的生命开玩笑！"

然而，对方头也不回，驾着车，绝尘而去。何向东无奈地摇摇头。回到心内科病房，他的心情跌到了谷底。以他的临床工作经验，小女孩大概率是患了病毒性心肌炎，那个家属，开着豪车，也不像是没有文化的人，怎么会这样？他呆呆地盯着兰花，内心波涛汹涌。

再次接到儿科电话，那名小女孩又被妈妈带过来了。何向东急匆匆赶到儿科门诊，小女孩已经昏迷过去了，面色发紫，口唇发绀。一脸猪肝色的小女孩让何向东的心猛地沉了下去。何向东见此症状，知道病毒性心肌炎已经导致患儿心源性休克、颅内高压，对儿科医生说："快，转心内科抢救室！"

何向东针对患儿进行插管，建立体外循环，替代患儿的心肺功能和心肝肾氧和血供应。使用抗病毒、丙种球蛋白及激素进行冲击治疗。

向姝琳紧密配合，两个人搭档得天衣无缝。一系列抢救措施用上去了，何向东嘱咐向姝琳："严密观察和记录生命体征，特别是心跳、呼吸、输液量和尿量。"

走出抢救室，小女孩的妈妈泪水涟涟，一边哭，一边数落丈夫："你的脑子里长满了猪肉吧！带孩子看病，医生让你做个检查，你不去。是钱重要，还是女儿的命重要？"女孩的父亲木着脸，说："我真没意识到问题这么严重。我也后悔啊！"

"孩子要是有个三长两短，我跟你没完。我要和你拼命！你走着瞧！"

"现在孩子正在抢救，别说了行不行！"

女人不依不饶："告诉你，姓孙的，孩子要是有后遗症，我跟你同归于尽。这个家不要了！你把孩子送回去，就赶到麻将桌上去了。不打麻将你能死？！"

女人愤怒地将手提包砸向男人。男人并不躲闪，任由女人发泄。

何向东劝慰道："我们已经给孩子上了抢救措施，治疗过程会比较长，但你们要做好最坏的打算。"

听到何向东的话，女人放声号哭："如果女儿没了，老子和你一起死。"

何向东说："先别这么冲动，我们会尽全力抢救你的女儿，但你们也要有最坏的打算。请你们到我办公室来，我跟你们解释一下病情。不要影响医生的抢救。"

在何向东办公室，女人的心情慢慢平静下来，听何向东介绍病毒性心肌炎，何向东从病情、症状、治疗、转归、预后，详细科普了女孩的疾病，最后，何向东意味深长地说：“作为医生，我希望公众能掌握更多的健康知识，至少，在就诊的时候，能重视医生的建议。”

何向东说：“我们不说远了。现在，我要告诉你们的是，孩子的病情已经非常凶险了，这里有一份《病危通知书》，希望你们认真看一下，再签个字。”

女人白了一眼男人，眼泪又流了出来，怨恨地说：“都是你干的好事。你来签字！”

男人木木地拿过《病危通知书》，一字一句看完，再签上自己的名字。

何向东说：“好吧，希望你们冷静面对。”

向姝琳跑过来报告：“何主任，小女孩情况很不好，您快过去看看吧！”

何向东心头一紧，三四步冲进抢救室。男人和女人紧随其后。可惜的是，不管何向东和同事们如何努力，小女孩永远停止了心跳。打开抢救室的门，何向东无力地说：“对不起，我们尽力了！”

女人瘫倒在地号哭：“医生，我求求你，求求你救我的女儿！我有钱，有很多钱，你要多少我给你多少！”

何向东鼻子一酸，为自己的无能为力，也为被耽误病情的孩子而懊悔，他只能安慰家属：“希望你们节哀！”

女人撕心裂肺的哭声，划破漆黑的夜，惊醒了沉睡的仙山峰，惊醒了悠然流淌的湘江，惊醒了路边幽暗的霓虹灯。男人抱着女儿，不许护士搬动。他激动地说：“不许动我女儿，她还有救！你们救她！救她！”

父母的心情，医生护士都能理解。男人一把抓住何向东：“你不能走。你是医生，要对我女儿的生命负责。我们交了钱，你就有义务救活她！你不能走！”

何向东不想激怒家属，平静地说：“孩子已经没了。请你们节哀顺变！”

女人突然冲上来，紧紧咬住男人的手。她像疯了一般，已经彻底失去理智。男人被咬得疼痛难忍，女人就是不松口。何向东看到这情形，让向姝琳赶紧打电话给保卫科，以免事态扩大。保安赶来，做了很久的工作，才把两个人请出抢救室。

透过窗户，何向东看见男人和女人踉踉跄跄跟在护士后面，向太平间方向走去。可以预见，这个家庭已经散了。

樟树摇曳，路灯清冷。也是这样的夜，何向东参加完学术会议，回家的火车上，结识了女友。

她并不是非常漂亮的女子，她小巧玲珑，很容易让男人生出几分怜惜之情。也许她经常熬夜，隐隐约约有一些黑眼圈。何向东见她随身的一个手袋里，整齐地摆放着几株兰草。那时，何向东对兰花的研究还没入门，但很喜欢兰花，他主动打招呼：“请问一下，你这是什么兰花？”女孩抬眼看了看何向东，说：“我也不知道，听花农说，是下山蕙兰，我就买下了。”何向东问：“仅仅是听花农的介绍你就买了？贵不贵？”女孩说得很随意：“不贵啊，三株苗，三千块钱。”何向东瞪大眼睛，说：“一千块钱一株苗还不贵？你是赌草的？还是家里开矿的？”女孩“咯咯”地笑，笑起来很好看，说：“我不赌草，家里也没矿，就是喜欢。对自己喜欢的东西，我不讲价钱。”

何向东感觉这女子有点意思，最起码很大气，不像别的女孩子扭扭捏捏。俩人都自报家门，才知道都在同一城市生活，何向东是心内科医生，女孩是银行会计。到了目的地，俩人竟然成了无话不谈的好朋友，互留了电话，道了别，就各回各家。虽然生活在同城，也很难得联系。仅仅是火车上认识的一个同城人，渐渐地就忘记了。

那一夜的愉快旅程，在他们之后的交往中常常提起，有时候，女孩会突然问何向东：“老实说，是不是那个时候你就打上我的主意了？”

何向东只要否认，女孩就撒娇似的穷追猛打：“还说没有？你们男人都是一肚子坏水。承认不？承认不？”

和女孩交往的时候，何向东的耳朵比较吃亏。女孩喜欢扯他的耳朵，说他的耳垂厚实，扯起来手感好。何向东有时会急急她，说：“真的没有。要不然我们认识后，怎么会有半年多没联系呢？要不是在同学的婚礼上重逢，我真会忘记你了！”女孩就扯紧他的耳朵：“老实交代，你是不是玩的欲擒故纵的套路？”何向东求饶：“是的是的，我故意不联系你，我在火车上就打你的主意了。”

如今，女孩已然不是他的女友，怀念却是真实的。她带给他的，有笑有哭泣，有爱有伤害。最让他失魂落魄的是，她的离开如此决绝，毫不留情，一刀两断，毫无瓜葛。

今夜，何向东莫名地伤感。一个小女孩的不幸离去，牵出了埋葬在记忆深处的恋情。难以掩饰的痛，酸涩了鼻子，模糊了双眼。

五

李锦平问王晓源："刘淳这个人怎么样？"王晓源感到突兀，反问道："你怎么会突然问刘淳的情况？"李锦平忙解释："我看这个人性格刚强，有时候还咄咄逼人。她是你同事，多少了解一些吧？"王晓源说："我对她不了解。我们只是普通同事，见面点头的那种关系，没有什么交情。要不然，她怎么才知道肿瘤内科主任是我老公啊？她姑父都在你们科室住院大半年了吧。"

王晓源说得不咸不淡，李锦平也不好再问什么了。其实，他的本意，是想先从妻子这里了解一下刘淳的人品，以及她的感情，如果有可能，当一次红娘，把何向东和刘淳撮合一下，也许能成就一段不错的姻缘。李锦平从来没有当过红娘，他也对这个没兴趣，只是感觉何向东这个人不错，那天，何向东好像对刘淳第一印象不错，值得帮一把。

搁置这个问题，李锦平来到病房，刘淳恰巧也在。李锦平问："你姑父今天感觉怎么样？"刘淳说："老样子，没有好转。"李锦平笑着说："其实可以这样讲：没有恶化。"这句话，把刘淳逗笑了，说："看来，李主任说话的艺术水平高超呀。"

李锦平发现，刘淳的笑婉约含蓄，有一种东方古典的美。刘翠英接过话，说："李主任不但说话水平高，医术也高明，对病人还特别有耐心。"听到病人家属这样表扬自己，李锦平忙着摆手："千万别夸我，我就是个医生，看病是分内的事。"

江明剑的病情有些缓解，没有那么痛了，这是阶梯镇痛治疗起了作用。江明剑要求将氧气管拔了，他感觉自己不需要这些东西了，只要不痛，吸氧、打针都不要了。

刘翠英故意板着脸，坚决反对拔掉氧气管，刘淳则一脸求助的样子看李锦平。病人和家属意见不一致的时候，医生是权威的裁判。李锦平说："虽然没有之前那么痛了，但你的肺功能短期内还没有恢复，吸氧能保证你身体有足够的氧和血，保障重要器官不受缺氧的损害。”

江明剑不敢坚持恶作剧式的意见。自己病入膏肓，没有氧气、没有化疗，意味着死亡，好死不如赖活着，他不想马上死去。人就是这样，挥霍身体的时候不计后果，病入膏肓的时候又留恋人世。特别是江明剑这种有钱有地位的人，对生的渴望更加迫切，虽然，他口口声声说自己不在乎生死。

长时间使用化疗药，江明剑的头发脱光了。他还不到六十岁，六十年一个花甲一个轮回，在人均预期寿命接近八十岁的时代，他连一个轮回也没活到，真的是悲哀。他要忍受化疗药带来的恶心、呕吐、白细胞下降、免疫能力下降等副作用，癌痛折磨得他形容枯槁。

江明剑侧过脸去，不理会任何人。李锦平说了几句安慰的话，就去其他病房查房了。

江明剑是在盘算身后事，一大笔财产该交给谁。他入院以来，这件事一直困扰着他。他在脑海里，将身边人逐一揣摩。侄子是靠不住的。住院以来，他来过几次医院，打着看望的幌子，目的却是打听病情，得知他患肺癌晚期之后，连个人影都不见了，平时工作上的事，也不请示他了，看来，这个侄子是打算私吞公司财产，难道他准备篡位？想到这里，江明剑打了一个激灵。如果真是这样，刘翠英今后的日子就很难过。还有一个人，刘翠英的侄女刘淳，她是一个小学教师，平时对他尊重，毕竟是自己抚养大的，感情比较深，住院以来，也常常来照顾自己，从感情上说，她是合适的人选。但刘淳毫无社会经验，不会做生意，在遍地黄金、处处陷阱的生意场上，她会吃亏上当。况且，自己不确定，她是否愿意继承他的事业？看来，他需要和刘翠英谈谈这个严肃的话题，听听她的意见。

刘淳一走，江明剑让刘翠英把病床摇起来。他斜靠在床头，说：“翠英，有件事我想听听你的意见。”刘翠英见江明剑精神头好了一些，就坐在他的床边，拉起他的手，说：“老江，你说，我听。”几十年了，他们都是这样，他说，她听。江明剑摆摆手，说：“这件事，我想听听你的意见。”刘翠英不明就里，问：“怎么了？这么严肃。”江明剑喘了一口气，说：“我走了，你怎么办？我们的生意怎么办？现在，急需选择一个接班人，把我们家，我们的公司管起来，不能任由那一帮人将我们的家业败光了！”刘翠英顿时严肃起来，一脸茫然地说：“老江，生意上的事我一点儿也不懂，你看哪个接班比较好？这个主意还得你来拿。”江明剑讲了自己的考虑：“原先，我是有意让侄子接班，但现在来看，他靠不住了。”说到侄子，江明剑有点激动，他一直将侄子当成亲生儿子，从他大学毕业起，就带在身边做生意，这些年，江明剑把自己的生意经毫无保留地传授给他，希望他将来能继承江家的事业。

江明剑一阵猛咳，刘翠英赶紧为他擦嘴，为他拍背，忙乎了好一阵，江明剑才平稳下来。

江明剑继续说：“我看，淳儿这孩子人品好，心眼好，做事也不错。”刘翠英犹豫了一会儿，说：“她对管理公司一窍不通，怎么能带好公司？”江明剑说：“我刚才想了一个方案，可以聘请职业经理人。我的公司，一定要交给我放心的人。”

“什么是职业经理人？职业经理人会不听老板指挥吗？”江明剑笑了，说：“这个你就不用担心了。打电话，让刘淳来一趟，我们抓紧时间跟她谈，如果她愿意，马上找律师办理手续！”

刘淳刚离开医院，就被姑姑的电话火急火燎叫了回来。她还以为姑父的病情恶化了，到病房的时候，已经跑得上气不接下气了。

谈的是让刘淳接班的问题。刘淳立刻意识到责任重大。她说：“我完全不懂做生意，更不懂管理公司，恐怕不能胜任。”江明剑急了，说：“你是要看着我几十年的心血被别人败光吗？你是要看着你姑姑在我死后孤苦无依吗？这个重担，你必须挑起来。没有人天生会做生意，我相信你能信任。”刘翠英劝道：“老江，你别急！有话慢慢说。这件事对淳儿来说太突然了，担子太重了。你给点时间，让她多思考思考。”

“你们可以等，我已经没时间等了！说不定，我明天就死了。撂下一大摊子事没人管，公司就完蛋了！你们懂不懂，什么叫受命于危难之中！”“姑父，这件事太大了，您让我想清楚。”江明剑说：“我给你时间考虑。行不行，快点给我答案。我要找律师，立遗嘱，去公证处公证，去公司宣布这一重大决定！”刘淳惊讶地说：“我没有心理准备！”

江明剑让刘翠英将床摇下去，不再理会刘淳。刘淳进退两难。可是，从现在的情形看，她已经没有了选择的余地。她在心里反复问自己：我行吗？隔行如隔山呢！不行，肯定不行。隔了一会儿，江明剑问：“淳儿，你考虑好了吗？”

刘淳看了一眼刘翠英，像是在求助。她确实没有想好，她没有能力，也没有勇气承担这份责任。刘翠英明白侄女的意思，说："老江，我们不能勉强淳儿。她如果贸然答应，以后公司会很被动。我们还是另想办法吧。"

刘淳为难地说："姑父，感谢您的好意。但是我没有一点经验，也没有任何人脉关系，不敢接过这副担子。"江明剑长叹一口气，说："后继无人啊！我不放心走！"他太知道商场如战场这个道理了。许多人在商界看起来如鱼得水，财源滚滚，一旦决策失误，就倾家荡产，风光不再。自己在商界几十年，辛苦打拼，左右逢源，才办起了这家公司，积攒了这份家业，可谓千辛万苦。可是，无奈自己身体不济，恶疾缠身，老天爷连给他培养接班人的时间都不给！江明剑不由得悲恸不已，号啕痛哭。

江明剑的痛哭，惊动了病房里的所有人，大家不明就里，过来看热闹。李锦平听到病房有人哭泣，赶紧过来，一听并不是钱的事，他摆摆手，示意看热闹的人散了，推开病房的门，问清了缘由，听说是因为家庭财产处置的事情，李锦平不好多说，叮嘱江明剑别太激动，以免导致血压飙升、血管破裂。

刘翠英、刘淳俩人也劝慰江明剑，让他先安心静养，公司的事情从长计议。江明剑心有不甘，说："我已经等不起了，没时间耗着了。翠英，哪天我突然死了，你该怎么办呢？"刘翠英眼泪汪汪，说："老江，别担心，船到桥头自然直，我们总会有办法渡过这个难关的。我有信心，你也要对自己充满信心。"

刘淳接着说："是啊，姑父，您昨天比前天好，今天比昨天好，说明您的病情已经稳定了。姑父，吉人自有天相，您一定要好好的。"

江明剑的心情慢慢平静下来。他盯着刘淳，说："春节后一上班，你就跟我去公司，我要带你快速熟悉公司的业务！"

江明剑绕来绕去还是回到这个话题上，语气不容置疑，刘淳感觉自己脖子上架着一把刀，她不敢相信，自己有能力管好公司。她说："姑父，我是一个小学教师，从来没有经商经历，您也不想我将您一辈子的心血葬送。请姑父理解。"

江明剑心事重重，让刘翠英给公司的法律顾问打电话，请律师来医院一趟。

律师到病房的时候，已经黄昏了。江明剑站在病房的阳台上，一抹夕阳直刷刷地扑到他的身上，让他感觉到一线生机，感觉到自己还活着。在余晖的笼罩下，湘江温婉细腻，仙山峰秀丽挺拔。江明剑的视线延绵悠长，他想留住这份美好和宁静。可是，生命已经不允许他再拖延下去，是时候做最后的决定了！

江明剑支开刘翠英和刘淳，让律师记录遗嘱：

1.我死后，我的公司由市资产评估公司依法评估后，委托拍卖公司向社会公开拍卖。

2.由刘翠英全权负责组建一个抗癌基金会，将公司拍卖所得全部款项注入基金会，负责管理和运行基金会。

3.刘翠英继承独栋别墅，其余四套房产赠予刘淳。

4.银行存款及现金，刘翠英继承一半，其余一半赠予刘淳。

5.刘淳要善待刘翠英，尽到赡养义务，养老送终。

律师记录完江明剑的遗嘱，递给江明剑签字按手印。江明剑长吁一口气，说："这样我就放心了。到时候还要麻烦律师在我死后，将这份遗嘱落实到位。并且，你要尽到保密的责任。"

律师表示尊重江明剑本人的意愿，一定会按照遗嘱的内容将条款落实到位，并尽保密义务。律师不解地问："江总，您的侄儿跟在您身边多年，做生意是一把好手，为什么不将公司交给他？怎么还要将拍卖所得全部注入抗癌基金会？"

"我侄儿无德无品，不合适拥有大量的财富。"江明剑干咳了几声，吃力地说："至于为什么成立乐华抗癌基金会，钱这东西，生不带来死不带走，不值得留恋，多帮助那些有需要的人，就是用在了刀刃上！"

这一夜，江明剑反复折腾，将值班医生夏晶晶和夜班护士何英丽折腾得浑身散架了，当然，刘翠英也是通宵未眠。立遗嘱是大事，江明剑在心里反复琢磨，是否还有遗漏，活跃了思维，也活跃了身体。一会儿咳嗽咯血，一会儿腹痛，一会儿便血，一会儿脚痛，一会儿发烧，夏晶晶和何英丽到他的病房来过十多次，一会儿打止血针，一会儿打止痛针，一会儿冰敷，一会儿吸痰。每次操作完，江明剑都会给医生护士道歉："对不起，麻烦你们了，打搅你们休息了！"

好不容易熬到天亮，江明剑伴着仙山峰的鸟鸣睡着了。突然一阵剧痛又把他锯醒了。这一次，是骨痛。癌细胞已经转移到肝脏、骨头，这一点，李锦平已经跟他讲清楚了，江明剑知道。密集的剧痛，一阵紧过一阵，就像电锯在锯骨头，铆足了劲要把骨头锯断。江明剑在床上翻滚，干枯的双手不停地锤打痛点，额头上的汗珠密密麻麻渗出来，流进眼睛，流到瘦弱蜡黄的脸上。刘翠英不时用毛巾为他擦汗，眼睁睁看着他受折磨，自己却无能为力，刘翠英的心在绞痛，不时询问："老江，好一点了吗？还痛吗？"

何英丽赶到医生值班室，将刚刚入睡的夏晶晶从暖和的被窝里扯起来："夏医生，好姐姐，江明剑痛得要休克了，你快去看看。"夏晶晶打了一个激灵，问："又痛了？今晚用了几次吗啡？""已经肌肉注射吗啡三次了。要不要请李主任来看看？"夏晶晶看看手机，摆摆手说："不用了。大过年的，让李主任好好休息吧。"

夏晶晶检查了江明剑的血压、心电图，生命体征还好，当务之急是镇痛。她对何英丽说："这种情况，还是用镇痛泵持续给药吧。"

镇痛泵用上去了，江明剑的剧痛才慢慢缓解。让癌症病人达到不痛标准，提高癌症病人生活质量，是肿瘤内科医生的必修课。

江明剑刚安静下来，谢金韵又哼哼唧唧呻吟起来。谢铭莱正在清洗父亲的造瘘口。前次手术的时候，医生给谢金韵做了横结肠造瘘术，就是切掉癌变的肠道，把好的肠子连接到腹部，方便排便。

这几天，谢金韵感觉造瘘口有点紧，排便排不出，胀得难受，又怕麻烦医生，就让谢铭莱用手指伸进去扩张。谢铭莱怕弄痛父亲，每次都是象征性地弄几下。听了谢铭莱简单的介绍，何英丽明白了，这是造瘘口狭窄影响了排便，腹部胀得难受。她转身去了治疗室，准备了手套和石蜡油等物品，到了床旁，对谢铭莱说："你仔细看着我做，以后你父亲出院了，遇到这种情况好及时处理。"何英丽戴好手套，将石蜡油涂抹在指套上，小指先轻轻伸进去，停留两分钟，慢慢抽出手指，用造瘘口袋接住谢金韵的污物。接着，何英丽用生理盐水清洁完周边皮肤，用无菌棉球擦干后，夹起一块消毒纱布，均匀涂抹皮肤保护药膏，轻轻将纱布盖住造瘘口。

这一连串的动作，谢铭莱看得十分仔细。在外人看来污秽不堪的造瘘口护理，何英丽操作得如此轻巧，令谢铭莱感动。这是平凡的工作，却能解除患者的病痛，实用、实在。

污物排泄出来之后，谢金韵的身体轻松起来。谢铭莱打开病房门，送何英丽出来，发现大哥二哥正站在门口，一阵激动，喊了起来："大哥二哥，你们终于回来了！"又回头朝谢金韵喊了声："爸，您老日思夜想的老大老二回来了！”

谢金韵憋着一口气，就是想见自己的孩子。孩子回来了，他的愿望终于实现了。多少年没当面见到这两个孩子，谢金韵也记不清了。他努力睁开眼睛，仔细打量孩子，眼角湿润了。他伸出手，摸摸孩子们的脸，脸上都有了岁月的风霜。前些年，老大老二相继出国，给谢金韵长了不少脸，在村里，大家都很尊重他，十里八乡的村民都拿他家两个孩子为样本，教育孩子好好读书，长大了有出息，挣大钱。还有一些村民，很崇拜的样子，向他请教培养孩子的诀窍。谢金韵总是笑着说：“要说种地，我有诀窍。但没有培养孩子的诀窍啊，都靠他们自己努力。”话虽这样说，谢金韵还是甜到了心里。

老大老二紧紧握住父亲的手。这是一双勤劳的手，手上布满老茧。小时候，父亲牵着他们走路，感觉父亲的手掌粗糙、宽厚，而今，还是这双手，却已经被癌症折磨得又黑又瘦，青筋凸起，如残枝败柳，仿佛稍一用力就会折断了。

父子在医院见面，不免伤感。老大提出来找医生问问父亲的病情，谢金韵拉住老大的手，断断续续地说：“别去……见到……你们兄弟……我就……放心了。”

老大紧咬嘴唇，尽力控制不让自己哭出声，平静一下心情，老大说：“爸，我去问问医生，还有没有更好的办法……”

谢金韵的手紧紧拽住他，说：“你别去……我有话……要跟……你们三兄弟说……”

父亲有话要说，三兄弟都静静地看着父亲，侧耳倾听。

等了好长一段时间，谢金韵说：“你们三兄弟……要团结……”

三兄弟不约而同点头，说：“爸，您放心，我们兄弟一定团结。”

谢金韵说：“你们三兄弟……要孝敬好……你娘……”

三兄弟还是点头，说：“爸，我们都知道，您放心吧！”

谢金韵把他们三个人的手放在一起，继续说：“你们兄弟三个……老大聪明……老二能干……老三孝顺……老大老二……你们书读得多……条件比老三好……要多帮衬老三……他是你们的弟弟……不要……看不起他……”

老大老二说：“爸，您放心，我们会照顾好弟弟。”

三兄弟泣不成声，直刷刷跪在父亲病床前。

病房里突然传出号哭声，让人压抑、窒息。夏晶晶和何英丽急忙跑过来，看到谢金韵闭着眼睛躺在床上，气若游丝，三个大男人抱在一起失声痛哭。她们对视了一眼，悄悄离开了病房。

谢金韵休息了一会儿，睁开眼睛，接着说道："别哭……我没事……只要你们三兄弟和睦……我们家就有希望……"

六

李锦平查房的时候，产生了恐慌的情绪，一些病人和家属脸上蒙着一层挥之不去的阴影。这种氛围，对医患配合很不利。李锦平给护士长黄学倩打电话，请她来科室一趟，她善于调动病人情绪。

黄学倩声音嘶哑，说：“李主任，对不起，我家里有事，不能来科室。”黄学倩情绪低迷，李锦平惊讶地追问：“你家里有什么事，能跟我说说吗？”黄学倩沉默了一下，说：“没什么大事。李主任，我们明天见吧。”

李锦平瞟了一眼挂历，今天是春节长假最后一天，明天正式上班了。他与黄学倩搭档多年，从没见过她情绪如此低迷。黄学倩性格开朗，爱笑，对科室的大小事情都很上心，从来没有这样冷漠过。李锦平觉得自己有必要搞清楚，她家到底发生了什么事？电话里，黄学倩讳莫如深，该是多大的事？他越想越不对劲，再次拨打黄学倩的手机，却关机了。他预感，黄学倩遇到迈不过去的坎了。

李锦平查完房，打了辆车匆匆去了黄学倩家。李锦平按响门铃，却没人开门。他转身回走，在小区门口碰到黄学倩和郑昕。黄学倩一脸愁容，眼睛红肿，好像刚刚哭过。

李锦平急切地问：“黄护士长，你们家发生了什么事？能跟我说说吗？”郑昕阴着脸，说：“我们家能有什么事？大过年的，你是不是特想我们家有事？”气氛瞬间尴尬了。李锦平没想到郑昕丝毫不留情面，说道：“我没有别的意思，在电话里感觉她精神状态不好，再拨电话又关机，就想过来看看。没事我先走了。”黄学倩狠狠瞪了郑昕一眼，说：“你怎么跟李主任说话呢？”又向李锦平道歉：“李主任，我向你道歉。感谢你跑这么远来看我。我家真没事。今天，就不请你到家里坐了。抱歉！”李锦平自认为关心同事没有错，但没想到会是这样，简直是自讨没趣，淡淡地说：“没事就好，再见！”

李锦平走远了，郑昕拖长了声音，阴阳怪气地对黄学倩说："你们之间该不会有什么事吧？"黄学倩气得浑身发抖，怒目圆睁，恨恨地说："郑昕，我今天是给你面子。自己做错了事，千方百计想找我的茬。"

郑昕一脸难堪，呆立在寒风中。

李锦平回到病房，心里有一丝隐忧在撩拨。这种隐忧，却让他陷入误会。他喜欢单纯的生活，不希望误会演变成一团乱糟糟的麻纱。转念又想，也许郑昕心中有邪火，刚好那个时间点，李锦平不合时宜地出现了，就成了他的出气筒。

周达善来了，小孩子一样，怯生生地把检查报告递过来，哭着说："李主任，胃癌，我完蛋了……"

李锦平仔细看了看检查报告，说："周老板，只要你积极配合治疗，会好起来的。"

李锦平自己都不太相信这句话，但他不得不这么说。肿瘤内科医生说话，要讲究艺术性，不能太直白，不能给对方传递绝望的信号。信心比黄金还要珍贵。

周达善急切地问："你有办法治好？"

李锦平无数次回答过这个问题，说："你和医生，都要积极想办法，攻克这道难关，让你有信心战胜疾病。其实，癌症并不可怕，很多人是自己打垮了自己，这一点很可怕。"

周达善苦笑了一下，说："我知道你是在安慰我。我也接受这份善意的安慰。"

周达善办理好住院手续，李锦平详细询问了他的病史，拿出《知情同意告知书》，说："你仔细看一下，需要你本人或者直系亲属签字。"

周达善看了一眼，说："我没有直系亲属，他们丢下我，都不管我了。"

李锦平问："那天陪你一起来医院看病的女子，今天怎么没来？"

周达善长吁一口气，说："李主任，那个不是我的亲属。我和她，就是一个无聊的错误。我现在很后悔，当初为什么会那么放纵！"

李锦平安慰道："先别想那么多，安心治病是你当前最重要的任务。"

周达善说："李主任，你真不知道我当年有多么无聊和放纵。如今又查出胃癌，唉！"

周达善木然地躺在病床上，思绪万分，莫名的苦楚像无数小虫在啃噬他的情绪。为什么是我？我为什么会是这么一个悲惨的结局？周达善不停地问自己。想当初，自己多么威风，好运气接连不断。单位改制，周达善拿着单位发的几万元补偿款，摆过地摊，倒卖过水果，开过夜宵店，辛辛苦苦没赚多少钱。周达善不甘心一辈子平庸，恰巧遇到那几年大搞基建，钢材、水泥一片“涨声”，该周达善咸鱼翻身，他拿着几万块钱本钱，和几个朋友合伙开了一家建材公司，生意火爆，几年下来，竟然赚了几倍。到处都在砌房子，到处都在搞建设，他和几个合伙人一合计，又投资开了一家家装公司，又是火爆。然后，本钱足了一点，就贷款，开了一家房地产开发公司，生意越做越大。

没钱的时候，觉得钱是个好东西，钱太多了，对不知道自我约束的人来说，就是个灾难，甚至是灭顶之灾。

钱越来越多，周达善看老婆越来越不顺眼，横看竖看都难受，她脸上的黄褐斑，像一片一片的红薯皮，又黑又糙，她身上一层层的赘肉，让周达善浑身不自在。

老婆其实是个好老婆。心地善良，孝顺父母，苦跟他吃过，好日子跟他过了，是很容易满足的女人，大学毕业后，跟着他居家过日子，没钱的时候不抱怨，单位改制下岗的时候没埋怨过，平凡的生活没嫌弃过。周达善发达了，老婆嗅到了危机，想回到年轻的时候，出入美容院健身房瑜伽会所，拎回一大堆美容护肤品，穿起一件件价格昂贵的时尚衣服，提着名牌包包。老婆的打扮时髦了，脸上的黄褐斑看不出来了，身材恢复了，贵妇人的气质出来了，可是在周达善看来，还是那个中年妇女，雕琢的痕迹太重，不清纯。老婆问他，你到底要我怎么样才满意。周达善说不清，看不顺眼，怎么打扮他都难得看一眼。

然后，周达善就上演了很多次让她难受的狗血剧，家里不是吵就是闹，独栋别墅里，除了骂声就是哭声。时间长了，周达善干脆不回来，在外面花天酒地。老婆也失望了，主动提出离婚。离婚后，周达善更自由了，没有牵绊，没有人和他吵架，没有人干涉他在外面寻花问柳。

周达善铆足了劲儿折腾。酒肉天天有，场子夜夜串，女孩常常换，心思全不在生意上。他以为这就是逍遥，这就是人生的全部。可是，好运总有用完的一天。先是几个合伙人合谋了一个小圈套，收购了他手上的股权，将他踢出公司董事会。接着，他们又以周达善负责的项目有质量问题为由头，将他告上法庭，向他索赔损失，好几年了，官司一直没有打完，成了周达善的一桩心病。

按理说，周达善该收心了。周达善偏偏不信命，渴望东山再起，可是，好运气不再眷顾他，做什么赔什么。这不，刚刚开了一家电器城，就查出了胃癌。看来，自己这辈子玩到头了。

李锦平为周达善做完体格检查，脸色凝重地说："我们下一步要完善临床检查，看是否有肝脏、血液、淋巴和骨转移，再请胃肠外科、麻醉科的专家来会诊，看是否符合手术条件。"

周达善盯着天花板，面色死灰，并不答话，沉重的叹息声在病房回旋。李锦平知道，周达善正在心理抵抗期，很难接受患上癌症的事实。他总结与病人打交道的经验，最脆弱的是年轻女孩，其次是经济不独立的人，这些人的心里藏不住事，特别是得知自己患上重病，受到的打击很大，心理适应能力较差。像周达善这样有一定社会阅历的男性，抗压能力较强。李锦平安慰道："周老板，你不要过分担心，如果不能手术，还可以选择化疗和放疗，提高你的生活质量。"

李锦平离开病房后，周达善不死心，他想，我给了她那么多的钱，她曾说要跟我结婚，应该会管我吧？拨通了女人的电话："我住院了，是胃癌。"女人很长一段时间没有出声，电话里出奇地安静，周达善的心慢慢沉重。周达善问："你在听吗？我住院了，是胃癌。"女人终于不再沉默，她冷笑了一声："你住院了？跟我有什么关系吗？告诉你周达善，以后不要再来烦老娘！"周达善哀求道："我现在自身难保，你能过来陪我吗？一个人在医院，好冷清。"女人的语气很冲，说："周达善，你太厚颜无耻了吧？我凭什么去陪你住院？当初，你死皮赖脸黏着我，说要和我结婚，骗走了我的初夜，现在你要死了，还想连累我，你要不要脸？"周达善不死心，说："我现在都这个样子了，你能不能别这样说话？我在你身上花的钱还少吗？房子，是我买的吧？你每个月的零花钱不少，都是我给的吧？你如果不来，我一分钱都不会给你。"女人斩钉截铁地拒绝周达善，她说："我早就知道你没钱了，根本不稀罕。没有你，我会活得更好。"周达善一下子软了下来，语气里夹杂着哭声，哀求道："我真的走投无路了，你来看看我吧。"女子恨恨地说："你还想我去看你？做梦吧！你这辈子该吃的不该吃的都吃了，该玩的不该玩的都玩了，该睡的不该睡的也睡了，早点儿死，没人会心疼你，没人会惋惜你，可怜你！”

那一年，周达善被合伙人挤出房地产开发公司之后，那些曾经跟他纠缠不清的女子，一个个离他而去，生怕自己受了牵连，恨不得这辈子都不见到他。

后来，周达善认识了她。她看起来那么单纯可爱，对他非常相信，不管他说什么，她都信。周达善说，我有三个上千万的项目在运作，女人信了；周达善说，我今年要新添一辆凯迪拉克，女人信了；周达善说，我们结婚吧，女人捂着嘴咯咯咯地笑，说，我要看到凯迪拉克，还要钻戒，别墅。

周达善知道这些东西都是他胡编乱造的，不可能实现的。这个女人看起来单纯，实际上不简单！

一天，女人说看到闺蜜买了一个名牌包包，炫耀了好几天，好羡慕好羡慕她，如果自己有一个这样的包包，会觉得幸福死的。那表情，让人生怜。周达善虽然在走背运，却也不是买不起奢侈品。他咬咬牙，陪她去商场满足了她的心愿。他清楚地记得，女人在拿到包包的时候，高兴得跳了起来，抱着他的脖子，在他脸上咬了好多口，让周达善深刻感受了一回奢侈品的魅力。女人咬完周达善的脸，兴奋地找闺蜜炫耀去了。周达善皱皱眉，心想，一个包包，至于吗？这么嘚瑟！可是，女人愿意这样，只要她开心，就由着她去了。况且，她又不是他的女人，自己也只能睁一只眼闭一只眼了。

此刻，周达善死心了。他知道，自己已经走上了绝路，无法回头，心里涌上一阵悲凉。

恍惚中，周达善看到年轻时的自己，意气风发，干什么都有滋有味，连呼吸的空气都带着新鲜的味道，他也看到了失业初期的自己，老婆与他共同撑起一个家，不抱怨不指责。他还看到了发财时的自己，有钱挥霍，夜夜笙箫。然而，这些都是过眼云烟，犹如浮云。不久，他将悄无声息地死去，孤寂得像飘零的枯叶。周达善看见，自己的心灵在仙山峰上游荡，飘飘忽忽，时左时右，时上时下。他终于有时间，好好打量一下仙山峰了，这座山峰，钟灵毓秀，矗立千年。他仿佛看见，千年前，人们在仙山峰上礼佛诵经，高僧大德开坛讲法。他的心灵飞跃仙山庙，停留在仙山阁上，俯瞰这座千年古城，密密麻麻的房屋扑面而来，其中有几栋是他的房地产开发公司建造的。他还看到了，前妻和儿子住的那一栋房子，那是独栋别墅，是他自己建造的窝，那里藏着他的人生巅峰。

他看清楚了自己来时的路，却看不清生命的归途，都是自己走得太快啊！平时，他在仙山峰前，都是匆匆而过，前方，有许多事情在等着他做，许多人等着他见，许多生意等着他谈，许多钱等着他赚，当然，还有形形色色的女人，大大小小的酒杯，等着他。

人这一辈子，走得太快也许并不是坏事，重要的是要走得稳。周达善想。病榻，容易让人回忆往事，也容易感慨人生。许多生活哲理，平时忙得没有时间去思索，一旦生病了，离开了生活的琐碎，哲学的思维就会占据人的大脑。

护士过来，递给周达善一沓检查单，大小便、血液常规检查、血型检查、血液生化检查、B 超、心电图、核磁共振、肠镜、血液肿瘤标志物……周达善的思绪，又回到了残酷的现实中，他要面对的，是打不完的针，吃不完的药，没完没了的检查。一想到这些，周达善就头皮发麻。

周达善问护士："只要癌细胞没有转移，要是能够手术，可能就不会死那么快了吧？"

护士微笑着说："周先生，您放心，只要没有转移，就有希望做根治术。"

周达善的眼里又燃起了对生的渴望。他一下子坐起来，问："现在能做哪个检查？我马上就去。"

护士保持着职业的微笑，说："周先生，您现在可以去做 B 超、心电图和核磁共振，肠镜检查要等晚上服用泻药，明天才能做。肿瘤标志物要等明天早上抽血，大小便也要等明天早上你自己留到标本盒子里。"

护士解释清楚了，周达善感觉没有那么恐怖。做了检查，就会知道自己的身体状况了。关键是肿瘤不能转移。我不能死！强烈的求生欲望瞬间在周达善的内心涌动。周达善拿起检查单，立即做检查去了。

王晓源见李锦平脸色不太对，知道他心里有事，装作漫不经心地问："锦平，今天怎么了？"

李锦平没有回答王晓源，他将自己关进书房。越是这样，王晓源的疑心就越重。她泡好一杯红茶，送到李锦平面前。李锦平抬眼看了看王晓源，说："你放心，我没事。一个病人今天去世了，心里有点乱。让我一个人静一静。"

王晓源盯着他，说："不只是这个吧？你心里还有别的事。你的心事，都写在脸上，别忘了，我认识你二十多年了，孩子今年都要高考了。你肚子里有几个弯弯绕，我都能数清楚。”

李锦平皱了皱眉头，说：“其实，真没什么事，就是心里有点堵。我不想说，是不想把不愉快传递给你。”

王晓源问：“有什么事跟我说出来，我们一起面对。”

李锦平将今天去找黄学倩的事跟王晓源说了，王晓源听完，笑着说：“我还以为是什么大不了的事情呢。你这是自己去找不自在了，人家家事你少管，免得人家老公误会。”

李锦平说：“我不是怕她老公，是怕你误会。身正不怕影子斜。”

王晓源笑得直不起身子，拉长了声音，说：“我心眼有那么小吗？孩子都这么大了，我会吃你那点醋？这辈子，你都别想逃出我的九阴白骨爪！走吧，吃饭去，爸妈孩子都等着呢！”

王晓源拉着李锦平出了书房，李高峰说：“你们别这么秀恩爱啊，吃饭了。”

爷爷拍了李高峰屁股一把：“你小子，爸爸妈妈感情好，家就和谐，什么叫秀恩爱啊！”

李锦平警告李高峰：“明天要返校，还有一百多天就高考了，希望你心无旁骛抓紧学习，不要搞乱七八糟的事！”

李高峰说：“把你的心放肚子里，我的目标是一流医科大学，不会变的！明天，我妈送我去学校，就不劳您大驾了。”

晚餐，照例是糖醋排骨，这是李高峰的“爱菜”，明天要开学了，又有一个月不能回家，今天这桌菜，是爷爷奶奶精心准备的，李高峰吃得有滋有味。

长假结束前的最后一个晚上，李锦平一点也不清闲。他一边品着红茶，一边看着《大清相国》，享受这难得的逍遥。他想把自己彻底放空，以全新的姿态，迎接新的一年。

病人不给他面子。病房不宁静，有病人要抢救，值班医生、二线班医生都到位了，科主任不能袖手旁观，李锦平急急忙忙赶到医院。

这样的抢救，对李锦平来说太平常了。一名直肠癌患者，出现肠梗阻症状。李锦平到达病房的时候，值班医生已经做了初步的处理，插胃管减压，用了解痉药、止痛药。然而，患者的症状没有得到改善，呻吟声一阵阵敲打医生护士的神经。

李锦平拨通胃肠外科主任电话，请求院内紧急会诊。会诊的结果，是患者不适合做手术，最好的办法是在梗阻部位放置支架，撑起梗阻的肠道，让患者顺利排泄。

处理完抢救病人，李锦平在各个病房看了一圈，大多数病人都进入睡眠，鼾声、磨牙声、梦话声，此起彼伏。

周达善病房的灯还亮着。李锦平推开门，周达善还在玩手机。李锦平问：“周老板，你怎么还不休息？这个时候玩手机，对身体可不好！”

周达善说：“我的身体已经这样了，无所谓了。”李锦平故作生气，说：“周老板，你如果还这样折腾，就趁早出院。我想，外面比医院更好玩。你是见过大世面的人，应该懂得相互配合相互尊重的道理。”

李锦平本想以激将法让周达善早点儿睡觉，没想到周达善说：“无所谓了，出院就出院。我现在就走。”

见周达善破罐子破摔，李锦平指着他，严肃地说：“你还真要出院呀？吓死我了。你，周达善，大老板，哪天死在外面，电器商城是别人的，你的财产是别人的，你的女人是别人的，你的孩子也是别人的。”

周达善一副死猪不怕开水烫的样子，说：“迟早是别人的。我无所谓了。”

李锦平知道周达善不想死，是心理压力大，顾虑多，说：“你真的无所谓？你如果真的无所谓，就不会千方百计阻止你前妻再婚了，也不会反对她给你儿子改姓了。”

李锦平一语中的，戳到了周达善的痛处，他怔了一下，放下手机，说：“这个你也知道？”

李锦平说：“鼎鼎大名的周达善，我还是听说过。你的病情虽然重，但还有希望控制。只要控制好，有可能活十年二十年。希望你不要谈癌色变，振作起来，配合治疗。”

周达善是个聪明人，最大的特点就是会顺杆爬，让事情朝着有利于自己的方向发展。熄灯睡觉，等待来日。对他来说，也许并没那么悲观。

李锦平拖着疲惫的身子，打着哈欠，在凌晨凛冽的寒风中结束了这个春节长假。家中，有一盏灯，等着李锦平平安归来。他不回家，这盏灯永远不会熄灭。这盏灯，是王晓源为他开的。回家，是每一张疲倦面孔的心灵归宿。李锦平透过阳台，那盏灯在漆黑的夜里，那么明亮，那么温馨。他加快了步伐，向着家的方向，向着那盏灯，疾步前行。

七

春天，美好的春天，向大地挥洒着浓郁的激情。太阳将憋了一个冬季的激情，化为金色光芒投向大地怀抱，照亮人间万物，灿烂人们心灵。新春上班第一天，照例是握手祝福，照例是喜气洋洋。即便是肿瘤内科病房，也生机勃勃。

祝福归祝福，工作归工作。交班会是严肃的。李锦平主任和黄学倩护士长居中，医生护士分列左右两侧相向而立，夜班值班护士先交班，新入院病人情况、危重病人情况、特殊病人情况、抢救病人情况，一一如实汇报。接着是值班医生交班，副班医生交班，二线班医生交班。医生护士交班各有侧重点，医生交班重点是治疗情况、用药情况、诊断和鉴别诊断情况，护士交班重点是患者病情变化、生命体征、出入水量、护理措施。医生护士交班后，李锦平征求黄学倩的意见，是否有新的补充，或者是需要重点强调的工作，黄学倩摇头，表示没有需要讲的事情，李锦平明白，她心里有事，最后李锦平做总结、提要求。

李锦平重点对春节期间新入院病人和抢救病人的治疗处理措施进行了点评，让大家尽快调整心态，保持良好的工作状态。

三级医院医生查房制度等级森严。医生按照职称高低，跟在李锦平身后，重点查看新入院病人、危重病人。在每一个住院病人前，管床医生都要汇报病人的病情。李锦平一贯要求下级医生汇报病情不能看病历照本宣科，逼着医生熟悉病人，熟悉整个治疗。然后，李锦平进行问诊、体格检查，点评管床医生的处理情况，有时同意管床医生的治疗方案，有时新增或者减少治疗措施，有时提出诊断和鉴别诊断的要点，这样，下级医生就能不断进步，提高医疗技术水平。通过日积月累的讲解，下级医生、年轻医生、进修实习医生、规培医生就能成为独当一面的好医生。

护士的查房也一样。稍有区别的是，护士长黄学倩带着护士们单独开展护理查房，护理查房的要点是病人的基础护理和专科护理，换床单、换液体、换引流瓶、查看引流管，重点是危重病人的护理措施，特别是长期卧床病人的压疮处理，稍有不慎，都会给病人带来不必要的伤害。黄学倩说：“三分治疗七分护理，护士查房的要点是善于观察，善于询问，善于记录，为医生提供精准参考。”

医生护士查房，看起来琐碎，却是个精细活，技术活。不论是医生还是护士，新入院病人和危重病人必须进行床头交接班和例行查房。这时，医生和护士就会重合到一起。

李锦平和黄学倩两组，先后来到周达善的病房。周达善一个人待着，无所事事。看到黄学倩进来，挺不自在。黄学倩与他前妻是好朋友，以前两家人常常走动，他自己和郑昕也有生意上的往来。后来，他和前妻离婚，有几年光景没见到她了。周达善赶紧将脸别过去。

黄学倩却好像不认识他，用职业性的语言叫他：“周达善，感觉怎么样？”

周达善盯着阳台，不看黄学倩，也不回话。黄学倩说：“周达善，请把脸转过来。”周达善转过脸，说：“就这样子，怎么了？我现在落魄了，要死了，你还想落井下石吗？”黄学倩说：“我这是工作，请你配合。”

何英丽开始测血压、体温、血糖、脉搏，检查一项报一项结果：血压低、体温高、血糖高、脉速快。

黄学倩说：“周达善，希望你树立信心，配合医务人员积极治疗，将肿瘤的危害降到最低，提高生活质量。”

周达善见她并没有提起以前的事，心情稍稍宽松了些。查房的时候，医生护士不会牵扯到个人交情。医务人员与病人之间不需要矫情，需要的是安慰和治疗。

李锦平说：“等检查结果出来了，我们会联系相关专家会诊。目前来看，急需解决你出血和贫血问题。从今天开始，我们会给你输血。”

查房结束，周达善叫住了黄学倩，说：“黄护士长，请你别把我的情况告诉陈瑾利。”

周达善说的陈瑾利，是他的前妻。黄学倩反问道：“你现在跟她还有关系吗？”

黄学倩语气犀利，周达善表情麻木地说：“我不想打搅她的生活。”

黄学倩说：“既然你们没有关系了，我也没必要告诉她，让她安安静静过日子吧。”

周达善问：“她再婚了吗？现在过得还好吧？”

黄学倩说：“只要你不再去伤害她，她就过得好。当年，陈瑾利哭着喊着求你不要离婚，你听了吗？真以为自己有钱了不起，说走就走，说离就离。你把自己折腾成这个样子，又假惺惺地关心她，你是看准了她的善良，希望她主动来照顾你吧？”

周达善被黄学倩呛得不再说话。他知道跟黄学倩说这些是多余的，但他还是忍不住说了，说明他心里根本没有放下陈瑾利。

病房是忙碌的。查过房后，医生开医嘱、写病历、做治疗，护士配药、打针、换药、拔针、护理。这是一幅生动的画，忙而不乱。

李锦平瞅准一个空当，将黄学倩叫进主任办公室：“你家有事，愿意告诉我吗？”

黄学倩低垂着眼，不愿他看见自己的眼神，她害怕自己的眼神会出卖她的内心。她说：“李主任，我再次向你道歉。但是，有些事，你还是不知道的好。”

李锦平说：“昨天我确实唐突了。你是一个眼里揉不进沙子的人，家里有事就说出来，我们一起承担。你曾经说过，肿瘤内科是一个大家庭。”

黄学倩说：“你解决不了的。我希望，你不要卷进我的家庭风波，对你没好处。”

李锦平诧异道：“难道是你们的感情出了问题？”黄学倩慌乱地揉搓着工作服，摇头否认，眼里却含着泪花。

李锦平急切地问：“这也不是，那也不是，到底是什么事？爽快一点说啊，急死人了！”

黄学倩抿着嘴，说：“李主任，求你别问了。”

李高峰一开学，家里安静不少。李锦平忙到很晚才回家，父母已经睡了，王晓源在备课。李锦平轻手轻脚打开门，王晓源示意他轻点。李锦平进了厨房，饭菜都在电饭煲里热着。今天事太多，没有胃口，他将就着吃了几口饭。王晓源站在厨房门前，轻轻说：“郑昕白天给我打电话，说你勾引他老婆。”

李锦平一愣，说：“无耻。”

王晓源说：“我相信你，但人家老公打电话说你勾引，要跟黄学倩离婚，责任在你。”

李锦平愤怒了：“胡说八道！我现在就去找他。”

王晓源拦在门口，说：“清者自清，浊者自浊，你想要证明什么呢？这种事，只会越抹越黑。我相信你，不是因为你的愤怒，而是因为二十多年的感情，因为你的人品。”

李锦平冷静下来。他把跟黄学倩的谈话告诉王晓源，补充道：“到现在为止，我还不知道他们家到底发生了什么。”

王晓源说：“不管他们家发生了什么，你都不要再管了！清官难断家务事，你不要引火烧身！”

李锦平与黄学倩在肿瘤内科搭档久了，对黄学倩的人品很认可。她不张扬，不浮躁，为人谦和，从善如流，对工作尽心尽力，没见过她出格，更没有不检点的行为，这一次，郑昕怎么会如此污蔑妻子？李锦平百思不得其解。

王晓源劝李锦平：“也许郑昕指东打西，是不是他自己在外面惹了女人，急于要离婚，下作地往妻子身上泼脏水？”

两个人分析来分析去，没想出个所以然。最后决定，不再过问这件事，以静制动，看看郑昕葫芦里到底卖的什么药，他到底要搞什么名堂？

那边的黄学倩和郑昕的生活很不平静。郑昕告诉黄学倩，他已经打电话告诉王晓源，李锦平对你有非分之想。说这话的时候，郑昕正在手机上玩游戏，好像在说一件跟自己毫无关系的八卦新闻。

黄学倩怒目圆睁，问道：“郑昕，你到底想干什么？为什么要这么折磨我、中伤我，不顾一切往我身上泼脏水？”

郑昕波澜不惊，继续玩游戏。黄学倩冲上前，夺过手机，厉声问：“你到底怎么了？是不是在外面有人了？如果你在外面有人了，告诉我，我会成全你，没必要这么厚颜无耻中伤我。我和李锦平没有苟且之事，是你的思想太肮脏！”

郑昕反问道：“黄学倩，你和他之间真的清白？他凭什么无缘无故找到我们家里来？”

黄学倩冷笑：“郑昕，你浑蛋！李主任来，是因为工作上的事。你太龌龊了！”

郑昕说：“我不想跟你吵。眼见为实，我亲眼看见他跑到家里来找你。

黄学倩，我们离婚吧！”

黄学倩说：“你肯定有见不得人的事瞒着我。如果你不说出真相，别想离婚。除了原则问题，我都可以原谅你。”

说完，黄学倩进了卧室，反锁门。郑昕恶狠狠地朝着卧室喊道：“黄学倩，你不离婚，我就去医院闹，看你们谁能顶得住。别怪我没有警告你，到时候你和李锦平在医院名誉扫地，不要怪我。”

郑昕心虚，说这话的时候，自己都没有底气。他已经陷进一个巨大的漩涡。几年前，他瞒着黄学倩，在外面借了几笔巨额外债，拿出炒贵金属，亏得血本无归。后来，他才知道，他进入的所谓贵金属交易所，是个非法的交易所，被查封了。眼见债务到期，他被逼得狗急跳墙。跟老婆孩子没办法交差，就想出这条毒计，编造黄学倩婚内出轨，逼黄学倩离婚，独吞房子还债。

郑昕就像赌红了眼的赌徒，一心想着扳本。早几年，几个有钱人将他带进了那个市场。行情好的时候，人家一天挣一台车，他看着眼馋。马无夜草不肥，人无横财不富。那个时候他和黄学倩结婚不久，手头没有余钱，但他狠下心背着黄学倩借了一大笔钱，做着一夜暴富的黄粱美梦。

郑昕买的第一单，就是开白银多单，只一个交易日，就挣了十多个点。来钱这么容易，简直不可想象！他又跟着别人接连做了几单，挣多亏少，郑昕兴奋不已。他自鸣得意地想，这种空手套白狼的生意，不费神不费力，来钱快，多好！他又借了一笔钱，加码投入。他往往急不可耐地开单，平了白银空单合约，马上就买入黄金多单合约，平了黄金多单合约，马上开仓白银空单合约，最快的一单持仓只有二十分钟，就挣了八个多点。那段时间，郑昕运气特别好，他经常处于亢奋状态，认为自己是贵金属市场的高手，他渐渐忘记了市场的风险，忘记了别人的忠告，常常是满仓干。

在这个非法投机之地，好运气不会每次都眷顾没有风险意识的人。那天，郑昕跟几个朋友喝完酒，满身酒气打开交易软件，信心满满。他下午开了黄金多单合约，如果不出意外，超级大国宣布降息，黄金将有一波上涨行情。然而，郑昕傻眼了，超级大国宣布维持利率水平不变，开盘不到三分钟，黄金合约价格急速下挫。郑昕以为自己喝多酒了，使劲掐自己的手，好痛，再一看盘，还在跌。他赶紧看自己的单子，原先设置的止损位根本来不及平仓，而是在更低的价位爆仓了。郑昕坐在电脑前，一下子蒙了。

从那一天开始，郑昕开启了漫长的借钱生涯。甲方要到期了，去乙方借款，乙方要到期了，再去另外的地方借，他总是在拆东墙补西墙，渴望有朝一日能大挣一笔，弥补亏空。然而，这一切都落空了。债务越来越多，有时候多得连自己都不记得到底借了多少。他很厌倦这样的日子，常常幻想买一个翻倍的合约，一下子就可以还清所有的债务。幻想终归是幻想。郑昕，只是非法市场的一根小韭菜，常常被人收割。

借来的钱越来越少，郑昕的心越来越急。春节前，他横下一条心，要和黄学倩离婚，独霸这套房子。黄学倩是个传统的女人，事业心强，他抓不到把柄，他心急如焚，天天找借口和她吵架，希望她主动提出离婚。可是，黄学倩从没想过要离婚，每次都是隐忍。恰在此时，李锦平来了，他抓住机会大做文章，希望黄学倩主动提出离婚。黄学倩不进圈套，郑昕主动出击，打电话给王晓源，以此激怒对方，只要有一个人乱了阵脚，他就能神不知鬼不觉完成大阴谋。

事情似乎没有朝着郑昕预设的方向发展。李锦平和王晓源以静制动，黄学倩死活不愿离婚。如果继续耗下去，他的秘密将大白于天下。他不愿意被人指指点点，被人看不起的感觉很难受。怎么办？他必须再添一把火，让黄学倩被迫就范。添什么火呢？铁证！对，必须是铁证！他在找一个实证的机会。看到黄学倩手机的瞬间，郑昕灵光一闪：有了！他拿起黄学倩的手机，给李锦平发了一条微信：锦平，我睡不着，想你了。然后截图发给王晓源。

郑昕做完这一切，急切地等待李锦平和王晓源的反应。他想，不如借机再敲李锦平一笔钱。他又给王晓源发了一条微信：现在，不仅仅是去医院闹这么简单了，我要李锦平赔偿我的精神损失。是他拆散了我的家庭！

很难想象，一个人为了钱会如此疯狂，会如此不知廉耻。但郑昕做出来了，并为自己的聪明沾沾自喜。

王晓源收到郑昕的微信，惊呆了。她反复看这条微信，看了一眼沉睡的丈夫。真有这事？王晓源不敢相信。她是愿意相信李锦平的。可是，微信来自对方的老公，人家有真凭实据！相信谁？

她悄悄下床，打开李锦平的手机，信息显示“未读”状态，他还没看到过这条微信。黄学倩为什么要在深更半夜发这条微信？她老公怎么会发现？郑昕如果真去医院闹，该怎么处理？这些问题，在她心中凝结为一个巨大的疑问号。

她不愿意李锦平看到这条微信。趁着他还在睡觉，她赶紧把微信删了，还有自己手机上的微信，也一起删了。她以为，删除微信就能保证平安。她不愿意想象，李锦平看到这条微信的态度。眼下，她能做的，就是删除微信，然后若无其事睡觉。

睡觉是件很容易的事，人这辈子有三成时间在睡眠中度过。王晓源却失眠了。如果李锦平和黄学倩真有说不清道不明的暧昧，或者突破底线，王晓源也不知道如何面对。她很佩服有的人，有“乱云飞渡仍从容”的强大内心，有“每临大事有静气”的淡定气度。她是个小学教师，从来没想过自己的家庭会发生波折。更不愿意相信，李锦平会踩破底线。她只愿意相信，李锦平是她的习惯，是她的亲人，不会背叛自己，不会背叛家庭。

王晓源开了床头灯，微弱的灯光下，李锦平睡得如此安详，眉头舒展，脸上棱角分明，嘴角微微上翘。王晓源的手，轻轻地抚摸这张被岁月裁剪的脸，泪水情不自禁滑落下来。

她分明记得，他们相识于春天，相知于冬季，携手于第二年秋天。秋天，是硕果累累的季节，他们的爱情也丰收了，携手走进了婚姻的圣殿。诚实、孝顺、帅气，这是她在婚礼上讲述自己爱情故事时，对他的评价。在她的眼里，他是自己一辈子无悔的选择。她轻声地自言自语：难道，你变心了吗？有一个声音在回答：不，他不会变心的！

王晓源俯下身子，深深地感受李锦平的气息。她熟悉了他的安宁。她禁不住在他脸上轻轻地吻了一下。他侧翻过身子，伸出手来抱她，却触摸到她的泪眼。

李锦平触电般醒了，问道：“这么晚了，怎么还不睡，怎么哭了？”

王晓源内心一阵慌乱，极力掩饰，说：“我刚上了趟卫生间，没事，睡吧。”

李锦平坐起来，握住她的手，说：“冰凉的手。天气太冷，别感冒了。”

王晓源强装笑颜，说：“真的没事。我就是想起我们婚礼上，我对你的评价，回想起来，我当初的评价都没错，眼光还行。我把自己感动了。”

李锦平扯了纸巾为她擦干泪，说：“你现在越来越感性了。我就是命中注定来拯救你的。别想了，睡吧。女人睡不好，容易变老的。”王晓源紧紧搂住李锦平，问：“你还爱我吗？”

李锦平笑了：“你这个小老太婆，一大把年纪了，还问这么幼稚的话题。”

王晓源撒娇：“说嘛，说嘛，我想听。你都好多年没有对我说了。”

李锦平说：“我爱你！”

王晓源噘起嘴，说："口气不对。不是这样说的。"

李锦平又说："我爱你！"

王晓源笑了："你就是我的爱人，这就是我想要的生活。你不准变心，不准离开我！"

李锦平说："傻子，我不会离开你的，别胡思乱想了，快点睡了。"

夫妻俩正在窃窃私语，李锦平的手机响了。急促的铃声，在万籁俱寂的夜晚格外刺耳。李锦平一看，是何向东打来的，以为是要请他去会诊，何向东却说："李主任，向姝琳的婆婆去世了！"

李锦平愣了一下，问："是在医院吗？哪个病区？"

"心内科。今天早上来的，心衰，一直在抢救。抱歉，没抢救过来。"

何向东的声音低沉，可以想象，他的神情很沮丧。挂断电话，李锦平边穿衣服边对王晓源说："向姝琳的婆婆，就是我们科里意外去世医生的妈妈去世了。我去看看。"

王晓源惊讶："怎么会这样？你赶快去吧。"停了一下，又说："你等一下，多穿件衣服，夜里格外冷。"

王晓源从衣柜里，找出一件大衣，披在李锦平身上，说："自己注意身体。"

李锦平心里暖融融的，对王晓源说："没事，你先睡吧。我今天晚上可能不会回来了。"

李锦平赶到医院，老人的遗体已经被送往太平间。接连遭受打击，向姝琳几乎崩溃，何向东和护士长一起，陪着她在主任办公室默默坐着。见李锦平来了，心内科护士长给李锦平倒来一杯茶。

李锦平问向姝琳："后事怎么安排？是否通知了她的亲戚？要不要告诉你公公？"

向姝琳一脸麻木，说："还没有。我真不知道怎么办！"李锦平跟何向东商量："赶紧通知老人的亲戚。她的亲戚中，有那么几个人不好惹。"

何向东说："这个好办，几个电话就行了。可是，老爷子那里，怎么说？谁去说？"

也是的，老爷子去年丧子，今年丧妻，祸不单行，打击接二连三，谁都无法接受。

李锦平望着向姝琳，问："你觉得老爷子那里该怎么办？说还是不说？"

向姝琳说："我等下告诉他。瞒不住。"

李锦平表示同意。老伴儿老伴儿，老来做伴儿。如今，孤独一人，老人该如何生活?

向姝琳一脸茫然。她不知道如何面对。可是，不管多难，她都要坚强面对！她的血液，已经融入了这个家，她不会放下老人不管的。

次日清晨，老人的亲戚就陆陆续续来到医院。亲戚中有长者出面主事，开了个会，一切安排妥当，有人忙着联系殡仪馆，有人忙着去购置办后事的必需品，向姝琳只管出钱。

按照预算，把钱交给主事的人手中，向姝琳回了一趟家。她告诉老人："爸，妈妈昨天晚上走了。"

老人身子颤抖了一下，拐杖"咚"地掉在地上。

向姝琳忙扶住老人，眼泪簌簌而落，说："爸，今后这个家，就只有我们两个人了。"

老人沉默了一会儿，说："姝琳，办完你婆婆的后事，你就走吧。我不能再拖累你了！"

向姝琳哭着说："爸，我不会走的。这个家就是我的家，我不能留下您一个人！"

老人颤颤巍巍，摸出一支烟，打火机"噗噗"作响，没有点着。向姝琳接过打火机，为老人点燃香烟。老人戒烟快二十年了，去年儿子突遭噩运，又开始吸烟。她也想劝老人戒烟，可是，不忍心。这么大年纪了，惨遭丧子，就由他去了。老人也不多抽，一天三四支烟，大多数时候并不是抽，而是点着烟，夹在指间，看香烟默默燃烧，默默流泪。

老人吸一口烟，咳嗽。再吸一口，再咳嗽。向姝琳看着心疼，从老人手中拿过烟，掐灭。她看见，老人眼里满是泪水。她的心，也随之黯淡。

婆婆的遗体告别仪式，公公坚持要去。他的表情非常平静，在老伴儿身边坐了一会儿，又牵起她的手，轻轻摩挲。这双手，他牵了几十年，和他一起创造了一个家，一起抚养了一个儿子。可是，现在，这双手撒开了，什么都留不住，什么都带不走。他不愿意老伴儿空着双手离开，从口袋里摸出一个金戒指，颤颤巍巍地戴在老伴儿手指上。这样，她就不会一无所有。夫妻一辈子，不忍心放手，而今，不得不放手！

给老伴儿戴好戒指，老人起身，一扭头，不声不响走了。

八

郑昕的所作所为，黄学倩一直蒙在鼓里。郑昕对她就像变了一个人，没事找事，吃饭的时候说菜咸了，她纳闷，挺好的味道，不咸呀！他就摔筷子。看电视的时候说她把声音开太大了，太吵，她就关了电视机，刚关上，他就把电视机打开，说过年过节不开电视不热闹。洗澡的时候，说水太热了，她就把热水器的温控开关调冷一点，他又说水太冷。这些生活中的挑刺细节，让她的心中满是疑惑，可总是找不到症结。

她无法解释他的变化，就试着跟他沟通。人家都说，沟通是夫妻感情和谐的法宝。她想跟他好好聊聊，希望他能给一个答案，解开她心头的疑惑。他却不理会，直接封锁了沟通的渠道。直到那一天李锦平出现在她家小区里，郑昕好像找到了突破口，说出那些狗血剧里的话，让她感到奇耻大辱。

她虽不是大家闺秀，却是小家碧玉，从小到大，都是父母宠着惯着，也没受什么打击，骄傲得像个公主，优越感挺强。结婚前几年，郑昕对她挺好。她就有些飘飘然，觉得自己命好。有好父母，有好老公，有好女儿。女儿叫雪雪，现在读初三，马上要中考了。

黄学倩想，是不是郑昕在外面有人了？想到这里，黄学倩不禁打了一个寒战。如果他起了异心，春节挑刺的举动就好解释了。黄学倩很快就否定了这个想法。如果在外面有人，一定会有陌生电话或者微信，没见他接电话，也难得出去玩，晚上基本在家，即便是跟朋友喝酒聚会，十二点钟之前必然回家。

黄学倩一夜未眠，起床的时候，感觉头重脚轻。昨夜，郑昕竟然没有敲门，自己蜷缩在沙发上睡了。黄学倩抱了一床厚被子为他盖上。他是她的男人。虽然他最近反常，她还是不想与他分开。她爱他，找不到分开理由。男人，有时候就是个长不大的孩子，要闹，就让他闹一闹，累了就不会闹了。闹完了，还得乖乖过日子。黑眼圈在镜子里晃动，面目狰狞。黄学倩在镜子面前，左看右看，自己的憔悴犹如秋后的茄子，萎靡不振。女人是水做的，黑眼圈的出现，让黄学倩的心口压了一块大石头。这块石头，是郑昕压上去的，只有他才能搬开。

客厅里，郑昕鼾声匀称。他就像没事人一样，能吃能睡。黄学倩安慰自己，没事，一定没事，他不会离婚的。也许，他这段时间就是哪根筋搭错了，要不然他能睡得这么香？他的心哪有这么大？

黄学倩没发过微信，李锦平也没看到过微信，两个人都被蒙在鼓里，心中无事，自然坦荡，各干各的工作，偶尔闲下来，聊一聊工作。李锦平提到，有意向医院管理层建议，将夏晶晶提拔为科室副主任。黄学倩有点惊讶，问："合适吗？"

"我觉得她表现挺好，那次她通宵抢救病人，能够独当一面，"李锦平反问道："她当副主任有什么不妥吗？"

"提拔科室副主任，我没有发言权，"黄学倩说，"我只是建议你慎重，不要操之过急。"

李锦平说："难道你发现了什么？"黄学倩没来得及回答，李锦平就被刘淳叫去病房了。江明剑说："李主任，我从电视上得知，有一种叫作质子放射治疗的方法，对我这种病很有效，我想去试试。"

"江老板，我也曾经考虑过让你去接受质子放射治疗，这种治疗通过质子束放射治疗肿瘤，对靶向区肿瘤有效性高，对正常部位影响较小。"李锦平小心地解释道，"鉴于你目前身体太虚弱，还不太合适。"

刘翠英问："李主任，他现在不适合做质子放射治疗吗？"

李锦平说："再等一段时间，关键是看身体情况。他现在咯血的症状还没有控制，贫血较严重，补了红细胞和白蛋白之后，再做一到两个疗程的化疗，就知道了。"

李锦平大可不必绕这么大一个圈说话，直接告诉江明剑不适合接受质子放射治疗，也算尽到医生的职责了。但他没有这么做，想给江明剑一个期待。面对恶性肿瘤患者，许下一个期待，比说一千句实话效果更好。

江明剑好不容易燃起的希望又破灭了。他自顾自地说："到底要什么时候才能好？我还有一大堆事要做……"

刘淳剥了一个香蕉，用勺子刮了一勺，送到给江明剑嘴边，轻声劝慰："姑父，您别着急，好好配合医生治疗，一定会好起来的。"

江明剑推开刘淳递过来的勺子，扭头不理他们。刘翠英递给李锦平一个眼色，示意他先离开病房。

刘翠英说："老江，你要相信李主任，他会想办法治好你的病。"刘淳说："姑父，您担心公司的事情，等您的身体稍微好转一点，我们陪您到公司去一趟，也好让您放心。"

猛烈的咳嗽，再一次袭击江明剑。咳嗽声惊天动地，和着啸鸣，如战场上万马嘶鸣，万箭齐发。江明剑呼吸急促短暂，脸色青紫，有一种要把双肺咳出来的急迫感。

黄学倩的话让李锦平心里别扭。他自认为看病可以，看人也不错。他看重的人，一般都会有一番成就。他最引以为豪的是他的一个学弟，早年受困于情，寻死觅活，他特别看好学弟做医生的天赋，在他的鼓励下，逐渐游出感情的漩涡，攻读硕士博士，现在是全国知名的心血管病专家。前些年，何向东去进修学习，就是经过他的推荐，拜在这位名师的门下，如今，市人民医院的心内科医生去进修学习，都是他亲自带教，医院心内科整体水平迅速提高，与知名专家悉心指导有很大的关系。

李锦平不固执。兼听则明偏信则暗的道理，他懂。好就好在，事先他没有对外讲，对夏晶晶没有任何影响。他依然可以不动声色地观察夏晶晶的举动，分辨一下，她到底是在作秀给他看，还是本来就认真。他对夏晶晶医术没有任何怀疑，主要是没有看清她的人品。当医生的，人品要比医术更重要。裘法祖说：德不近佛者不可以为医，才不近仙者不可以为医。医德皆人品，再会伪装的人，迟早会露出本来面目。他决定静静观察一下夏晶晶。

刘翠英来敲门，告诉李锦平，老江春节期间一直没输注人血白蛋白。

李锦平奇怪，让黄学倩查一查，江明剑的人血白蛋白为什么没有用上去？黄学倩回复，江明剑的人血白蛋白一直由夏晶晶保管。夏医生没拿出来，所以没输注。李锦平愣了一阵，问黄学倩："病人的药怎么会在医生那里？"黄学倩回复："这事要问夏医生，我不知情。"

李锦平给夏晶晶打电话，没接。李锦平疑惑，早上还在科室，怎么一下就不见了？他拿来江明剑的病历，查看这段时间的医嘱。从医嘱上，没什么问题。江明剑每天输注两瓶人血白蛋白，每瓶五克，共十克。但一查江明剑的化验单，李锦平就坐不住了，医嘱上使用人血白蛋白，却一直没有给江明剑复查血清白蛋白。这明显违背医学常识。一般来讲，给恶性肿瘤晚期患者输注人血白蛋白，要定期复查病人血清白蛋白，一旦检查结果正常，就要停药。夏晶晶不会这一点都不明白吧？

夏晶晶回病房时，满面春风。李锦平问她江明剑人血白蛋白的事，夏晶晶解释：“江明剑的人血白蛋白是在我这里，但他现在不要用，所以没拿出来。”

李锦平的眉头拧成了“川”字，说：“病人的药放你这里，不合适吧？况且，你开了输注人血白蛋白的医嘱，不给病人用上去，违背了医疗制度。你怎么解释？”

夏晶晶的脸憋得通红，觉得受了莫大的屈辱，说：“李主任，你怀疑我私吞病人的药？我告诉你为什么会出现这种情况，春节前，药剂科出通知，人血白蛋白生产紧张，我才好心为江明剑囤积一点药，以备不时之需。”

李锦平忙说：“小夏，我不是这个意思。希望你以后能事先跟病人家属通个气，提前跟我说一声，以免引起误会。”

夏晶晶说：“李主任，我想让你轻松过春节，才没跟你提这事。江明剑的人血白蛋白我放在家里了，下午我就拿过来，交给黄护士长保管。”

说归说，这事过去了几天，夏晶晶也没能把药交给黄学倩。李锦平感觉不对劲，追问夏晶晶。夏晶晶的回答让李锦平大跌眼镜：“我没有保管好药品，不见了。该怎么处理，你说吧。但我有一个条件，不要上报医院。”

夏晶晶的平静，像春天里刚钻出地面的小草，自然而然，毫无修饰。李锦平盯着夏晶晶，心想：这个年轻的医生，到底隐藏了多少秘密？到底是优秀的医生，还是迷途的羔羊？是失误还是故意？这些疑问，在李锦平的脑海里盘旋着。李锦平想知道真相，必须给患者和院方一个说法。李锦平毫不留情地问：“你说该怎么处理？恐怕不止江明剑这一个病人的药吧？恐怕也不止人血白蛋白这一种药吧？你自己说，这些年，有多少？”

夏晶晶坚定地说：“李主任，我说实话吧，这十瓶人血白蛋白真的被我不小心打烂了，您说要怎么处理，我没有怨言。”

周达善的到来，打断了这次谈话。他拿着化验单进来，质问李锦平：“李主任，你说实话，我还有住院的必要吗？已经淋巴转移！”

周达善的声音嘶哑，显然刚刚大哭过。

夏晶晶趁机溜出了主任办公室。周达善来得太及时了。李锦平眼睁睁看着夏晶晶出门，想叫住她，却不知道说什么——没有证据，如果病人家属纠缠不放，夏晶晶最多是赔偿损失。眼下，看周达善的化验单摆在第一位。

一沓化验单有多达四五十个数据，每一个数据背后都有其临床意义，表达人体内某种机能是否正常。李锦平不放过任何一个数据，正常或者异常的检查结果，影响治疗的走向和疾病的转归，对他来说审视这些数据，犹如老师看学生的试卷，警察勘探案发现场，从数据中条分缕析，发现疾病的蛛丝马迹，然后对症下药。

经过分析，李锦平郑重地说："现在下结论为时尚早。"

周达善将信将疑，紧张的表情舒缓不少。他指着化验单，问："你的依据是什么？不会是安慰我吧！"

李锦平说："你先别急，我们再请胃肠外科、麻醉科、消化内科专家来会诊，多听建议有好处。专家会站在各自学科的角度，为你制定个性化的治疗方案。"

周达善内心的煎熬无与伦比。生活就是这样，既有"春风得意马蹄疾，一日看尽长安花"的快意人生，也有"凄凄惨惨戚戚"的悲惨遭遇。一生大起大落，享尽繁华，晚景凄凉，最难接受。看瀑布，都喜欢看落差大的，过日子，没人愿意接受这种落差。景色太美，往往很虚幻，适合人类居住的地方太少了。他去过很多地方，看过很多瀑布，没想到自己的人生也会像瀑布一样，落差这么大。落差越大，摔得越狠。夺目的水花，是粉身碎骨的瞬间绽放。

院内会诊的结论是周达善不适合做手术。专家们的观点惊人一致，他的凝血功能差，术中发生大出血的概率成倍增加，一旦止不住血，就是无法挽回的悲剧。大家建议先化疗，当然，也可以联合中医保守治疗。

得知会诊结论，周达善闹着要出院："既然你们医院做不了手术，我就不住院了。早晚是个死，不受这份罪了。"

坏情绪一旦爆棚，就像刀子插在心脏上，像鱼刺鲠在喉咙里，让人失去理智。信心，是肿瘤患者的支撑，是活下去的拐杖。李锦平不会强行制止周达善发泄情绪。这个时候强行制止，就是在火上浇油，刺激他做出不理智的事。他静静地看着周达善发火。让他把邪火发出来，对他主动接受事实有利。此时无声胜有声。有一些病人和陪护，三三两两伸长脖子往门缝上凑。李锦平打开门扫视一遍，大家就乖乖地回到各自的病房里去了。周达善双手捂脸，号啕大哭。世界那么大，世上的人那么多，肿瘤怎么会盯上我？也许在他一口灌下一瓶酒的时候，肿瘤就跟他成了好朋友；也许在他流连夜宵场子的时候，肿瘤就跟他结为金兰；也许在他纵欲的时候，肿瘤就跟他如影随形。平时，它们潜伏下来，等他的抵抗能力下降，它们就露出狰狞的面目，肆意糟践他，啃噬他。

发泄完了，周达善蹲在墙角，脑袋蔫蔫地耷拉下来。他不知道路在何方。前方，看不到一丝希望。他想起一句诗：云横秦岭家何在？雪拥蓝关马不前。虽说是理工男出身，他还是喜欢韩愈的这句诗。诗文上下句不记得了，这一句却总是在他脑海里浮现。当年，单位改制的时候，他常默念这句诗，后来发达了，就不念了，再后来，就是合伙人把他从房地产开发公司踢出局的时候，这句诗又浮现在他的脑海里。

“我相信你不是一个轻易屈服的人。”李锦平的声音，像从他的内心深处破土而出，震撼他的灵魂。

李锦平伸出手，将周达善拽起来，说：“谈癌色变的年代早已过去，现在我们有很多办法对付这种疾病，虽然过程比较长，痛苦也不可避免，但只要我们能齐心协力，没有攻克不了的病痛。我最担心的，是你被自己打倒，没有信心与疾病抗争。”

周达善躺在病床上，身子软塌塌的，像纸糊的。他感觉灵魂已经出窍，生命即将走到尽头。这一辈子，就这么完了？我完了！我就是个浑球王八蛋，活该有今天的下场。这是报应。发达时，将妻子和孩子忘到了脑后。可现在，他是那么急迫想见到他们。他对黄学倩说：“我要见她。”

黄学倩知道周达善说的是前妻陈瑾利。她说：“你说个理由，也许我会将你的信息转告给她。”

周达善的眼角泛起滴滴浊泪：“不为什么，就是想见她。”

黄学倩说：“我没有义务让你再次伤害她。”

周达善将手表摘了下来，说：“你把这块手表带给她。”

黄学倩不好拒绝，她接过手表，仔细端详一会儿，说：“这块手表很昂贵，价值至少是一套三居室。好吧，你信得过我，我可以把这块手表转交给她，她接不接受，我不知道。”

周达善别过脸去，生机盎然的城市猛然钻进视野。最常见的樟树，一株一株整齐列队，吐出嫩绿的叶片儿，迎春花金黄金黄，给他灰暗的心灵带来一丝亮色。

不能做手术，不适合放疗，不能吃东西，不能多喝水，不能……李锦平为周达善制定了一套治疗方案，化疗药、营养药、红细胞，治标也治本，标本兼治。

治疗跟上去，余下的事情就是护理和观察。输注化疗药，副反应较重，周达善浑浑噩噩，呕吐难受。他顶不住一次次袭来的剧痛，每次都是大汗淋漓。黄学倩带着何英丽一次又一次为他重复输液，插胃管、氧气管。次数多了，何英丽说："周达善，你再拔掉输液管和其他管子，我就不给你用止痛药。"何英丽这一招，镇住了周达善。

出了病房，黄学倩瞪了何英丽一眼："怎么跟病人说话呢？注意你的形象！"

何英丽不以为然地撇撇嘴，说："我只是吓唬他。护士长，你不觉得我这一招挺管用的吗？"

黄学倩说："以后不许这么跟病人说话。也许，我们无意中说出的话，会给病人带来沉重的心理负担，影响后续治疗。"

何英丽被护士长劈头盖脸批评，很不自在，虎着脸自顾自进了治疗室，下一个病人要换药，她拿着一瓶药，急匆匆给病人换上。没想到，这一换，出事了。何英丽换错了药。前后不过十分钟，那名患者的家属就急匆匆来找李锦平，病人晕过去了。

李锦平奔到病房，测不到血压，摸不到脉搏！再看看输注的液体，竟然是消炎药。病人有药物过敏史，不好！过敏性休克！突如其来的紧急情况，全科人员都参与抢救。病人癌症晚期，加上过敏性休克，大家的抢救没有收到任何效果。半个小时后，李锦平宣布病人死亡，停止抢救。

何英丽不知所措，蹲在护士站瑟瑟发抖。黄学倩让何英丽赶紧回家，先避避病人家属的锋芒。万一家属不冷静，会酿出大事。何英丽迈不开腿，平时很伶俐的小姑娘，吓得不能走路。黄学倩安排另一名护士将她送回家。

对于这起典型的护理责任事故，患方不依不饶，一定要医院给一个说法。他们对医院成立的调查组不认可，说医院自己调查自己，结果不可信，一定要求上级主管部门成立调查组。调查组一进驻医院，封存了病历，事件就变得微妙了。没几日，调查组宣布事情已经完全调查清楚，建议医院对肿瘤内科主任李锦平和护士长黄学倩停职，解除何英丽劳动合同。肿瘤内科陷入前所未有的困顿。谨慎谨慎再谨慎，还是发生了不该发生的事故。

何英丽揉着一双灯笼花苞似的眼，抱着黄学倩道歉：“护士长，我不是故意的。相信我，真不是故意的。”

何英丽哭得梨花带雨。黄学倩说：“英丽，我知道你是个很好的小姑娘。”

何英丽抽泣：“护士长，我不想走。我喜欢跟你、跟姐妹们在一起工作。”

黄学倩为何英丽擦去眼泪，说：“英丽，你先回去休息一段时间，等有机会的时候，你再来参加医院招聘考试！”黄学倩说这话的时候，内心空荡荡的，虚得发慌。

何英丽突然止住了哭泣，说：“护士长，我今年二十五岁生日，本来打算请全科室的人到我家去玩。现在这情况，请全科室的人不现实，还是请你和李主任两家人吧。请你在科室说一声，有愿意去的兄弟姐妹，就来捧个场。”

黄学倩轻轻一笑，心想：真是没长大的小女孩，工作都丢了，还有心思过生日。嘴上却应承道：“好的。到时候我和李主任一定去，祝贺你的生日。”

何英丽离开的背影，定格在黄学倩的脑海中。记得，她刚来科室的时候，怯生生的，肿瘤内科的环境让她多少有些胆怯。第一次派她单独上晚班，黄学倩陪着她上了一个晚班，看她笨手笨脚的样子，黄学倩很担心。可是，她很快就适应了，所有的护理操作都能独立完成。这几年，何英丽通过学习，通过了肿瘤内科专科护士考试，取得了国际造口师资格。黄学倩看着她一步步成长，很欣慰。可是，一次突发事件，她却必须离开心爱的岗位。

九

郑昕在家里焦躁地转圈圈。时间越来越紧迫，转眼出了元宵节，他发出去的微信，李锦平没有反应，王晓源也装聋作哑没有回音，泥牛入海。黄学倩一回来，郑昕就开始盘问："这么晚才回来，干什么去了？"

黄学倩的心情低落到极点，不想跟他吵架，放下包，就闪进卧室。这是漫长的一天，又是辞退，又是停职，她心智已乱，心力交瘁。好不容易回到家，还要面对郑昕的无端指责，她好想清静下来，捋清楚今后的路。

见黄学倩不理睬自己，郑昕越发焦躁，无名的怒火上蹿，随时都要喷射出来。他的目光落在黄学倩的手提包上，这个手提包，是他送给她三十岁的生日礼物，他从来没有打开过。今天却有一股强烈的欲望，想要一探究竟。他清楚妻子的为人，自己栽赃妻子，实属无奈之举。他拉开包，一块手表明晃晃地刺眼。定睛一看，呵！世界名表，价值不菲。郑昕仔细打量这块表，想：哪来的？他从不相信黄学倩会在外面有私情。可是，这块手表是哪来的？难道她真有私情？

许多男人自以为聪明，总是疑神疑鬼，将自己的狭隘与肮脏，转嫁到妻子身上。一旦有了蛛丝马迹所谓的证据，又不敢相信妻子真会背叛自己。

郑昕盯着这块手表看了很久，觉得眼熟。这是一块男士手表。这么昂贵的男士手表搁在她这里保管，两人的关系会好到什么地步？郑昕不敢再往下想。

门敲得山响，黄学倩充耳不闻。郑昕歇斯底里地喊："黄学倩，你出来，把手表的事解释清楚！"

黄学倩想起来，那天周达善托付她将手表带给陈瑾利，这段时间杂事乱事烦心事排队找上她，竟然忘了。黄学倩满脸憔悴，站在郑昕面前："手表是周达善的，托付我带给陈瑾利。"

郑昕这才得知，周达善得了胃癌，说："瘦死的骆驼比马大！他都是快要死的人了，还不忘记去骚扰前妻。”

说完，盯着黄学倩看了一会儿，以漫不经心的语气说：“你怎么不带给陈瑾利？该不是送给你的吧？”

“啪！”黄学倩的手重重地落到郑昕的脸上，血红的手掌印突显。郑昕捂住生痛的脸，冷笑道：“黄学倩，你敢打我？看得出，你肯定在外面有人了。我们离婚！”

黄学倩看见自己的心，一条一条裂开来，眼泪滴落在裂缝上，将心泡得生痛。她说：“如果离婚能给你自由，我同意。但是，你要给我一个理由。为什么离婚？我们为什么会走到今天这一步？”

郑昕心虚，低声说：“看你不顺眼了，就想离婚。”

黄学倩问：“外面有看得顺眼的人了？如果是这样，我同意离婚，还你一个自由身。”

郑昕拿出手机，把微信截图给黄学倩看，说：“我没有。倒是你有！”

黄学倩看了截图，冷笑道：“这恐怕是你的杰作吧？你的心，什么时候变得如此阴暗？不惜抹黑、侮辱我的人格，达到离婚的目的，无耻之极！”

郑昕说：“我无耻，我阴暗。可是，我没跟别人暧昧。”

黄学倩说：“哀莫大于心死。我愿意离婚。明天去办手续吧。”

郑昕见时机成熟，说：“我要这套房子。离婚后，你和雪雪搬出去。”

黄学倩打了一个冷战：“你要我和雪雪搬出去，你要房子？这房子是我贷款买的，十五年的房贷，现在还扣着我的住房公积金贷款，你让我净身出户？”

郑昕没想到住房公积金贷款这个问题。这么说，房子卖不出去，他不可能变现还债。

冷静下来，黄学倩寻思，这段时间，郑昕不择手段，天天逼着她离婚，一定是有问题。从她的观察得知，他在外面没有人。那么，是否有其他的问题？黄学倩突然问：“俗话说，夫妻同心，其利断金。你到底是怎么了？这段时间像变了一个人。告诉我，再大的困难，我们可以想办法解决。”

郑昕站在阳台上，夜色一层一层袭来，路灯在春雨的洗礼中灰蒙蒙的，毫无生气。他的内心，翻滚着惊涛骇浪。他本有一个好妻子，有一份体面的工作，一个可爱的孩子，却鬼使神差梦想一夜暴富，看着自己的钱一天比一天少，资产天天缩水，自己的心发痛发慌。他看见一个贪婪的自己，赚钱的时候想大赚，结果又亏回去；他还看见一个恐惧的自己，亏钱的时候赶紧止损，结果第二天就涨上来了，他的钱却不见了。这是一个无底洞，他每天都在后悔，后悔，不停地后悔。

春雨沙沙，郑昕内心窒息。只怕是，这春雨会带走他的灵魂，冲刷他的躯体。郑昕缓缓转过头，对黄学倩说："我犯了大错。"

黄学倩心头一震，问："到底是什么事？""亏了一百多万。都是借的钱。"郑昕的话，声音很小，黄学倩听得真切，每一个字都像一颗雷，在她的耳畔引爆。她的身子，不由得一软，瘫坐在地上。

郑昕牵起黄学倩的手，说："我们离婚吧。这房子是你贷款买的，房子归你，雪雪也跟你。我净身出户，不再连累你们母女。"

黄学倩的思维失灵了。她虽然想到郑昕可能是亏了钱，但没想到亏了这么多。并且，这些钱都是借的。黄学倩木然地问："我们俩，什么时候能还清这么多钱？"郑昕摇摇头。他们，陷入了巨大的漩涡之中。

黄学倩问："离婚了，你打算怎么还钱？"郑昕面无表情，说："欠债还钱，他们总不至于把我杀了。慢慢还。这辈子还不清，就下辈子还。"黄学倩说："利息你都还不清。你赶紧去找一份合适的工作，不要再玩什么投资了。当时我就劝过你，风险大的别玩。你不信，不听。你又不是学金融专业的，怎么玩得过人家？只有亏钱！"

郑昕突然吼道："好了！别再教育我了！这辈子已经被教育够了！我说了，我愿意净身出户，我的事不要你管！你也没这个能力管！"

黄学倩讶异地看着郑昕，恨恨地说："你做错了事，还不准我说几句？"

郑昕突然安静下来，哀求道："俗话说，夫妻本是同林鸟，大难来时各自飞。我们还是离婚吧！我知道，你是一个心地善良的女人，我这辈子对你有愧，对雪雪有愧。下辈子做牛做马再还你的情！"

"当年，你追我的时候，可不是这样说的。你说，贫贱夫妻百事哀。我们不要做贫贱夫妻，要丰衣足食。你说，我们要和和美美过日子，为孩子创造一个美好的未来。你说……"说着说着，黄学倩的泪水就唰唰地流了下来。

郑昕安静得像个乖小孩。他双手戳地，仰望黢黑的夜空，巴望着天空中一下子掉下一笔钱，解除他的燃眉之急。人不是被逼到这个地步，谁都不愿意亲手毁掉一个家。除非，像周达善那样，钱多作死。

夜深人静，春雨纷飞，愁肠百结。电话却不合时宜地响起。电话是科室打来的，江明剑病情突变，正在抢救。李锦平和黄学倩虽然停职了，却还要履行科室主任和护士长的职责。

江明剑突发心跳骤停，用了除颤仪，上了强心剂，总算活过来了。夏晶晶判断，江明剑还没有摆脱生命危险，随时可能再次心跳骤停。李锦平赶到科室，看到江明剑病情非常危急，马上要求夏晶晶请心内科二线班医生来会诊。恰巧，何向东值二线班，接到肿瘤内科的院内会诊单，何向东从温暖的被窝爬了起来，匆匆赶往肿瘤内科。

何向东结合检查结果判断，江明剑是慢性心力衰竭，给出了治疗方案，并建议暂停放疗。

黄学倩带着护士们，围在江明剑床边，打针、测体温、观察呼吸，忙得不可开交。

刘翠英待在一旁，木然地看着医生护士忙进忙出。看到何向东的时候，刘翠英突然有一种想法，他与刘淳倒是挺般配的！这个念头，闪电一般击中她的神经。她的嘴角，涌起一丝苦涩。老江病入膏肓，今后的生活该怎么过，是摆在她面前现实且残酷的问题。除了刘淳，她没有其他能够信任的人。如果刘淳在一大笔遗产面前，也像江明剑的侄子一样迷失，她真的无依无靠了。她虽然知道老江立了遗嘱，但并不知道具体内容。她不想去打听，律师也不会告诉她。老江病情凶险，随时都可能离开这个世界。她想，刘淳将来必须找一个人品好、靠得住的男人，她才会有高品位、无忧愁的老年生活。从不多的几次交流上看，何向东无疑是一个人品好的男人，老江当年给他带来这么大的伤害，他依然可以选择原谅，依然来看望他，给他治病。除了年龄大一点，其他方面真的无可挑剔。

熬到天亮，刘淳带着早餐来了，照例是问病情，得知姑父昨晚突发心衰，请了何向东来会诊，病情暂时稳定下来，她的心放下来了。刘翠英却顺着话，试探性地问：“淳儿，你觉得何向东怎么样？”刘淳没明白姑姑的意思，随口说道：“医生呗，医术还行。”刘翠英再次暗示，说：“我看何向东的人品不错，是个靠得住的人。”刘淳是个直性子，不喜欢拐弯抹角，猜来猜去很累人。她说：“姑姑，有话您就直说。您是不是觉得对不起何向东，要分点财产补偿他？”见刘淳还没明白自己的意思，刘翠英干脆说：“我的意思是，把你介绍给何向东。我觉得，除了年龄外，你们两个人很般配，有夫妻相。”刘淳愣了一下，随即低下头，说：“姑姑，你说什么呢！我不至于找一个老男人吧？”刘翠英说：“淳儿，你别看何向东年纪大，男人年纪大点，会疼人。再说，他也比你没大多少，我看，不会超过十岁。”刘淳惊呼：“姑姑，大十岁还不多啊？我们说话都说不到一起去，他知道什么是星座吗？太老了，不要！”刘淳的话听起来没有任何回旋的余地，刘翠英并不死心，说：“你姑父比我大十岁，我怎么只感觉到他的关心，没感觉到代沟呢？男人女人在一起，还不是图个安稳，好好过日子？”

刘淳示意，暂停！刘翠英赶紧住了嘴。刘翠英盘算，此事要慢慢来，急不得。

李锦平陪着何向东进了病房。何向东放心不下江明剑，处理完科室的事，赶紧到肿瘤内科。刚才，刘翠英和刘淳的对话，李锦平和何向东在病房门外都听见了。何向东有些尴尬，欲转身离开，却被李锦平一把抓住。促成何向东和刘淳的姻缘，刘翠英与李锦平想到一起去了。他一直不清楚刘淳的想法。没想到，听到了这番对话。

进了病房，何向东和刘淳不约而同对视了一眼。刘淳的脸上、脖子上红通通的，煞是好看。何向东自己的脸也红了。刘翠英将这一幕尽收眼底。

何向东查看江明剑的心电监护情况，听诊了心肺，判断他再次发生心衰或者室颤的风险很大。到了李锦平办公室，何向东说：“让家属准备后事吧。”

李锦平点点头。让他为难的是，怎么把刘翠英支开。他不希望刘翠英看到江明剑去世的场景。她万一出点状况，比较麻烦。他把自己的担心跟何向东说了，何向东沉思了片刻，说：“这样吧，你以检查身体为由，让刘翠英到心内科找我。依我观察，她心血管方面的毛病也不轻，正好可以避开这一幕。”

“让她现在就去？”“也就是这两天的事了。不过你觉得她侄女一个人能料理好江明剑的后事吗？”

李锦平陷入了两难，左也不是，右也不是。其实，这事真不该由他来管。他现在被停职，即使没停职，也轮不上他来管。科室刚刚出了这么多烦心事，不能再出任何纰漏。

何向东说：“还是原原本本告诉家属吧，让她有个心理准备。我们刚才商量的办法行不通，她迟早会知道的。”

也只能这样了。李锦平原本打算，让刘翠英回避江明剑生命的最后一刻。

但是夫妻感情再深，也有生离死别的时刻。这一刻，即使是撕心裂肺的痛，是呼天抢地的诀别，任何人也不能剥夺这一刻的人性表达。看来自己管得太宽了。

何向东离开之后，李锦平叫来刘翠英和刘淳，如实告诉她们，江明剑已经走到生命的终点，如果真的到了这一刻，希望两个人能克制情绪。一听江明剑要离开，刘翠英哭成了泪人，刘淳也默默垂泪。人间的生离死别，李锦平见得太多，每一次，都会感觉到医学的无力。肿瘤治疗方面，人类的手段有限，但在预防肿瘤方面，每个人都有对自己身体负责任的义务。李锦平希望，今后多参与健康宣教工作中去，向社会宣讲肿瘤预防的知识，让悲剧少些，再少些。

刘翠英的哭声，震撼了所有人，李锦平的办公室前又围上了一群人。有病人，也有陪护。人群中，周达善也在。

周达善漠然看着这一切，说："死并不可怕。可怕的是，死的时候孤零零的，送行的人都没有。"

黄学倩看到周达善，猛然想起，手表还在她包里。她安慰道："我会尽快把你的情况告诉陈瑾利的。你别悲观，相信我们会尽力。"

周达善慢吞吞回到自己的病房。看着他的背影，黄学倩的心情很复杂。

她心痛陈瑾利，不忍心把这个消息告诉陈瑾利。可是，面对凄风冷雨中的周达善，她的心又软了。

黄学倩对刘翠英说："每个人都会有这一天，迟早罢了。他生病的时候，有你日夜陪伴。你把自己的身体折腾坏了，谁来服侍你？"

刘翠英听罢，停止了哭泣。李锦平见状，赶紧让刘淳陪着刘翠英回病房去。

江明剑时而昏迷，时而苏醒。刘翠英坐在床边，寸步不离。人真是个奇怪的动物，年轻时，相识了相爱了，希望一天到晚形影不离，整天黏在一起，你侬我侬。结婚时间长了，杂事缠身，工作上家庭上俗事不断，往往是各忙各的，自顾不暇，有时候有了烦心的事，都不愿意跟对方讲。有什么好讲的，最后说不定是一场口水战，两个人都不开心。直到老了病了，却又开始相依相偎，好像对方是自己的拐杖，不可缺少。大多数夫妻都是这么过来的。江明剑和刘翠英也是这么过来的。虽然刘翠英后来辞职做了全职太太，她也不过问江明剑生意上的事。帮不上忙倒在其次，主要是江明剑常常忙得脚不沾地，人都看不到，说什么呢？即便是他在家闲着，一天也说不了几句话。她嫌他身上的烟味太重，连说话都是烟草的味道。那味道，闻起来呛鼻子。他们甚至还分床睡，各睡各的，互不打搅，相安无事。江明剑住院之后，刘翠英感觉他是那么重要。

江明剑醒了。他呜呜哇哇，像要说什么，刘翠英和刘淳侧过耳朵，仔细听："把……律师……请来……"

刘翠英流着泪，赶紧把律师请来。江明剑指了指律师，律师赶紧把遗嘱当场念了出来。江明剑看看刘翠英，再看看刘淳，好像还要说什么，却没有说出话来，脑袋一歪，去了极乐世界。

江明剑大限已到，刘翠英反而哭不出来了。她握住江明剑的手，舍不得松开。这一刻，刘翠英特别冷静。她拒绝护士做终末处理，自己动手，轻轻地拔去吊针，摘下氧气罩，打来清水，擦拭他的身子。这一刻，刘翠英是专注的。她拒绝刘淳帮忙，亲力亲为。跟一个人生活了几十年，他走得安详，她也要坚强地活下去。为了他，为了他辛辛苦苦打拼下来的商业帝国，她要坚强活下去。

忙完这一切，刘翠英坚定地告诉律师："我不同意拍卖公司，其他的条款都可以执行。"

得知江明剑病逝的消息，何向东沉默了许久。往事如烟，至今日可以全部消散了。压抑在心头多年的委屈，烟消云散。这个世界有很多人，即使轮回十辈子，有的人连见一面的机会也没有，但是有的人，即使见一面，也会改变你的一生。墙角那盆春兰优雅地绽放，生活有时候也很生动，犹如兰花，雅致清新。看到兰花，何向东的心情慢慢舒缓。也许，这就是兰花的独特魅力。

江明剑的病逝，给病房蒙上了一层阴影。这天，谢金韵问谢铭莱："听说，2 床那个老江走了？"

谢铭莱一直让父亲回避这种事，希望不要刺激他。大哥二哥在家里待了几天，回那个定居地去了，在那里，还有他们的家，他们的工作。父亲就交给谢铭莱了。两个哥哥不缺钱，缺的是时间。谢铭莱能理解两个哥哥，要是都像他一样，父亲生病了，谁出钱治疗？

谢铭莱没瞒住江明剑病逝的消息，对父亲说："是啊，听说，他临走的时候立了遗嘱，要成立一个抗癌基金会，支持那些贫穷的癌症患者。"

谢金韵说："这是好事啊！让老大老二两个人也出点钱给基金会，这是积德行善的好事，可以做。"

谢铭莱点头答应着，给两个哥哥发去了短信。谢金韵精力有限，和儿子讲了几句话，就沉沉地睡了过去。谢铭莱为父亲盖好被子，缓步走出了病房。他猛然记起，好长一段时间没见着何英丽了，找到一个机会，问黄学倩，这才知道，何英丽被医院解除了劳动合同。

十

抽了个空，黄学倩去见了陈瑾利。人这辈子，各有各的烦恼。黄学倩为家事烦恼，陈瑾利为感情烦恼。惆怅的迷雾萦绕陈瑾利的发髻。

见到那块熟悉的手表，陈瑾利的清瘦和倔强放肆地渲染着世间的爱恨情仇。这是一对情侣表。是她生日时，周达善买给两人的，价格不菲。她一块，他一块，合起来叫珠联璧合。两块表，男式的金光闪闪，豪放霸气，女式的简洁婉约，小鸟依人。陈瑾利一直以为，这对手表能见证他们艰难的岁月，守住沧桑，守住真情。

刚吵架那段时间，陈瑾利一直鼓励自己，走过去，哪怕前面荆棘丛生。她死心塌地地坚持，直到周达善无可救药地放纵，她死心了。周达善搬离家的时候，眼泪见证了她的死心。

手表又出现在陈瑾利的眼前。它依然走得那么稳健，不紧不慢，见证了无情流逝的岁月。黄学倩说："周达善病了。"

陈瑾利问："癌症？"黄学倩点头。

"什么癌？"陈瑾利的语气急切。看得出，她对他还有一丝的感情。或者说，不是感情，是同情。一日夫妻百日恩，即便伤透了心，也会同情，会关心。

"胃癌。如果治疗得当，预后应该比较好。"黄学倩的回答，让陈瑾利稍稍松了一口气。

陈瑾利叹息，说："他太会折腾了，把命都快折腾到阎王爷那里去了。唉！"

"他希望你能去看望他。"黄学倩这句看似漫不经心的话，让陈瑾利惊诧不已："你是来当说客的吧？"

黄学倩感觉陈瑾利的眼神像两道激光，直愣愣穿透她的皮肤。她的脸上有一团火在烧灼，她不敢与陈瑾利对视，下意识地别过脸去。来不来，自己也犹豫过，终究不忍，傻乎乎地来了。她知道，陈瑾利还没从伤害中走出来，接受不了游说。人与人的感情，从相互尊重开始。黄学倩和陈瑾利，性格没在一个频道上，黄学倩内向，喜欢安静。陈瑾利外向，喜欢热闹。两个人却做了多年的朋友。那一年，陈瑾利的父亲在县医院查出肺癌，到市人民医院做手术，黄学倩那时在胸心外科工作，怎么看都觉得不像，对陈瑾利说："建议你先不要急着给老人家做手术，找肿瘤内科李锦平医生看看，这方面，他有独特的本事。"陈瑾利问："你觉得之前的医生都看错了？"黄学倩说："不确定。但是李锦平医生是医院公认的'火眼金睛'，看肺癌片子很厉害，去试试，没坏处。"黄学倩还陪着陈瑾利去找李锦平。李锦平对着 CT 片子审视了好久，翻来覆去地看，支气管、肺门、肺动脉、肺静脉、肺泡，逐个比对，认定是普通肺炎，建议先消炎治疗，一周后再做个肺部 CT 检查。果然，消炎治疗之后，CT 检查显示之前的肺部阴影不见了。陈瑾利一下子就跪下了。那块压在她心上的石头不翼而飞。她答应李锦平，不再追究之前县医院的误诊。这样，陈瑾利就将黄学倩当成最好的朋友。而今，两个老朋友，却要翻脸了。

黄学倩不愿翻脸。结交几个真心朋友太难了，她不愿意失去一个好朋友。她起身欲走，身子却不听使唤，歪倒在沙发上，吓得陈瑾利赶紧嘘寒问暖，倒茶送水。

黄学倩身心疲惫。她真想把自己的处境告诉陈瑾利。然而，强烈的自尊告诉她，不能将自己家的事说出来。她害怕别人看不起自己，害怕人家躲着她，防着她。艰难的处境，要靠自己去改变，不是靠朋友的施舍。她担心，一旦陈瑾利得知自己债务缠身，就会疏远自己。她深知，借钱难，难于上青天。这年头，能给你借钱的，除了亲人，就是爱人。至于朋友，谈吃谈喝可以，说说笑笑可以，谈钱伤感情，谈感情费钱。

歇息一会儿，黄学倩起身回家，陈瑾利无论如何也留不住，要开车送她，黄学倩笑笑，挥挥手，走了。

陈瑾利放心不下黄学倩。虽说黄学倩性格内向，却从不对她设防，今天却遮遮掩掩。身子又那么虚弱，脸色很白，不是白净的白，是惨白的白，白得瘆人。这是为什么呢？陈瑾利要去她家看个究竟。

两家相隔不远，开车一刻钟就到了。黄学倩刚到家，陈瑾利就跟了进来："学倩，我觉得你心里有事，愿意跟我说说吗？"

听到陈瑾利的声音，黄学倩吓了一跳："你怎么来了？"

陈瑾利说："你有事瞒着我。这么多年的朋友，有什么难处，跟我说说，兴许我能帮你。"

黄学倩故作轻松掩饰道："我能有什么事啊？就是累的。上了一天班，都累成小狗了。好好睡一觉，明天又满血复活了。"

陈瑾利离婚后，开了一家家装公司，跟形形色色的人打交道多了，也炼成了一双火眼金睛，不过，她的火眼金睛与李锦平不一样，她看人厉害，一眼就能望穿人心。她自己很得意，将公司改名为"洞见家装"，生意不错。她站在黄学倩家的客厅中央，仔细打量这个家，装修简洁雅致，色调明快。她注意到，地板上铺着一层薄薄的灰尘，仔细看，脚印来来往往，桌子上摆着几个方便面空盒子，阳台墙角的篓子里堆满了脏衣服。这个家，最少有十天没打扫过了。

陈瑾利说："学倩，你一定遇到难事了。"黄学倩逃避她的目光，慌乱地说："没有。我最近太忙，没搞卫生，让你笑话了。"

陈瑾利一屁股坐在沙发上，说："今天晚上我不打算走了，在你家借住一晚。"

听到陈瑾利说不走了，黄学倩的心里打着鼓，如果郑昕回来，肯定会开口借钱。在钱面前，欠钱者的尊严一文不值。黄学倩担心出现这一幕，说："我待会儿要出去一趟，要不我们一起吃晚饭？"

黄学倩三番五次岔开话题，显然是在极力回避什么事情，证实了陈瑾利的怀疑："只要你不是违法违纪的事，我都会尽全力去帮你。你要相信，我是真心想帮助你，我是你的朋友！"

黄学倩再也控制不住自己的感情，"呜呜呜"哭起来。她努力压低自己的声音，不让哭声飘到窗外。陈瑾利拍拍她的背，说："学倩，哭吧，大声哭出来就没事了。"她终究还是没敢大声哭。一个女人，被逼到了不敢让别人听见哭声，受了多么大的委屈！

朋友是有底线的，帮忙是有限度的。黄学倩清楚这个道理。她告诉陈瑾利自己陷入困境，日子过得一塌糊涂，但不愿意离婚。她没有说多少钱能弥补这个窟窿。陈瑾利也没有追问下去。没有人愿意一次次把伤疤揭开给你看。

陈瑾利安慰了一阵，离开了黄学倩家。她看见郑昕开着车，进了小区大门。这个男人，跟周达善是一丘之貉。一个好色，一个好赌，把家庭的重担，都甩手转嫁给女人。这么些年，她一直不愿意再婚，就是心有余悸，第一次选择错了，第二次又能选择对吗？不见得的。刚才，她很想劝黄学倩离婚，是郑昕瞒着她在外面借的债，她可以不负责任，让郑昕滚蛋。她不忍心这么说。黄学倩对家庭看得很重。也许，她还没到这一步，但愿她能挺过这一劫。

陈瑾利又想到周达善。她曾经想抹去对他的记忆，把他的影子彻底赶出她的脑海，把所有的照片都烧了，也没抹平那一段岁月。他又来打搅她。这一次，恐怕不能轻松过关的。命运，其实就是生命和运气，生命是父母赐予的，长短由自己掌握，运气看起来是天生注定的，但是，也靠自己去打拼、去争取。在陈瑾利这里，命运坎坷，她相信能用自己的努力，化解一切不如意。

去不去医院看望周达善？陈瑾利犹豫不决。决断不下，她要听听儿子的意见。儿子在外地工作，压力大，累成狗，但很乐观。儿子对父亲的印象很模糊，儿子小的时候，周达善还没有发达，心思在家里，对儿子有感情。后来，生意做大了，长期见不到父亲，慢慢地就没什么印象了。电话里，他沉默了好长一段时间，看样子，他的心情也很复杂，但男孩子，终归是有主见的，还是劝母亲去看父亲，自己也会尽快回来，看看父亲。“这就是血浓于水吧。”儿子最后说。

儿子的话，打动了陈瑾利。去看看吧，仅仅是探望，不与他再有什么瓜葛，陈瑾利告诫自己。可是，当她见到周达善，却不争气地流下了眼泪。陈瑾利的心是软的，见不得人家受罪，平时在家看电视，动情的时候都会掉眼泪。她一般不看电视，免得陪剧中的人物流泪。别人都说她有“一软一浅”：耳根子软，听不得好话；眼泪水浅，看不得别人受难。黄学倩就曾经告诫她，遇事多留个心眼，别受骗上当。

陈瑾利的到来，给周达善带来了一丝光亮。他坐在病床上，给她一个笑脸。这是她多年没有见到的笑脸。她曾经那么渴望他的笑脸，如饥似渴地渴望甚至幻想他能给她一个笑脸。他却天天阴着脸，像她欠了他三千吊钱。她曾经说，我不是你的出气筒，不要一回来就阴着脸，看了难受。有本事谈生意的时候，在外面喝酒的时候，也阴着脸。可是，他还是没有给她笑脸，直到离婚，他都是阴着脸看她。

她坐在他床边。他把手伸出来。她本能地缩回手，双手交叉，低头摆弄自己的手指。他的笑，随着她缩回双手而僵硬：“我得了癌症，你觉得我这是报应吧？”

她说：“我不是来看你笑话的。过几天，儿子也会来看你。我们都希望你能好起来。”

听到儿子会来，他的脸生动起来，语调也激动起来：“真的？儿子还是自己的好！”

她真的想拿“老婆是别人的好”这句话来回怼他。想了一下，又把话咽了回去，反而说：“你多注意休息，我先走了，过几天我再陪儿子来看你。”

听说她急着要走，他一把拉着她的手，哀求道：“瑾利，求求你别走，好吗？给我讲讲儿子的故事，他多高了？长得像我一样帅吗？现在做什么工作？”

她将手抽出来，说：“我今天来看你，并不说明我已经原谅你了。儿子也不会原谅你。无论是对我还是对儿子，你都不要奢望太多。”

黯淡的目光出卖了他内心的悲怆。他收回手，目光落在天花板上。他想起一句话：早知如此何必当初。后悔，终究是弱者的代名词。当初，他的所作所为，冲破了做丈夫的底线，冲破了做父亲的责任。这份愧疚，来得太晚。他不知道能否在有生之年给母子俩一些补偿。

李锦平看到了这一幕。黄学倩也看到了。陈瑾利对李锦平和黄学倩很优雅地点头，算是打个招呼，径直走出了病房。黄学倩感叹：人的感情很奇妙，难以单纯用好和坏去衡量。

李锦平查过房，进了主任办公室。刘翠英和刘淳跟他约好了，谈成立抗癌基金会的事情。对方提出这个意见，李锦平第一反应是好事。这也是他多少年想办而没有办成的事。

刘翠英并没有按照江明剑的遗嘱将公司挂牌拍卖。她和刘淳商量，把公司继续办下去。她们自己不懂办公司，公开聘请了职业经理人和一批中高层管理人员。她不会过多干预公司的事务，以股份的形式，将员工的积极性调动起来。她相信，只要把利益捆绑在一起，就能将公司办好。至于江明剑的侄子，刘翠英把他打发走了。

抗癌基金会是一个民间组织，并不需要跟医院谈。刘翠英考虑到，基金会指定接受在市人民医院收治的贫困肿瘤病人，是江明剑的本意。刘翠英决定，先期拿出两百万元现金注资，每年再将公司一成的收益划拨到基金会，应该能保证基金会的正常运转。李锦平提出，一期启动资金能不能再多一点？

需要资助的病人如果多一点的话，也能应付下来，最好再面向社会募集一些资金。

李锦平的话，点醒了刘淳。她曾经听谢铭莱说过，如果抗癌基金会成立，一定要告诉他，他的两个哥哥要出资相助。

请来谢铭莱，才知道他的两个哥哥已经将第一笔资金准备好了，只等审批手续办好，钱就能到位。他们筹措的资金量，也是两百万元。谢铭莱转达两个哥哥的意见，“我们不图虚名，只要钱用在贫困癌症病人治疗上就行。”

成立抗癌基金会是大事，也是好事，在社会上一经宣传发动，募集的资金远远超出了当初的预期，周达善也被这种义举感动，捐出了十万元。抗癌基金会的数额巨大，如何管好、用好这笔钱，大家都很关注，特别是那些出了钱的人，更加关注每一分钱是否都用在抗癌上。刘翠英表态，保证每一笔钱都用于在市人民医院治疗的贫困癌症患者身上。

刘淳思之再三，辞去了工作，来基金会做秘书长。黄学倩提出，何英丽人灵活，懂专业，建议让她去基金会工作。听说何英丽要到基金会工作，谢铭莱也自告奋勇，愿意利用业余时间义务为基金会做事。就这样，基金会的队伍总算是壮大起来了。

成立基金会的那天，没有举办任何仪式。这是救命钱，有严格的审批程序，不该花的钱一分都不能花。

万事开头难，基金会成立不久，就有一批人来咨询，符合条件的赶忙开证明，报资料，基金会人手少，刘淳是新手，很多事都摸索着做，忙得不可开交。

刘淳来的最多的地方就是市人民医院肿瘤内科。每一个来申报救助的病人，她都要带着何英丽来病房核对情况。了解的病人越多，她的心情越沉重。最先申报的病人，是一位来自偏远山区的姜力祥。姜力祥早年患慢性肝炎，吃饭早一餐晚一餐，饥一顿饱一顿，舍不得到医院来看病，一直拖着——没办法，母亲年迈，妻子瘫痪在床，两个小孩要读书，一个高中一个大学，负担很重，硬生生把慢性肝炎拖延成了肝癌。姜力祥来的时候，瘦得皮包骨头，脸色蜡黄，仿佛风轻轻一吹，就能像蒲公英一样飞上天空。刘淳来看他的时候，他穿着一件旧毛衣，一双破了洞的橡胶鞋，肚子鼓起像个灌满水的篮球。刘淳心里一阵阵绞痛，她把身上所有的钱都掏了出来，他却坚决不要，说：“你能来见我，我已经很感激了，感谢基金会的领导来核实我的情况，我现在唯一的愿望就是两个孩子能成才，回报社会。”

隔日，她们又去了姜力祥的老家。那是一个家徒四壁的木板房，家里唯一的电器就是两盏白炽灯泡。他的妻子躺在床上，老母亲从山上捡了一捆柴，一瘸一拐背到家里。孩子在学校，妻子躺在床上，七十多岁的老人成了家里唯一的劳动力。这也算个家？刘淳大吃一惊。何英丽跟在刘淳身后，时而拍照，时而记下笔记。

她们实在不忍心在这样的家庭吃饭，留下一些钱就走了。回城的路上，两个人沉默不语。显然，她们被姜力祥的家震撼了。特别是何英丽，从来没见过这样贫穷的家庭。他们一家人是怎么生活的？衣食无忧的生活，限制了她们对贫穷的想象。

回到城里，她们第一时间将资助款打到了医院的账户，姜力祥成为抗癌基金会第一位受益人。得知消息，姜力祥借了黄学倩的手机，给读大学的老大打了电话，他老泪纵横：“老大，我治病的钱，抗癌基金会帮助解决了，这个社会，还是好人多！我希望你好好读书，学会感恩，将来好好回报社会。”

十一

距离还债的日子越来越近，郑昕借钱四处碰壁，再次向黄学倩提出离婚。这一次的理由是不影响她。他债务逾期，肯定要成为“老赖”，进入个人征信“黑名单”，如果不离婚，她会受牵连。

黄学倩知道这个“雷”迟早要爆。要“排雷”，何其艰难！但是，她坚决不同意离婚：“我们一起面对，我愿意跟你还债，跟你同甘共苦。”

郑昕阴沉着脸，说：“离婚吧。我没有活路了，不想连累你和雪雪！”

黄学倩丝毫不为所动。她已经打定主意，即便去求人借钱，也绝不离婚。她第一个想到的是李锦平。李锦平心中多日的疑团，被她的借钱微信破解了。他将事情原委告诉王晓源，王晓源恍然大悟，随即把那条微信告诉李锦平。李锦平这才知道，原来郑昕还给王晓源发过微信，企图从他手里拿到钱。李锦平担心，郑昕的人品有问题，黄学倩一意孤行帮他借钱，会害了她。李锦平回复黄学倩：郑昕的人品不好，慎重借钱。黄学倩问郑昕，对李锦平做过什么？郑昕吞吞吐吐，说出了微信的事。她愤怒了，扬起手，一个响亮的耳光在他脸上落下。他摸着发烫的脸，再不说话。一个晚上，一个家，沉浸在死寂之中，泪水淹没了无尽的黑暗。

迷迷糊糊睡去，又昏昏沉沉醒来，第一件事，还是借钱。黄学倩没有死心。不管人家说什么，家不能散。眼角还挂着泪水，黄学倩就给陈瑾利打去电话。陈瑾利向来直爽，回复道：亲姐妹，明算账，准备好一张五十万元的借条，不要利息，手头宽裕再还。黄学倩千恩万谢。陈瑾利又叮嘱黄学倩，你要提防郑昕，人品不好。

又是人品！黄学倩却不愿承认郑昕的人品有问题，他只是走错了路。迷途的羔羊，知道返回，也是珍贵的品质。

看望周达善的间隙，陈瑾利把一张银行卡悄悄塞给黄学倩，换回一张借条。借条上，是郑昕和黄学倩两个人的签名。

“我不稀罕郑昕签名，有你的签字就足够了。”陈瑾利表情很严肃，“我慎重提醒你，要提防郑昕，别吊死在一棵树上。虽说我们的传统是劝和不劝离，但我不想看到你这辈子毁在他手上，不值得！”

黄学倩笑了，惨笑，惨白的笑容里，有点点泪珠在滚动。李锦平看到黄学倩，尴尬了一下，说：“中午，来一趟主任办公室。”

黄学倩感觉身子被掏空了，轻飘飘地，在病房来来回回飘荡。一个上午忙忙碌碌，灵魂却在债务的窟窿里游走。她想奋力往上爬，却在快要爬出来的时候，被人家一脚踹下去了，如此反复，大汗淋漓，筋疲力尽，一直没爬上来。

同事们都去食堂了，黄学倩去了李锦平办公室。他拿出一个信封，一张银行卡静静地躺在里面。李锦平说：“这里面有四十万，是准备装修新房子的钱，你先拿去应个急。”

黄学倩说：“我给你写张借条。”

李锦平拦住了她：“你愿意还，没有借条也会还，你不愿意还，我拿着这张纸也没用。我相信你的人品！”

“可是，你怎么向妻子交差？”黄学倩向来为他人考虑，不愿意给别人添麻烦。

李锦平笑着说：“没事的，王老师是个大气的人，不会纠结这些琐事。”

不管李锦平怎么说，黄学倩还是写了借条，工工整整的字，签上名，按了手印，郑重其事交给李锦平，说：“谢谢李主任和嫂子。我们会尽快归还的。另外，我为郑昕的无聊和无耻，真诚道歉！”

李锦平僵住了笑容，一字一顿地说：“没什么。我们主要是担心你，希望你的决定是正确的，能挽回自己的家庭。”

李高峰打来电话，提醒父亲，今天是星期三，别忘了晚上给他送好吃的。孩子不提醒，李锦平真的忘了。孩子上初中之后，就开始住校，每周回来一次，他们约定，每周三晚上给他送菜，补补身体。孩子学习任务重，不补充营养不行，怕影响发育。高三开始放月假，每个月回家一次，他们变成每周三和周六送菜。他和王晓源轮流送。他们俩都加班的时候，就是爷爷奶奶送。李锦平打电话到家里，要父母准备菜，下班的时候他回来拿。孩子是家庭的希望。家里的人，都铆足了劲儿为李高峰读书提供后勤保障。他不反对陪读，但没有时间，老人身体不好，就放弃了陪读的念想。但是，每周送菜，已成惯例，雷打不动。

临下班，李锦平关了办公室的门，准备回家取菜，王晓源发来微信：晚上要加班，记得给儿子送营养餐。刚想回复，何向东打来电话：“请速来心内科参加会诊。”李锦平蒙了，赶紧打电话，让父亲去送餐。父亲一看时间，快六点钟了，嘟囔了一句：“不早说，这个时候让我去送餐。”老伴儿斜了他一眼：“怎么着？给孙子送餐你还有意见？”老伴儿开口，他一般不敢吱声，提着饭盒，急匆匆向学校赶去。

会诊的惯例是，管床医生先介绍病情，大家依次发言，最后形成个性化治疗方案。这是一个肩背部放射痛，高度怀疑心肌梗死收住院的中年男子，医生给予对症治疗，症状缓解，准备做心脏支架介入治疗，检查结果显示，患者肺部有阴影，怀疑肺癌。何向东补充道，患者肺部 CT 检查报告结果，高度疑似左肺肺尖部位肺癌。发言结束，大家到病房查看病人，继续询问病史，有没有咳嗽，咳嗽有没有痰，痰是什么颜色的，咳血没有，一般什么时候咳嗽，一次咳多久，这些问题，李锦平一一问过，又拿听诊器听诊了肺，听诊完，他又俯下身子，左手中指伸直，贴紧男子胸部，右手中指叩击左手中指，慢慢移动，侧耳静听叩击的声音，清音、浊音、鼓音还是实音，每一种叩诊出来的声音都有不同的临床意义，他都仔细辨别，借此判断疾病的部位、性质。在问答、听诊和叩诊之间，李锦平基本有了结论。回到医生办公室，李锦平拿过 CT 片，大家的目光都聚焦在他身上。他有一双“火眼金睛”，是肺结节诊断高手。阅片灯下，患者肺部的情况一览无余，左肺肺尖部位有几个白点，大的如黄豆，小的如米粒，边缘完整，李锦平寻找蛛丝马迹，证明自己的判断是正确的。李锦平建议，完善肺癌标志物检查，重点是癌胚抗原 CEA、癌抗原 125 和癌抗原 242。李锦平初步判断，患者是左肺肺尖部位鳞癌。

胸心外科主任马上接过李锦平的话，继续分析病情，这个部位、大小，如果是鳞癌，建议心内科立马给病人安装支架，再转到胸心外科做微创手术。肺部鳞癌对放疗、化疗都不敏感，唯有手术切除左肺，清扫周边淋巴组织，才能保命。手术后存活十年以上的，大有人在。

何向东同意两位主任的意见，马上安排患者做心脏支架介入治疗。开通患者心肌血管，是首要任务，保住了命，才能进入下一个治疗环节。何向东给父母去了电话，告诉他们晚上要做手术，会很晚回家，让父母先吃饭。电话里，父亲喊了一声：“老伴儿，别炒菜了，他又要加班，我们凑合着吃点。”何向东能想象父母失望的表情。

这几年，他感觉父母明显老了，盼望抱孙子的心情更急切了，他们看到小区里的小孩子，都喜欢逗一逗，有时还要抱一抱。有几次，父母还跑到小区幼儿园去看小孩子，老人心情急迫起来，恨不得何向东马上结婚生子。何向东被父母催婚已是常态：“我们两个人被黄土埋到下巴了，你还不结婚不生娃？”何向东不敢回话，老人盼孙子就是渴望天伦之乐，天经地义。他也不知道自己与谁结婚，何时会结婚。

窗前的兰花开得正盛，芬芳扑鼻，看到这盆花，何向东就想起前女友。他曾经以为，两人是天设地造的一对儿，谁承想，在现实面前，爱情投降最早。只有这盆春兰，慢慢长大，春天开花，比海誓山盟坚固。

心脏支架手术准备就绪，何向东穿上几十斤重的铅衣，戴上手套、口罩，在向姝琳的协助下，穿好手术服，用医用酒精消毒完手套，上了手术台。不久前，导管室一位护士退休，向姝琳因为专业素质过硬，被调到了导管室工作。

何向东盯着X光机屏幕，患者的心脏血管在屏幕上清晰呈现，堵塞部位的血管，明显比其他血管狭窄。狭窄的血管，堵塞了心脏的血流，心肌出现坏死。

何向东谨慎操作，心导管是从患者手腕上的桡动脉打进去的，在导丝的牵引下，导管随着动脉血管的搏动，起伏摇摆，却坚定前行。他动作娴熟，不到十分钟，导丝就穿越主动脉，缓慢抵达心脏上的冠状动脉。导管通过堵塞血管的时候要格外小心。他在冠状动脉堵塞处放入支架，X光机屏幕显示，支架缓缓张开，撑起堵塞的血管。血管恢复畅通，如疏通的河床畅通无阻，患者恢复了窦性心律，血液欢呼着、雀跃着，顺着冠状动脉流向心肌，送去氧气，滋养心肌，维系生命。患者的面容从青紫的猪肝色慢慢变得红润。何向东松了一口气。他缓缓回抽导管，直至导管和导丝完全抽回，心脏介入手术才算完成。术后，患者还要经历一些考验，复查心电图、心肌酶，一切恢复正常，才能算是功德圆满。这半个小时的娴熟操作，是数年功夫换回来的。

脱下手术服和铅衣，何向东身上已经渗出一层薄汗。铅衣战士，常年在X射线下救患者的命，穿上铅衣，也是给医务人员多一层保护。

路过门诊，何向东遇到了刘翠英。她双手捂住腹部，额头上直冒冷汗，痛苦不堪。何向东急走几步，关切地询问病情，习惯性地数她的脉搏。刘翠英说："肚子痛得难受，中饭后就开始痛，越来越厉害。"

何向东发现，她的症状越来越像急性心前壁心梗，他说："你是心梗，必须马上住院！"

刘翠英痛得哼哼唧唧，说："我肚子疼，怎么会是心梗？"何向东说："相信我，马上做心电图检查。"刘翠英痛得说不出话来，刚走到心电图室门前，倒在地上，口吐白沫，抽搐。阿斯综合征！几名保安上来帮忙，将刘翠英抬进急诊室。除颤！一次，两次，三次，电量不断加大，刘翠英才苏醒过来。连接心电监护仪、戴上氧气面罩、抽血、输液，短短的几分钟，训练有素的急诊科护士完成了一整套心梗急诊救治操作。

心电监护证实了何向东的判断。都说医务人员是在跟死神赛跑，时间就是生命。赛赢了，病人的命挣回来了。刘翠英醒过来，眼睛还是模模糊糊，也想不起刚才发生了什么事。大片白色，床单是白色的，墙壁是白色的，天花板更是白色的。何向东问："刘翠英，你能听到我说话吗？现在感觉怎么样？"

刘翠英刚从鬼门关走了一遭，迷迷糊糊听到有人喊，想说话，却浑身无力，张不开嘴。没多久，心肌酶检查结果出来了，情况不容乐观，必须马上做心脏支架。两个小时，是心梗抢救的黄金时间，如果错过这个黄金时间，心肌的坏死面积越来越大，心肌坏死是不可逆转的，非常凶险。

可是，她身边没有亲人。何向东知道，前段时间刘翠英成立了一个抗癌基金会，他见过她的侄女刘淳。他赶紧联系李锦平，告诉他刘翠英在急诊科，让他马上找到刘淳。刘淳正带着何英丽在肿瘤内科做回访，接到通知，马不停蹄赶来，为姑姑办好住院手续，签字同意做心脏支架手术。

江明剑去世几个月了，刘翠英还没走出丧夫之痛，一个人闷在家里，忧郁、压抑、痛苦常常袭扰她。刘淳虽然常去看望她，但时间有限，大多数时候，她是独处，一个人对着江明剑的遗像说话。

刘翠英的压抑，很多人能理解，但无法替代。孤独是灵魂的失衡。她的心脏，再也承受不起生活的重负。刚才，护士给她吃了阿司匹林，又打了止痛针，觉得胸口的痛缓解了一些。

回到导管室，何向东又开始一台新的手术。刘翠英的心脏与常人不同，她的心脏在右边，非常罕见，心电图显示与平常人的不一样，心电波都是倒着的，ST 段倒置、P 波高尖这些异常心电图，要倒过来看。

刘翠英的手术难度超过了何向东的想象，支架手术做了足足两个小时。刘翠英面容由乌黑转向红润的时候，何向东全身都湿透了。下了手术台，何向东一个趔趄险些摔倒，向姝琳赶紧扶住他。他缓缓坐在地板上，脸色苍白，额头上豆大的汗珠掉下来，向姝琳拆了一瓶葡萄糖水递给他。

整个手术过程，刘翠英是清醒的。不到手术台上躺一躺，不到病床上感受一下，不会理解人生的艰难，生命的无常，医生的不易。以德报怨，何向东是值得佩服的真男人。

刘翠英感激地说："何主任，辛苦您了！"

声音很小，大家都听到了。何向东对刘翠英点头，示意向姝琳将她推到病房去。刘淳见姑姑被护士推出来了，赶紧上前询问情况，得知手术成功，松了一口气。刘淳从护士那里得知何向东累得虚脱了，正在休息。她感觉不安，想折回去看何向东。转念一想，不妥。

刘翠英说："淳儿，你去看看何主任。"

不论是暗示还是明说，刘淳都能感受到姑姑的意思。刘淳也感觉到自己的心在慢慢打开。这个男人，人品很好，性格稳重，医术不错，值得依靠。在寻找另一半的路上，她是理性的，不相信缘分，不凭直觉。虽然爱情就是一种感觉，但婚姻是人生最重要的选择。她不愿仓促决定自己的一生，长得帅的、有钱的、会调侃的，都抵不上人品重要，这是安身立命之本，是婚姻幸福的重要基石。

何向东休息不到半小时，又一个急性心梗的病人被"120"急救车送进了导管室。紧张的手术，一直持续到天亮。

刘翠英住院的消息在公司炸开了锅。聘请的职业经理人、公司总经理带着管理层来医院探望。刘翠英不悦，说："公司的经营千头万绪，你带这么多人来看我，影响不好。"

总经理左右为难，说："您是董事长，一定要保养好身体，我们会尽力把公司管理好。"

刘翠英不喜欢这样做，说："老江生病住院的时候，公司疏于管理，业绩滑坡，你们尽快让公司走上正轨，就是对我最好的尊重。"

总经理本来是好心，却让董事长不乐意，讪讪地说了一些客套话，在病房站了不到五分钟，就带着大家回公司去了。

刘淳惊讶，姑姑在公司管理上，要求这么严格。她提醒姑姑："总经理带管理层来看您，在情理之中，如果他们不来，才是没有情商。我觉得，公司的事您放心交给总经理，他在这一行干了很久，之前的业绩我们了解过，懂管理会经营。"

刘翠英清楚自己的话说重了。但公司的情况不容乐观，持续下去，必将陷入更大的困境。她没有按照江明剑的遗嘱将公司拍卖，如果在自己手里败光家业，自己就是罪人。她的焦躁源于自己不懂管理，更不懂经营，却必须对公司负责。

刘翠英突然感到胸部不适，脸色一下子就变成了酱紫色。何向东正在查房，听刘淳在病房大喊："何主任，快来救人！"他疾步赶来，心电监护仪显示血压下降、心跳加快。他判断，刘翠英极可能是心脏支架内血栓。何向东赶紧通知导管室准备球囊扩张术。

一个小时后，刘翠英又活了过来。又是一次死里逃生，刘翠英挺后怕。何向东告诉她，保持心态平和，注意休息，防止再次出现危险。

刘淳问："几天能度过危险期？""三天到五天。"何向东说。

刘淳转向刘翠英，说："姑姑，你一定要听何主任的话，才能减少风险。毕竟，您的心脏血管里安装了支架，开不得玩笑。"

如果江明剑还在，刘翠英就不用操心那么多烂事。本来是享受天伦之乐的年纪，却失去了老伴儿，被逼着一脚踏进陌生的世界，现在又装了心脏支架，成了一个不能大喜、不能大悲、必须天天吃药的病人。江明剑脾气不好，那一年伤害何向东，现在何向东却成了她的救命恩人，刘翠英有一种替夫救赎的冲动。对于如何救赎，她没有想好。起码，她有这种善意的想法。心中只要埋下善良的种子，一定会生根发芽，在某一个时间节点，瞬间迸发出来。

刘翠英很想替老江再次道歉，同时向他表达救命的谢意，可是虚弱将她带进无尽的睡眠之中。梦中，她与江明剑相见，倾诉自己的困境，江明剑却无动于衷，空旷的寂寥，将他包围，她奋力追赶，却跟不上他的步伐，他总是若隐若现，好像学会了遁术，在不经意的时候，又突然出现在她面前，循环往复，弄得她精疲力竭。她突然恨起他来，停下脚步，不再追赶，不再寻找。虫鸣鸟语、耳鬓厮磨、无尽缠绵、恼人争吵……逐一在她脑海中显现。这就是生活吗？这就是人生吗？

十二

雨季已来，年年如期。接连的大雨，让人的呼吸都能拧出水来。湘江河水一改往昔的清澈和温柔，上游冲刷下来的污浊和泥沙，把它染成了一条黄色的水带子，汹涌湍急。李锦平内心有一股莫名的压抑，随时都会爆发。晨交班会上，谢铭莱当着所有医务人员的面，举报夏晶晶克扣他父亲的伊立替康。这是一种昂贵的化疗药，对谢金韵的病有效。谢铭莱说，这种药是他大哥从国外买回来的，一直寄存在夏晶晶那里，可是最近，夏晶晶没把药品拿出来。医务人员都惊炸了。怎么会做这样的事？夏晶晶的脸红一阵白一阵，她辩解，谢金韵新一轮化疗昨天才开始，自己忙得忘记了。李锦平觉得其中有隐情，将满脸怒气的谢铭莱劝离办公室。

这会儿，夏晶晶在主任办公室说明事情的来龙去脉，坚称自己忘记了。李锦平铁青着脸，声音低沉，小声质问道："谢金韵是你的病人，医嘱是你自己开的，什么时候开始上化疗，上什么样的化疗药，你会不清楚吗？"

夏晶晶满脸委屈，说："李主任，我是真的不小心把药打烂了，本来想做好事，替病人分忧，没想到惹得一身臊气。"

肿瘤化疗药和靶向治疗药，有的价格非常昂贵，医生会建议患者家属外购。家属外购来的药品，放在病房不安全，很多患者就把药交给医生保管。

李锦平说："现在只有我们两个人，我希望你讲真话，你是忘记了，还是有意隐瞒？"

夏晶晶低声说："李主任，我发誓，我没有隐瞒任何药品。我知道这些药很贵，但真的是无心的，我愿意赔偿。"

李锦平大吃一惊："正因为我想帮你，才想知道实情。你的医术和勤奋，大家有目共睹。但是，我希望你能正视医德，不要放纵自己，否则，会害了自己！"

李锦平原本打算，夏晶晶把药拿出来，给谢金韵和谢铭莱说明情况，道个歉，这事就算过去了。以他的观察，谢铭莱是个很孝顺的人，不会纠缠不放。夏晶晶不知道，打烂病人的昂贵药品，是很严重的事件。

谢铭莱向李锦平提出转院，李锦平反复挽留，家属又提出换李锦平做父亲的管床医生。一般来说，科室主任担负了许多科室管理事务，很少再管床。李锦平想了想，只好答应下来。让李锦平没想到的是，消息在病房里像长了翅膀一样疯传，夏晶晶管床的所有病人，都要求转由李锦平管理治疗。

夏晶晶怒气冲冲找到李锦平质问："你什么意思？想剥夺我当医生的权利吗？"

李锦平正在烦心，夏晶晶的质问引爆了他的脾气："夏医生，你应该有自知之明，是谁造成了今天的局面！"

夏晶晶将一沓病历丢到李锦平办公桌上，厉声说："李锦平，杀人不过头点地。我已经答应赔钱了，你怎么还对我穷追打？"

李锦平说："夏晶晶，你知道，这些药品值多少钱？最少十万，你一个刚工作不久的医师，要赔多久？"

听到争吵，黄学倩过来劝解，夏晶晶趁机离开了李锦平办公室。李锦平不能理解夏晶晶的变化。黄学倩也云里雾里，看不清夏晶晶的意图。李锦平说："下班后，我们去她家看看。不然，这一切没办法解释。"

夏晶晶是硕士研究生毕业，她自己说，家庭条件挺好，父母都有体面的职业，赔偿十万块钱应该不是大问题吧？

一下班，李锦平立马和黄学倩找到夏晶晶家。这是一处城郊接合部待拆迁的房子，门虚掩着，推门进去，一股刺鼻的气味猛地钻进鼻子。这是套两居室的小房子，屋子里摆放的家具简陋，20 世纪 80 年代的桌椅板凳，一台老式电视机，还接着天线，一台单筒洗衣机，一台旧冰箱。李锦平以为是走错地方了，夏晶晶怎么会住这里？正要退出来，夏晶晶听到声音，从厨房里走了出来，她系着围裙，拿着锅铲，见到李锦平和黄学倩，愣住了："你们怎么找到这里来了？我不干了，放过我吧！"

李锦平不相信自己的眼睛："你就住这儿？"夏晶晶笑笑，很苦的那种笑，眼睛里显着泪花："我就住这儿。"黄学倩环视四周，说道："夏医生，李主任猜测，你有事瞒着大家，就过来看看你。""你们是来看我笑话的还是兴师问罪的？"夏晶晶的声音冷冷的。李锦平说："我们没有看笑话的意思，更没有兴师问罪的想法，只想知道你的真实情况。"

夏晶晶带他们进到卧室，床上，一名瘦弱的老人蜷缩着，腹部的人造瘘口很刺眼。异味，就来自这个造瘘口。黄学倩为老人清理造瘘口和容纳袋，小心翼翼地问："这位是……？"

其实，他们早就猜到了，这应该是夏晶晶的妈妈。

夏晶晶低着头，说："这是我母亲，五年前得了结肠癌，做了两次手术。"

从夏晶晶长长的叙述中，李锦平和黄学倩终于明白，夏晶晶对赔钱的态度为什么激烈对抗了。

李锦平说："你怎么一声不吭？你说了，我们也好帮助你！你自己是肿瘤内科医生，为什么不把妈妈送到医院来？"

夏晶晶咬着嘴唇，沉默很久才说："医院知道我们家的情况，又该如何？我不需要同情和可怜。幸好，我是肿瘤内科医生，知道怎么治疗和处理。"

黄学倩说："你这傻姑娘！这是何必？你的自尊心就那么强？至少，我们科室的同事可以帮你。"

夏晶晶摇摇头，坚定地说："母亲已经到了弥留之际，我想多陪陪她。"

夏晶晶的家曾经很幸福，母亲是乡村医生，父亲是工厂的工人。那一年，父亲的工厂改制，家里的生活陷入困境，父亲也曾出去找过工作，但五十多岁的人找工作何其艰难，只能做做门卫、普通工人这样的工作，收入微薄。母亲生病的时候，父亲花光了家里的积蓄，又借了不少钱。做第二次手术时，很难再借到钱，只好把老家的房子卖了。折腾两三年，父亲就离家出走了，一直没回来过。夏晶晶找过，杳无音信。

全都明白了！李锦平的心里像是灌满了铅，压得透不过气来。在李锦平的坚持下，他们把夏晶晶的母亲送进了医院。关心人最好的办法，是为她解决实际问题，所有停留在嘴上的关心，都是假的。

令大家没想到的是，主任和护士长把夏晶晶的妈妈接进了医院。

安顿好夏晶晶的母亲，有院领导来找李锦平和黄学倩谈话，了解夏晶晶截留病人药品的事情。有病人家属到医院去投诉，引来了医院领导。

李锦平和黄学倩把夏晶晶的情况向领导如实做了汇报，感情归感情，原则归原则。该处理的要处理，该帮助的要帮助。既要讲同事感情，也要讲工作原则。但不能把两者混为一谈。

领导的工作做得细致，找了科主任护士长，又找了夏晶晶，还找了投诉的病人家属，详细问了情况，做了病人的安抚工作，一一做好记录。

夏晶晶的事，在科室里引发了不小震动。平时光鲜靓丽的背后，隐藏了多少不为人知的辛酸。黄学倩在科室发起了一场捐款，大家纷纷解囊相助，募捐到一些资金，解了燃眉之急。李锦平又向刘淳说明情况，希望能从基金会解决一些医药费。刘淳听说夏晶晶的母亲需要帮助，二话没说，按标准解决了部分医药费。黄学倩觉得这种情况，符合向工会申请帮扶的条件，又向医院工会报告，解决了她母亲的生活费。

这一切，都让夏晶晶感动，感恩。夏晶晶很后悔，由于自己所谓的要强，将所有的事情都自己扛。一个人的能力非常有限，组织的力量是强大的，组织的怀抱也是温暖的。当人生陷入困境，不要期望以一己之力去解决，处理不好，会把自己卷入巨大的漩涡之中。当顶不住突如其来的巨浪，最好的办法是躲到船舱，而不是站在甲板上。

经此一劫，夏晶晶的内心充满了后怕，她要极力掩盖的，其实是人性中最好的一面。拿到捐款，夏晶晶第一时间赔了药钱，很多患者又愿意让她做管床医生。自信重新挂上了夏晶晶的脸上。这是真正的自信，出自内心的自信。

这日，李锦平问黄学倩："你家的事情处理完了吗？"黄学倩说："没有。我也不知道郑昕最近在想什么，他好像一点儿也不着急了。钱也一直在我手上，一分未动。"李锦平说："有点蹊跷，你应该过问，不要等出事再后悔。"黄学倩不是没问，是郑昕不愿意说，问急了，对她吼。只要郑昕变脸，她和孩子都不敢说话。幸好，雪雪读初中了，开学就去住校，只有周末回来。

折腾来折腾去，黄学倩的心慢慢凉了。她是有知识，有自尊的女人，怎么经得起郑昕如此轻慢如此侮辱？她最初不愿意离婚，不愿意毁掉家庭，不愿意孩子没有一个完整的家。这几个月，她不知道自己流了多少泪。她的眼泪，只在黢黑的夜里流，只在独处的时候流。

李锦平想不出如何安慰她，该安慰的话都说了。最近科室发生这么多事，李锦平的心情很压抑。王晓源察觉了这种变化，他父母也察觉了这种变化。他心情不好，家里气氛也变得压抑。王晓源要打破这种压抑的气氛，问："锦平，最近心事重重，又有什么烦心事？"

李锦平说了黄学倩的事、夏晶晶的事，父母原本担心他有事，跟着他一起压抑，母亲听说不是他的事，松了一口气，说："锦平，既然不是自己的事，你就少操点心。别人的事，能管就管，不要大包大揽。"

父亲不同意老伴儿的说法，反驳道："锦平是科主任，哪有不管科室同事的道理？既然是同事，就是有缘，一个科室就像一个家庭，大家要互相帮助，互相关心，这个集体才能和睦。"

李锦平和王晓源对视一眼，笑了。老两口像孩子一样的争论，家庭气氛又活跃起来，这才是天伦之乐。吃完饭，李锦平钻进书房，捧起《大清相国》，沉醉其中。这是难得的清静，一杯红茶，一本好书，清静的日子就是舒服，他又可以跟陈廷敬隔空对话了，穿越历史，他仿佛是京城里那位不问世事的李振郸，深居简出，却世事洞明，在背后为陈廷敬出谋划策。他很欣赏这样的人生，闲散恬淡，闲云野鹤，却能助人成功。可是，他做不成李振郸，成了一名肿瘤内科医生，目睹许多人间悲剧，在生命的面前，却无能为力。

王晓源进来续茶。轻轻地倒完水，欲转身离去，李锦平握住她的手，说："陪我坐坐。"王晓源放下开水壶，依偎在他的怀里，慢慢闭上眼睛，享受这一刻的宁静。

窗外雨急，不是淅淅沥沥，而是倾泻。天地间的急骤与人世间的温情，极致分明。爱就是爱，跟雨无关，跟季节无关。李锦平享受这一刻的温馨，有家，有爱，有红茶，有亲人。这不是人生的至高追求，但这是平凡人生的动人场景。一个家，无须奢侈，必须安宁。不求大富大贵，但求无愧于心。很多人不明白这个道理，追求得不到的荣华富贵，像《大清相国》中的高士奇，位列人臣，赐居大内，却还不知足，欺上瞒下，以次充好，胆大包天。此种人不除，天下之风骨尽失。所以，他会被弹劾，被扳倒。知足，是人生最大的智慧。李锦平很知足，亦感恩。父母健在，妻贤子孝，一家五口，其乐融融。李锦平感慨："老婆，非常感谢你给我一个平静的家，一个安宁的港湾。我不会流落街头，也不用为生计发愁。"

王晓源将头埋在他的怀里，低声说："锦平，我也谢谢你，给我们的家稳定和温馨。真的，爱是相互的。如果遇上郑昕那样的男人，这日子该怎么过？"

李锦平说："我们不拿别人做比较。毕竟我们的日子不是人家能够模仿的。"

夫妻之间，过的是日子，平凡普通的日子。有哲学家说，没有一个日子是平凡的。但世界上无数的平凡人，过的都是平凡的日子。只是看事物的角度不一样，这个世界就变得不一样。

这个夜晚，对李锦平来说，红茶氤氲，散发奇特的芬芳，斗室浓郁，世间无尽的安宁。世间无事则安宁。

对黄学倩来说，这一晚却是凄风冷雨，凄凄惨惨戚戚，虽无寒蝉凄切，却心情孤冷。郑昕一直没回家，黄学倩听到楼道里的声音，或者是电梯开门的声音，就去开门，每一次都是失望，无尽的失望。她在期盼那个伤她至深的男人，能平安回家。她完全可以不等候，但她放不下。放不下，就是还在爱着。这样的爱是否有意义，她不知道。她固执地维持家庭，低三下四地求郑昕不要离婚，即便是伤害，她也不愿意离婚。黄学倩的希望和失望，在一次次开门关门中来回往复。

这就是我坚守的爱吗？黄学倩问自己。是，或者不是，已经毫无意义。其实，她比夏晶晶要难受。夏晶晶的受伤，可以向大家公布，大家都同情疾病。而她的伤害，是因为老公不现实的发财梦导致的，虽然，人人都渴望发财，但因为追求发财而倾家荡产的人，很难得到同情。

黄学倩的失望与眼泪交织。这眼泪，融入雨夜，无声无息。她的回忆，定格在与郑昕相识的那一刻，他是那么帅气，一刹那，就被他的颜值倾倒。她承认，自己有颜值控。但是，决定结婚，与颜值的关系不大。那时，她还不打算结婚，郑昕一直催促，说是父母逼着他，要看未来的儿媳。黄学倩说，那就看呗。郑昕说，看你是一方面，重要的是，老人要看结婚证。老人仁慈，黄学倩不愿意伤害老人，就跟郑昕回了老家，见了未来的公婆，回城后马上登记结婚。黄学倩一直问自己，这么仓促，真的合适结婚吗？不待她做出判断，对方家庭就定好了酒席。箭在弦上，不得不发。于是结婚、生子，像许多平凡的夫妻一样。她以为，这辈子就可以这么安宁地生活。结婚不一定是爱情的坟墓，一定是爱情的归宿。至于归宿好不好，过得怎么样，只有自己知道。

十三

周末，李锦平习惯地去了科室。雨中，天地迷茫，混沌一体，仙山峰格外靓丽，眉清目秀。

进了医院大门，李锦平听到有人叫他，回头一看，是刘淳。

刘淳提着早餐盒，急匆匆往医院赶。李锦平猛然想起，刘翠英在心内科住院，他试探地问："何向东的手术做得漂亮吧？"

"很好。"

李锦平说："何主任的人品也很不错，值得我们尊敬。据说，兰花种得也不错，最擅长种养春兰，他办公室就有一盆。"李锦平瞟了一眼刘淳，又说："只是何主任到现在还没成家，不知道哪个女孩子有这个福气！"

她听懂了李锦平话里有话，脸上泛起了一阵红晕。这段时间，姑姑和李锦平有意无意在她面前提何向东，她明白这些人的心思，就是想把他和她往一起撮合，说是成全也好，说媒也好，反正就是有那么一点意思。她自己也有一种说不清道不明的感觉，有时很神奇，见到他，心跳会突然加速，脸上也觉得火辣辣的。

李锦平见刘淳并未反对他的话，就问她："你姑姑的病好多了吧？今天晚上，我做东，请你姑姑一起吃个饭，感谢抗癌基金会为癌症病人做的贡献。你和何主任作陪，如何？还有你的老同事王晓源老师。"

爱情这事，需要有人捅破这层窗户纸。捅破了，事情就明朗了，好与不好，成与不成，就看双方的感受了。刘淳只得应承下来。

选了一个僻静的雅间，临江而坐，一席晚餐就落定了。红茶芬芳，香溢缥缈，两三声琴音，时而疏淡，时而急骤，人和人之间的感情慢慢交融。刘翠英两过鬼门关，当仁不让要做东，她端起茶杯，说："我把你们当作亲人！希望能给我一个机会，一来，感激李主任对老江的精心治疗，让他平静地走完了生命的最后一程；二来，我代表老江，向何主任表达歉意；最后，感谢何主任两次把我从鬼门关拉了回来。来，我以茶代酒，敬大家一杯！”

喝的是红茶，却品出了岁月的沉香，品出了人生的曲折，品出了生命的意义。相逢一笑泯恩仇。这杯茶喝下去，委屈一笔勾销，恩情传承下去。

菜是极简朴的。荷花鱼、小炒肉、口水鸡、过桥排骨、空心菜、雾汤，地道的本地口味，辣椒、生姜、蒜瓣，放得足足的，香辣可口。五个人，五个菜，光盘行动，吃完为止。刘翠英不能吃油腻、太咸的，嘱咐厨师，少油少盐。

席间，李锦平示意王晓源去结账，然后若无其事回来，边吃边聊。李锦平事先跟王晓源说过，想为何向东和刘淳创造条件，早点儿捅破窗户纸。

席间，李锦平将话题往这两个人身上引。刘翠英一直考虑这个问题，举起杯，对何向东说：“何主任，我再敬你一次，淳儿作陪。”

三个人喝了茶，刘翠英说：“我有一事，今天当着大家的面，想听听何主任的意见。”

说到正题，大家都侧耳倾听，何向东却不明就里，说：“请讲！”

刘翠英问：“何主任，你觉得刘淳怎么样？你们认识也有一段时间了，说说你的想法。”

此话一出，何向东愣住了。虽然，李锦平曾经话里话外跟他提起过，但他自己觉得不可能。他看了刘淳一眼，她脸上飞着红云，薄得透明的耳根，毛细血管清晰可见。他说：“挺好的。”

刘翠英问刘淳：“淳儿，你觉得何向东咋样？”

刘淳的心“扑通扑通”直跳，像有千头万头小鹿在心脏里跳舞。

刘淳不说话，急坏了刘翠英。王晓源不失时机说道：“男大当婚女大当嫁，你们可以先接触，再回答这个问题。”

看到刘淳点头，何向东释然地笑了。刘翠英如释重负，说：“将来，我这把老骨头就交给你们了，那我就太幸福了！”

刘淳红着脸说：“还没开始，就说什么幸福。太早了吧！”

爱情这件事，甜蜜，神秘，虽然成年人都经历过，但没有几个人能说得清，爱情到底是个什么东西？感觉而已。有人爱得死去活来，有人爱得牵肠挂肚，有人却担惊受怕。

就像黄学倩。这一晚，郑昕又没有回家。他已经有几个周末没有见到雪雪了，孩子周末回家，他都不在家。雪雪感觉到家里的异样，问她：“妈，你们是不是离婚了？每个周末回家，都没见到我爸。”

黄学倩对这个问题，只是搪塞。雪雪正在青春期，叛逆的势头上蹿，她不想让孩子留下心理阴影。她能做的，就是期望郑昕能够回家，哪怕是在孩子面前假装幸福，也是好的。郑昕说回家就回家，说消失就消失，黄学倩假装的幸福被他无情毁灭。她想，这是我要的生活吗？这就是我苦苦维护的家庭吗？不是的！一个声音在心中响起。既然不能委曲求全，何必苦苦坚守？

那天，陈瑾利和儿子来看望周达善。周达善已经开始化疗，大把大把掉头发，一天呕吐好多次，陈瑾利看着难受，说：“如果你能安心过日子，也不至于落到今天这步田地。”

周达善没听清陈瑾利的话。每一次恶心呕吐都让他翻江倒海。他面容疲倦，时而望着窗外无穷无极的雨帘，时而看看个子比自己还高的儿子，不言不语。此刻，他的心里有惊喜，也有悲怆。儿子还能来看他，这次让他很惊喜，但黯淡的日子，把生与死的挣扎写进了他的余生。

儿子摆手，示意陈瑾利不要再埋怨。陈瑾利说：“不管怎么说，儿子已经长大成人，我真心希望你好，希望你能面对现实，做一个真正的男人。”

周达善的内心非常复杂。自己亲手毁了家庭，毁了陈瑾利的一生，毁了儿子的美好青春。陈瑾利是一块玉，善良纯真。他却在这块璞玉上，用刀子一次又一次刻下累累伤痕。当他躺在病床上的时候，既渴望陈瑾利来看他，又害怕见到她，每一次都在纠结中痛苦不堪。他觉得自己是幸运的，一场病，看清了许多人。如果让他再次选择，他一定选择不折腾，选择和陈瑾利踏踏实实过日子，给她一个稳定的家，一份沉稳的爱，给孩子一个纯真的童年。

生活的教训很深刻，身处其间，却不能开悟，这就是为什么有人碰到头破血流才后悔的原因。道理他都懂，但他却抵抗不住诱惑。

打完化疗药，周达善又是一阵恶心，吐得翻江倒海。声音很大，引来了夏晶晶和黄学倩。夏晶晶为周达善做了检查，安慰周达善这是化疗副作用，还有两天，一个疗程就结束了，歇息几天，再做下一个疗程的化疗。

陈瑾利问：“有没有副作用更少的化疗药？”夏晶晶解释：“再好的化疗药都有副作用。我尽量调整药物剂量，减轻他的副作用。”

周达善说：“你和孩子回去吧。”

陈瑾利最近一直担心黄学倩。一想到黄学倩对这段婚姻的坚持，做着无谓的牺牲，又不忍心伤害她。她拉着黄学倩，说了一些莫名其妙的话，让她注意身体，说她黑眼圈出来了，眼袋明显了，人瘦了。黄学倩强打精神，笑着否定了陈瑾利的说法："我没有这么老吧？"

陈瑾利说："周末，我们一起喝茶吧。出来说说话，散散心。"

黄学倩说："周末孩子要回家，我要陪雪雪。"陈瑾利想了一下，说："那就让雪雪一起来散散心。快要中考了，劳逸结合，调节一下心态。"

把陈瑾利送进电梯，黄学倩的眼泪唰地流了下来。她想痛痛快快哭一场，宣泄压抑已久的情绪。可是，她忍住了，这是医院，是病房，不是她宣泄情绪的地方。抹干眼泪，转过身，对着仪容镜，给自己一个笑脸：这世界，没有过不去的坎儿。

李锦平从电梯出来，刚好看到这一幕，惊讶地问："怎么了？"黄学倩愣了一下，对李锦平说："没事，刚才送陈瑾利，为她难过。"

李锦平后悔自己问这句话。这一问，让黄学倩极力掩饰的秘密，都暴露在他面前。显然，她是不愿意让他知道更多。他不想知道，也没兴趣探听她的隐私，给了她一个笑脸，说："没事就好。"

李锦平笑得勉强，他也有心事。刚才，医院领导把李锦平叫到办公室，宣布了对夏晶晶的处理决定：行政记大过，扣除半年绩效工资。李锦平听到结果，想到夏晶晶母亲病重，生活拮据，给这样的处分，她的日子怎么过？一个女孩子，总要给人一条出路。医院领导说，感情归感情，原则归原则，处分归处分，帮助归帮助，我们不能混为一谈。

黄学倩知道处理结果，和李锦平商量，能不能在科室内部再为夏晶晶的母亲搞一个募捐？李锦平思考了一下，认为为夏晶晶一个人多次在科室搞募捐不合适，募集的善款也有限，提出找医院工会发动全院募捐，还有一条路，就是到网上筹集善款，两条路同时走，问题解决起来就快些。黄学倩认为这两个办法行之有效，以科室名义打了报告，又在网上发布了筹款信息。

这一切，夏晶晶事先都不知情。然而，当看到医院工会发出的募捐消息之后，还是大吃一惊。消息上，没有写夏晶晶的名字，而是用"医院一名年轻医生的母亲"这样的措辞，虽然通篇没写年轻医生的名字，却是她的事情。看着看着，眼泪就出来了，有如释重负的轻松，有感激的元素。

夏晶晶看到了生活的曙光，大家帮助了她，还保护了她的隐私，照顾了她强烈的自尊心。她来到李锦平办公室，想向他说声"谢谢"。门口，她听到李锦平和黄学倩的一番对话："网上平台募捐现在筹集多少了？""截至上午 11 点，3 天时间，医院大多数职工都捐了款。”“还行。加把劲，多宣传，看看能不能募集多一点。”“应该可以。”

夏晶晶再也控制不住自己的泪水，推门进去，紧紧抱住黄学倩，号啕痛哭。压抑多年的泪水，这一刻奔涌而出。夏晶晶泣不成声，有这样的团队，自己是多么幸运！人和人之间相处，原来不需要那么多伪善，不需要那么多隐私，多一点真诚，多一点坦荡就好。李锦平和黄学倩劝慰了好久，夏晶晶才止住哭。她说：“不管医院怎么处分我，我都接受。我会为医院贡献出自己的力量！”

谢铭莱听到一些消息，觉得自己的做法有些过分，想着要为夏晶晶做点事。听到医院捐款的消息，不确定是为夏晶晶捐款，就没有行动。刚才，他看到夏晶晶进了李主任办公室，然后又听到哭声，就明白大家是在为她捐款，折回病房，拿了一千块钱，进了主任办公室。他看到夏晶晶红肿着眼睛，心里突然涌出一种强烈的怜惜，说：“夏医生，这是我的一点心意。”

夏晶晶先是一怔，继而推开谢铭莱递过来的钱，说：“谢谢您的好意。这些钱，留着给您父亲补充营养。”

谢铭莱解释：“这是我的捐款，不算红包。你知道，我的两个哥哥条件不错，这点钱，对我们来说不算什么。”

李锦平见俩人僵持不下，说：“谢铭莱，你的钱我们不能要，有纪律要求。你总不愿意看到夏医生再受一次处分吧？如果你在网络平台上捐款，我代表夏医生对你表示感谢！”

李锦平的话，点醒了谢铭莱，他拍拍脑门儿，恍然大悟，说：“对啊，我可以在网络平台上捐款。这样就不是违纪了。”

谢铭莱不但自己在网上捐了款，还发动他的两个哥哥和病房里几个家庭条件过得去的病友家属一起捐款。

隔天，医院工会主席也给夏晶晶送来了捐款，代表医院领导班子看望了她的母亲，送了慰问金。

工会主席说：“夏医生，只要好好活下去，就没有过不去的坎儿！希望你能坚强面对痛苦和不幸，千万不能被暂时的困难吓倒！”

夏晶晶被这些善良和真诚一点点融化。工会主席说得对，只要好好活下去，就没有过不去的坎儿。夏晶晶的心，被温暖包围。这温暖，源于社会的爱，源于那些热情的援助。

十四

泡在雨中的这一周，过得很慢，也很忙碌。发生太多的事，黄学倩早就把陈瑾利约她见面的事忘得一干二净。郑昕还是三天两头见不到人，她已经习惯了没他的日子。雪雪接连几个周末没有见到父亲，忍不住问："妈，你和我爸是不是离婚了？"

黄学倩愣了一下，断然否定："别瞎想！没这回事。"

雪雪不信，刨根问底："我都好久没见着我爸了，他就不问问我最近的学习怎么样？"

黄学倩继续撒谎："你爸经常打电话给你的班主任老师问情况。他可关心你了。"

雪雪说："妈，你别自欺欺人了，我爸以前周末都在家。"

雪雪正在青春期，敏感，多愁善感，很多事都瞒不住了。黄学倩说："雪雪，你的主要任务是搞好学习，其他事你就别操心了。"

雪雪从鼻子里发出"哼哼"的声音，表达不满的情绪，转身进了书房。黄学倩盯着门发呆，陈瑾利的电话来了，催黄学倩快点来，已经上菜了。黄学倩这才想起跟陈瑾利的约定，对着书房门喊了几声，让雪雪一起去见见陈阿姨。雪雪要抓紧时间复习，不愿意出门。黄学倩就告诉孩子，冰箱里有现成的饭菜，用微波炉热一下就能吃。雪雪又在鼻子里"哼哼"了几声，表示已经知道了。

这是一家内敛的酒店，外观很不起眼，内部却富丽堂皇，大厅正中间摆放着一块巨大的鸡血石作为屏风，丝丝点点的红光犹如血丝，牵扯人们的目光，鸡血石左侧，是演奏舞台，舞台上摆着一架钢琴，一名优雅的女子正在弹奏《春天圆舞曲》，右侧摆放着红木沙发。

黄学倩环视四周，在靠窗的一个雅座，发现陈瑾利正在向她招手。她快步走过去，道歉："实在不好意思，迟到了。"

陈瑾利对她笑笑，招呼服务员上菜。黄学倩已经记不清多久没来这地方了。陈瑾利刚和周达善离婚那会儿，她和陈瑾利常在一起聚，大多数时候是陈瑾利买单。买单次数多了，黄学倩就不愿意来了，推脱次数多了，陈瑾利就跟她急：还是不是朋友了？我经济上宽裕些，你不要斤斤计较。你如果这样算账，我爸生病那回该怎么算？老人家多活了十多年，是不是也要算钱给你？之后，黄学倩就不好再推辞了。这也算是一种朋友真情吧。

黄学倩与陈瑾利吃完饭回到家，见雪雪还没吃饭，她转身进了厨房做饭。她小心翼翼告诉雪雪，如果父母离婚，家还是这个家，房子还是这套房子，只是少了一个人。反正，他也很久没回家了，我们都已经习惯了。毕竟是女孩子，感情细腻，又到了敏感的年纪，听妈妈慎重得有些悲怆地说离婚的事，雪雪的表情讶异。她从来没想过爸妈会离婚。同学中，有十几个人来自离婚家庭，自己从未认为他们和其他同学有什么不同。可这并不代表她能接受自己父母离婚。

雪雪脸上泪水奔涌。在父母这里，她不愿意选边站。她说："你们离婚，我就不回来了。"然后，将自己关进了书房，任由黄学倩怎么喊，也不开门。

黄学倩后悔将决定离婚的事告诉孩子。如今，孩子面临中考，这个时候让她承受家庭变故，的确残忍。她试图告诉雪雪实情。但她说不出口。她不愿意自己受到伤害，又去伤害雪雪。这不是她决定离婚的初衷。

热好的饭雪雪也没吃。黄学倩不放心，又去敲了两次门，雪雪大声吼："烦死了，烦死了。不要来吵我！"

黄学倩静静地坐在沙发上，时不时往书房看几眼，或者贴在门上听动静。家里安静得出奇。这种安静，让黄学倩心神不宁。她不知道郑昕怎么会走到这一步。家，原本很暖和，她喜欢把家装扮得飘逸灵动，鱼缸里有金鱼，阳台上有花草，墙上有字画，当然，还有全家福，还有结婚照。现在，她看着这一切，已经麻木。这个家让她窒息，也让她心痛。

黄学倩斜倚在沙发上，迷迷糊糊睡着了。没多久，郑昕回来了。他轻手轻脚进了卧室。她感觉到一丝异样，揉着惺忪的眼睛，循着声音，走到卧室门口，只见他正在柜子里找东西。她问："找什么呢？"

郑昕猛地回头，急切地说："找钱！明天，贷款就要到期了，如果不还，我死定了。"

黄学倩冷笑一声："这个家都被你败光了，没钱了！"

雪雪听到争吵，跑过来，吼道："够了！别吵了！烦死了烦死了烦死了！"

雪雪的吼声，每一个字都捶打着黄学倩的心。雪雪背上书包，气冲冲走出家门。黄学倩跟在后面喊："还没吃饭，你要去哪里？"

"回学校。"雪雪回答。

"到学校打电话回来。"黄学倩嘱咐。每周雪雪回校，都要这样嘱咐她。

"不打。你们接着吵。"

黄学倩气得浑身发抖，指着郑昕说："都是你干的好事！"

郑昕瘫坐在地上。他没想到事情会是这样。当初，自己不去搞什么投资，这个家该有多么安宁和平静。郑昕折腾了几年，把家折腾完了，把自己折腾到了绝境。他实在想不出，这辈子还有什么未来！

时间就这么静默着。黄学倩的脑子纷乱。她其实不愿意回忆。心死了，回忆还有什么意义？

晚自习的时间到了，却没接到雪雪报平安的电话。黄学倩给雪雪班主任打了电话，回答是没到学校来。黄学倩又给雪雪几个玩得好的同学家长打电话，回答都是没见到人。问的人越多，黄学倩的失望越大，一次次抱着希望却回馈失望，她的心里涌出一阵恐慌：雪雪该不会出什么意外吧？不祥的预感，让她浑身的汗毛竖了起来，她冲进卧室，将呼呼大睡的郑昕拉起来："雪雪不见了！"

郑昕一个激灵："她没去学校？"

黑夜，大雨。黄学倩和郑昕借着路灯和车灯，在空旷得只有雨水的城市疯狂寻找女儿，他们的呼喊声，惊醒了城市里难得一见的夜莺，偶尔用鸣叫回复他们。黄学倩的崩溃，将这个夜晚喊哭。世界那么大，雪雪，你在哪里？你在哪里！找了大半夜，黄学倩的希望演变为渺茫，担心害怕恐惧占据了她的心灵。

"报警吧！"郑昕的话，提醒了黄学倩。她发疯一般，奔跑到附近派出所："警察！女儿，我的女儿……不见了！"

很快，一条寻人启事就通过广播、电视、网络、微信转发了出去。没多久，李锦平的电话打了进来："护士长，你在哪里？你的女儿不见了吗？不要着急，我发动科室的人帮你一起找！"

黄学倩挂断李锦平的电话，仿佛又看到了希望。雪雪马上初中毕业，应该知道如何应对危机。这个时候，她也许蜷缩在哪个银行的自动取款机旁，也许正在宿舍睡觉，也许她又回家去了？好多种可能，她都想过。

郑昕说："女儿不会有事的！"

黄学倩瞪了他一眼，说："我希望雪雪没事！你回来干什么？谁让你回来？你不回来，我和她在家很平静！"

郑昕自知理亏，不再吭声。雪雪下落不明，生死未卜，都是他的错。他呆呆地盯着从空中倾泻的大雨，心中默念"希望雪雪平安无事！"

这个雨夜，全城好心人都在为她的女儿祈祷，有的还主动出去帮忙寻人。李锦平带着夏晶晶和科室十多个医生护士，分头到网吧、电影院、茶吧、咖啡吧、冰吧去找人，凡是有灯的地方，他们都去一一辨认。

东方既白，风停雨住，大家累得走不动了。黄学倩又急、又饿、又累，但她不能倒下。她在等待消息，或者说等待奇迹发生。接了几十个电话，也没有得到雪雪的消息，黄学倩急火攻心，已经讲不出话来。

城市其实是不眠的。晚上有网吧、茶吧、夜宵营业，凌晨有上下夜班的护士和工人，还有行色匆匆的菜贩子，清早有环卫工人、晨练的、赶早班车上班的、开早餐店的，组成二十四小时作息生态图。你有你的爱好，他有他的追求，职业、追求和生活态度不一样，造成了人和人的作息时间不一样。

眼看着就要天亮了，李锦平对大家说："你们先回去打个盹儿，等下还要上班。我睡眠少，再找找看。"大家这才打着呵欠回去了。

黄学倩期待的奇迹并没有出现。接完一个电话，她想站起来，眼前一黑，脚下一软，倒了下去。

黄学倩醒来的时候，是在科室的急救室。李锦平给她上了氧气，用了心电监护仪，输了液。黄学倩焦急地问："我女儿有消息了吗？"

李锦平不说话，她心里明白雪雪还没有消息，失声痛哭："女儿！我的女儿，你在哪里？"

黄学倩的哭，撕心裂肺，引来了不少人围观。李锦平让大家散去，又给黄学倩用了小剂量的安定注射。用了药，黄学倩安静下来。她的内心很明白，只是没有力气说话。

周达善知道黄学倩的女儿失踪这件事，就打电话告诉陈瑾利："你如果有时间，就来陪陪黄学倩，她的女儿失踪了。"

陈瑾利接到电话，手机差点掉到地上。挂断电话，陈瑾利赶紧开车赶到医院，眼前的黄学倩憔悴不堪。陈瑾利握着她的手坐下来，说："雪雪会没事的。吉人自有天相。放心休息几天，她就回来了。"

黄学倩摇摇头。

雪雪小时候的样子，一遍又一遍在黄学倩的脑海浮现，放电影一样，一帧帧一幕幕倾泻而出。女儿早产，当妈妈的在病床上躺着，牵挂着襁褓中的孩子。雪雪身体虚弱，醒着时哭闹，睡着了才喝奶，半夜里要背着上下爬楼梯才安静地睡一会儿。大一点了，又不愿意吃饭，当妈的一回家，就是屁颠屁颠跟在女儿后面一勺一勺喂饭，一次喂饭一两个小时，她也跟着跑一两个小时。把雪雪养大，真不容易。

看着黄学倩这样，陈瑾利的眼泪情不自禁流了下来。

次日，郑昕收到信息：你女儿在我这里。请速来接人。郑昕马上将消息转发给黄学倩。黄学倩接到消息，立马拔掉吊瓶，鞋子也来不及穿，打着赤脚就往病房外面跑。陈瑾利跟在外面喊，她也没听见。陈瑾利只好拿了她的鞋子，追到电梯旁，让她穿上。

黄学倩给郑昕打电话："郑昕，你快带我去接雪雪！"

郑昕声音蔫蔫的，说："雪雪是被绑架了，他们威胁我不准报警！必须给钱才会见到雪雪。"

黄学倩好像被人猛击一掌，身子晃了晃，坐到地上。

几个护士过来，一起将黄学倩扶到病床上。陈瑾利不停地安慰她："学倩，没事的，一切都会好起来的！"

黄学倩面无表情。她好像已经麻木了，听不进别人的话。李锦平为她测了血压，听了心脏，将心电监护仪重新连接好。

李锦平叹息，问道："护士长，你没把钱给他去还债？"黄学倩摇摇头，心灰意冷地说："我不想帮他还债了。"陈瑾利急切地说："那怎么行？现在你女儿在他们手上，如果不还钱，雪雪会有性命之忧！"

听到女儿有性命之忧，黄学倩打了一个激灵，坐起来，说："那怎么办？报警啊！他们这是绑架！"

陈瑾利点点头。黄学倩突然从病床上跳下来，喊道："我要还钱，我要救雪雪，我要救雪雪！"

李锦平和陈瑾利一人拉着她一只手，说："你先别激动。冷静！冷静！"

时间耽误不起，多耽误一分钟，孩子就多一分危险。

李锦平为了避嫌，让夏晶晶陪黄学倩去。夏晶晶正在陪她妈输液，她妈最近结束了一个疗程的化疗，病情暂时稳定下来，听说这件事，马上请护士照顾母亲，当仁不让陪黄学倩。李锦平还选了两个精干的男医生跟着一起去，以防不测。

到了约定地点，郑昕打电话告诉对方自己到了。对方大约是问钱的事，听到他肯定的回答，告诉他去另外一个地方。大约是害怕他们报警，接连换了四个地方。终于，对方让他们把钱放在一个隐秘的地方，然后有一个穿花衬衣、戴着墨镜的男子，找到钱袋子，打开看了一眼，提着袋子吹着口哨走了。大家都焦急地等雪雪出来，郑昕给对方打电话，对方说，等他们安全离开后，会告诉他孩子的位置。过了半个多小时，对方才打来电话，告诉孩子的具体位置。

一路狂奔。雪雪千万不要有事！夏晶晶急救意识强，一边跑一边打了120急救电话，另一个男同事打了110报警电话。终于在城郊接合部一栋烂尾楼里见到了雪雪！雪雪双手反剪被绑在身后，嘴上蒙着胶带，眼睛上蒙着布，身上的衣服、鞋子、手、脚都已经磨破，身边放着几个方便面空盒子。黄学倩见到孩子这样，险些晕倒。大家赶紧为雪雪松绑。孩子见到妈妈来了，抱住妈妈号啕大哭！这两天，已经成为她生命中无法忘却的痛。恐惧、惊吓占据了她稚嫩天真的心灵，她总在想办法逃出去，或者给外界传递一个信息，但对方看得太严，根本没机会。见到妈妈的那一刻，她终于不用再担惊受怕了，救星来了。妈妈就是救星！在场的人，无不掉泪。

黄学倩背起雪雪，放到救护车上，疾驰而去……

十五

黄学倩的遭遇，惊动了医院领导和同事，当然，还有肿瘤内科的病人和家属。许多人自发到医院来看望母女俩。黄学倩噩梦一场，形容枯槁。陈瑾利安慰她：“但愿一辈子的苦难，都在这几天过完了。”

陈瑾利日夜陪伴她们母女，心情糟糕至极。她愤愤地想，这个世界上，真的有恶魔。

雪雪的皮肉伤不太重，惊吓过度，精神恍惚，常常半夜惊醒。医生无奈，用了小剂量的镇静剂。

昨日，恶人也已经归案。黄学倩想，该跟郑昕做个了结了。她准备电话约郑昕把离婚手续办了。

郑昕和黄学倩在民政局冷冷地见了面，拿出各自的证件，填了表，各自照了离婚照，盖章后，一段婚姻就结束了。整个过程很快，两个人表情僵硬，结婚也好，离婚也好，这辈子再不牵扯，不说再见，就这样，一个家散了。黄学倩坚守的幸福圆满，至此戛然而止。

郑昕向黄学倩深深地鞠躬。直起身子，黄学倩看见他眼泪自己长流。此刻，她心生怜悯。但是，眼泪，不可能挽回婚姻。她不再回头，决绝而去。郑昕蹲在路边，放声痛哭，引得一些路人不时回头张望。

雨季也有阳光，黄学倩的心却空荡荡的。往后的日子，她要与雪雪相依为命。她祈祷女儿快点好起来。她希望，能把对雪雪的伤害降到最低。一次偶然事件的伤害，需要无数个无梦的日子来修复。需要爱，让心灵开满鲜花，修复伤痕。

黄学倩离开病房，陈瑾利去了周达善病房。周达善刚打完化疗，干呕，就是吐不出来。他蹲在卫生间，一股刺鼻的气味袭来，又是一阵恶心。周达善把浑身的力气都用出来了，除了一些夹杂着黑色血点的黏液，没有吐出东西来。他头上汗珠点点，伸手去擦，却将一把头发扯了下来。他憋足了劲站起来，头晕目眩，赶紧扶墙，大口喘息。

第二个疗程的化疗刚开始，反应就这么重，周达善开始恐惧。他想伸手去按床头呼叫器，此时，陈瑾利走进了病房。他缩回手，定定地看着她。陈瑾利见周达善情况糟糕，去医生办公室，请来夏晶晶。夏晶晶做了常规检查，说：“正常的化疗反应，过段时间就会好转。他正在用升白细胞的药，升上来之后，恶心呕吐的症状会有所改善。”

周达善心灰意冷，说：“我想起了一个成语：病入膏肓！”

夏晶晶说：“不要这么悲观。相信医生，相信科学，你的病我们有办法。”

陈瑾利问：“什么办法？夏医生，请你赶紧想想办法！”

夏晶晶解释道：“有好几个和他一样的病人，治疗之后好好的，有的已经活了十多年了。信心比黄金还珍贵，不要自己被吓倒。”

周达善的脸上又生动起来，原来胃癌并没有想象中恐怖。陈瑾利说：“你就是作的。那几年赚了点钱，胡吃海喝，寻欢作乐，糟践自己的身体。”

周达善不屑地说：“我现在都这样了，你还提那些事，一点意思也没有。”

夏晶晶赶紧调和，劝道：“你们别争执了，都过去了。现在关键是树立信心，配合治疗。”

周达善赌气地说：“你走，你走！我是死是活不要你来管。”

陈瑾利说：“我真走了，不来看你了，你不要死皮赖脸地给我打电话！我们已经离婚好多年了，没关系了。”

周达善用尽力气下床，拦在陈瑾利面前说：“我说的是气话，别当真。你这段时间都在陪护士长，也不来看我一眼。对了，他们一家还好吧？”

陈瑾利说：“离婚了。”

周达善听说郑昕和黄学倩离婚了，喃喃自语：“完了完了，郑昕没有活路了！”他给郑昕打电话，一顿臭骂。电话那头，郑昕一声不吭。周达善骂完了，解气了，顿时觉得心里轻松了不少。

周达善很奇怪，自己骂郑昕的时候，什么道理都懂。可是，当年的自己，什么道理都听不进去。知易行难！世上能做到知行合一的，少之又少。

周达善觉得很累，癌痛又开始发作，他蜷曲身子，手压住胃，脸慢慢变得扭曲，嘴里哼哼唧唧地叫着，额头上豆大的汗珠滚了出来。夏晶晶赶紧开了医嘱：吗啡肌注。

止痛针打下去后，周达善的痛得到缓解。这种痛，是常人无法理解的，更无法体验。有时候撕心裂肺，有时候像钝刀子割肉，有时候像针刺。每一种痛，周达善都死去活来，只有吗啡才能止住。

目睹周达善受折磨，陈瑾利竟然心痛。离婚多年，曾经发誓不再回头，怎么会心软？隐藏在心里的善良，是与生俱来的高贵。陈瑾利就拥有这种高贵。人这一辈子，就是这么无奈，还有纠结和痛苦。生命的来回，就是爱与恨的轮回，无人能够幸免。

陈瑾利打来温水，为他擦澡。她动作轻柔，怕弄痛他。周达善百感交集，陈瑾利是一块珍贵的玉，自己却没有好好珍惜。如今，自己重病，人家还是没有抛弃他。想到这里，他竟然抽泣，哭声呜呜咽咽，如低沉的唢呐，穿透雾气，扑面而来，钻进耳朵。

陈瑾利拍拍周达善的背，问："哭了？"

周达善无法用语言表达自己的心情，唯有哭泣才能疏解压抑在心里的痛。人在得意、逍遥、痛快时，绝不会痛哭流涕。

陈瑾利安慰道："别哭了。我做一些能做的事，是希望你能好起来。化疗确实痛苦，但是过一段时间，化疗副作用就会消失，头发还会再长出来。"

周达善哭过之后，觉得舒服多了。他眼神空洞，表情麻木，窗外的山和水，仿佛跟他不在同一个世界，更不在同一个时间点上。此刻的虚幻，与发迹时的放纵，如出一辙。那时候，他也空洞，也麻木。钱赚得多了，就变成了数字游戏，心灵空洞，感情麻木。

周达善突然埋怨陈瑾利："你那个时候为什么不管我？"陈瑾利嘴角抽搐，说："我倒是想管，你没给我时间和机会呀！"

离婚之后，周达善也曾经后悔过。他叹息道："是啊，那时候你确实管不到我。因为我能赚钱，能赚大钱，你就不敢管了，生怕惹怒我，担心被抛弃。可是，你最终没能守住我们的家。"

陈瑾利说："后悔的话说多了，没什么意思，我们也不要过于纠结以前的事了。好在儿子现在长大了，出息了。"

忙活完了，陈瑾利走出周达善的病房。华灯初上，小雨淅淅沥沥，风撩起她的发丝，整个人就生动起来。不冷不热，季节正好。在纵横交错的时光隧道里，她的身影从少女时期的苗条，到现在的略显臃肿。陈瑾利看着霓虹灯光下的影子，和慢慢流淌的岁月，觉出了时间的无序和生活的无常。她不是一个多愁善感的人，只是在一个多愁善感的季节里，见识了许多苦难。

陈瑾利接到黄学倩的电话，告诉她，孩子已经出院了，在家里疗养，看情况再决定是否继续上学，如果不行，就要休学，明年再参加中考。黄学倩像述说一件平平常常的家事，声音沙哑，语速缓慢，末了，说了很多次谢谢。

又是星期三。李锦平出门上班之前，父亲就打了招呼，今天无论如何都要去看看孩子。李锦平猛然想起，已经连续几周没去学校了。今天如果没有特殊情况，一定要去看看李高峰。这小子，在学校不知道怎么样了。高考在即，他不能松懈。

今天终于没有加班，李锦平回家带上妈妈做的饭菜，去了学校。李高峰却没有在教室，也没有在寝室，问同学，都不知道他的去向。

偌大的校园，李锦平转了几圈，图书馆、食堂、宿舍、教室，能想到的地方都去找了，一直未见人影。李锦平担心孩子去了网吧。找了几家网吧，还是毫无踪影。李锦平恼怒起来，大家都在争分夺秒看书，他会去哪里？回到学校，却见李高峰和几个同学抱着足球回来了。

李锦平铁着脸，瓮声瓮气地叫了声："李高峰！"

李高峰站在原地，左右张望，看到父亲，一溜儿小跑过来，笑着说："爸，哪股仙风把您吹过来了？"

李锦平虎着脸，愠怒地问："干什么去了？到处都找不到你。"李高峰指了指围墙，说："去隔壁的大学踢足球了。"李锦平把饭盒往孩子手上一递，说："吃饭。下次再这样，我对你不客气。你是立了志向的，就应该朝着目标前进。"

李高峰放下足球，在衣服上擦了手，打开饭盒，凑过鼻子闻闻："好香！肯定是我奶奶做的。"

李高峰狼吞虎咽，三下五除二将饭菜一扫而空。然后，打着饱嗝，用手背擦净嘴，向李锦平摇摇手，上晚自习课去了。父子俩的见面，就是李高峰狼吞虎咽的几分钟。李锦平还想叮嘱几句，李高峰根本不给他机会，迅速消失在校园的暮色之中。李锦平注视孩子的背影，想到自己读高中的时候，也是这么热爱运动，高考前几天，还和同学踢足球，被父亲发现了，拧着耳朵送进教室。他会意地笑笑，对自己说，孩子长大了，教不动了。

雨一阵一阵的，像长途跋涉的旅者，累了歇口气，闲了又开始下。空气不错，李锦平的呼吸变得轻快。孩子的状态不错，只要发挥平稳，实现目标应该不是问题。人到中年，要的就是这种状态，稳定。年轻时，可以拼搏，但不是折腾。年纪大了，可以努力突破，这不是所谓的折腾，是坚定。

十六

王晓源是小学毕业班的老师。她从一年级带过来，许多学生把她当成妈妈，临近毕业，莫名的离愁萦绕心间。六年了，王晓源从拼音教起，一直到语法、阅读理解、诗词散文小说，孩子们的知识积累越来越多，身体也逐渐长大，王晓源发自内心的欣慰。累和苦，是各行各业都存在的生存状态。王晓源喜欢学校的环境，喜欢看着孩子们一点点长大，特别是每个新学期开学，王晓源总会欣喜地发现，孩子们又长高了，长大了。这种喜悦，妙不可言。

这一天与往日没有什么不同，王晓源迎着学生们的掌声，站上讲堂。王晓源环视教室，教室里几十张稚嫩的脸，顿时严肃起来，目光齐刷刷看着她。她打开课本，隐隐约约感觉身体有些异样，不知道哪里不对劲。王晓源没有在意，继续讲课。可是，痛感不断地在体内传导，逐渐增强，逐渐密集。她想忍到下课再去医院。坐在前排的同学发现，王老师讲课的声音小了，语速也慢了，额头上还渗出了密密麻麻的汗珠。

王晓源倒在讲台上。救护车开响救护笛闪着蓝灯，将王晓源送到医院。李锦平习惯了救护车的长笛，并没有意识到这一次有什么不同。完成查房这项日常工作，李锦平对夏晶晶说："周达善白细胞已经升上来了，先把升白细胞的药停了。谢金韵病情稳定，化疗结束后出院，等下个周期化疗的时候再来。你妈妈的病效果不错，再坚持一段时间。姜力祥的病情有加重的趋势，要重点观察，密切关注变化。"

夏晶晶同意李锦平的意见。李锦平熟悉每一个病人的病情，这是夏晶晶最佩服的地方。

交代完病人的治疗方案，李锦平问夏晶晶："募集来的钱给你妈妈治病，够用了吧？"

夏晶晶说："一共募集到将近十万元。加上医院的慰问金和减免项目，差不多了。我妈如果用不了这些钱，我会考虑把钱捐出去，给更需要的人。

首先考虑的对象是姜力祥。他太苦了！”

抗癌基金会把姜力祥纳入救助对象，但是，他的生活费很微薄。夏晶晶观察过多次，发现姜力祥每餐吃得很少，而且餐餐都吃白菜。有几次，夏晶晶去食堂打饭的时候，特意多买了一份菜给他，他坚持不要。从姜力祥身上，夏晶晶看到了骨气。这样的人，她既同情，又敬畏。人的骨气，往往来自拒绝同情。

急诊科通知李锦平，他的妻子晕倒在课堂上，急救车送来医院，现在急诊科留观。李锦平头皮发麻，一路狂奔到急诊科。他脑海里显现着晕倒的各种可能：眩晕？低血糖？心脏病？心梗？失血性休克？确切地说，王晓源是休克，不是一般的晕倒。

王晓源躺在病床上，脸色苍白，呼吸微弱。活生生的人，怎么会突然这样？李锦平努力压制感情的因素，以一个医生的身份来检查判断妻子的病情。检查结果陆陆续续出来了：子宫颈癌！李锦平不敢相信自己的判断，将夏晶晶请到急诊科。夏晶晶看了检查资料，肯定了李锦平的判断。

晴天霹雳！他来不及悲伤，努力让自己平静下来。子宫颈癌，到哪一期？手术可能性？采取什么手术方式最妥当？这些问题他一时无法回答，又请来妇科主任。妇科主任是个中年男性，姓石。石主任是北方人，身材魁梧，做事果断，说话却极温柔，偶尔还翘兰花指。石主任沉吟了片刻，告诉李锦平，尽快做清扫手术，是最好的选择。手术之后，再做放疗。

石主任说的每一个字，李锦平都听得真切，像铁钉一样扎在心上。李锦平看了一眼病床上的王晓源，心一阵一阵痛，刀割一般。半辈子的夫妻，怎么能失去？往后余生，陪你治病！晚上，父亲打来电话，王晓源还没有回家，问他什么时候能回去，家里好准备晚餐。李锦平忽然凝噎，不敢告诉父母真相。他敷衍父亲说，他们出一趟远门，暂时不会回家，让家里放心。告诉李高峰，让他好好学习。

王晓源推进手术室的时候，天空突然黯淡，电闪雷鸣，暴雨铺天盖地倾倒下来，肆意挥洒激情，冲刷每个角落。李锦平守在手术室外，听雷声雨声，不断告诉自己，要稳住、稳住，不能倒下。

术前，他去签《手术知情同意书》等法律文书，感觉笔有千斤重，手指不断发抖。石主任问他，要不要进去观摩手术？李锦平摇头。他宁愿在外面等候，也不愿意看到至亲躺在手术台上，任由医生一刀一刀划开腹部，切除肿瘤，清扫淋巴结。这是一个艰难的过程。他宁愿守在手术室门外，等候她平安出来。他愿意等候一个凯旋的战士，一个坚强的女人，不忍心亲眼看见她经历苦难。

一扇门，将亲情隔成牵挂，将生命隔成断裂带。李锦平极力想象手术过程，消毒，铺手术方巾，切开腹部皮肤层，皮下脂肪，肌肉，进入腹腔……李锦平想象着，每一个环节，每一个解剖位置的重要血管神经。他不停地踱步，减轻内心的焦躁不安。

雨季的雨，多得无法形容，地面还未干透，雨又腾云驾雾来了。或飘飘忽忽，或轻轻慢慢，或急骤而下。雨季的雨，也有不同的形态，并非一成不变。有时候，夹杂狂风，有时候伴随电闪雷鸣。这就是雨季，就像人生中的逆境。

已经到了中午时分，石主任还没有出手术室。看来，手术过程并不顺利。李锦平时而抬头看雨，时而低头看地板。地板其实没什么好看的，只是心焦。黄学倩和夏晶晶来到手术室门口。她们为他买了午餐，递给他。李锦平摇头。

黄学倩劝道："你不吃饭，把自己的身体搞垮了，她怎么办？手术当天，护理是最艰难的。晚上我来吧。你不行，没学过，吃不消。"

李锦平声音低沉，说："我自己来。我的妻子，我知道她的生活习惯。"

夏晶晶提醒："今天晚上不要陪护，出了手术室，直接送到ICU观察。从明天开始考虑陪护的问题。"

黄学倩把饭盒再次向李锦平递来："吃吧。万里长征第一步，你要有足够的心理准备和身体准备。如果你不吃饭，倒下了，谁陪她坚持下去？"

话都有理。李锦平之前也是这么劝病人家属的。可是一旦事情发生在自己身上，再正确的道理，也难以听得进去。他在想，该如何告诉王晓源，是如实相告，还是隐瞒下去？他不同意有些观点，认为告诉实情，会打垮病人的心理防线。他承认，有的病人知道实情的瞬间，确实会崩溃。这种崩溃，是对命运不公的谴责，是对生命即将走向尽头的失落。他们会问，患癌的为什么是我？可是，这样的问题，往往没有答案。医生会告诉你一大堆原因，空气污染、吸烟、酗酒等一些大而无形的答案，让自己对号入座。崩溃的病人，往往会沉默，一个人躲在被子里哭，也会无缘无故发脾气，有的还会故作轻松，表现出假象。

李锦平陷入两难选择。随之而来的问题，是否告诉家人？老人已老，孩子面临高考，说不说？身为医生，劝别人的时候头头是道，可是，自己一遇上，就成了迈不过去的坎儿。

李锦平不想吃饭，黄学倩和夏晶晶就陪着他等待。决策的艰难、担心、纠结，是每一个癌症患者家庭都曾经面对过的难题。上有老下有小，一个癌症患者，打破了一个家庭的平静。李锦平心乱如麻。

手术室门打开了。不是王晓源，而是石主任。他手上拎着一个标本袋，装着王晓源的病灶，请李锦平确认。石主任还传递一个信号，从手术探查的结果来看，暂时没有发现转移病灶。李锦平松了一口气。只要没有转移，就有办法。

王晓源被推出手术室。李锦平疾步向前，看见王晓源脸色苍白，身上插着引流管、呼吸管、胃管、尿管、输液管，各式各样的管子，连通她的生命。李锦平的泪水，在这一刻呼啸而出。他是有血有肉的男人，相伴几十年的亲人，遭此大劫，怎能不心痛！

又是门。这一次是ICU病区的门。手术危险期未过，意外随时都可能发生。手术很成功，但术后治疗更重要。李锦平站在门口，伸头向ICU病区张望。石主任示意，可以进来看看。李锦平摇摇头，固执地守在门外。仿佛这一扇门，是连接他与她的唯一通道。一旦王晓源从这扇门出来，就意味着她已经脱离了手术危险。苦难在前，生活向前，他要陪她一起抗癌。

下午工作的时间到了，黄学倩和夏晶晶回病房上班去了。李锦平的思绪活跃起来。一帆风顺的日子，随着王晓源的病倒，不会再有。今后的日子，要将抗癌作为头等大事。

得知王晓源生病之后，李锦平觉得自己苍老了。生命如此可贵，他又怎能辜负？我要陪你一起战癌魔。

靠在ICU病区前的椅子上，李锦平似睡非睡。他好像回到了年轻的时候，他们一起骑着单车在城市并肩前行，一起牵手在公园漫步，一起抚养儿子。日常生活中，许多不起眼的小细节，被记忆唤醒，浸透到他的骨子里，融入到他的生命中。这些细节，组成了生活的长卷，他和她，是这幅生活长卷的执笔者，描绘着每一个不起眼的日子。

这一个晚上，漫长得比一辈子还长。李锦平睡意已然全无，时而发呆，时而踱步，时而向病区里张望，天际无穷无尽，黑暗无穷无尽。一眼望不到头的黑暗，堵在他的心中，成为一道难以逾越的墙。

天边，终于泛白了。李锦平深刻体会到一夜当一年的内涵。趁这个空隙，他想去科室看看。刚到科室，迎面碰见夜班护士往医生值班室奔去，看到李锦平，她赶紧说：“李主任，姜力祥呕血了，止不住，您去看看！”

姜力祥面如死灰，大口出气。李锦平握住姜力祥的手，说：“老哥，别着急！现在就用止血药。”

李锦平对护士下达了口头医嘱，止血药快速静脉滴注。李锦平又开了一个急诊床旁彩超。他推测，姜力祥是门静脉高压导致的胃底静脉破裂。如果是这样，要马上采用三腔二囊管压迫止血。

床旁彩超结果跟李锦平的判断一致。马上准备三腔二囊管压迫止血！护士进行术前准备，李锦平把值班医生叫起床，一起为姜力祥插管。

李锦平插三腔二囊管动作娴熟，哪个位置该慢，哪个位置有血管，李锦平胸有成竹。管子插到位，李锦平吩咐护士用胶布固定管子，吩咐医生充气，让气囊充盈。

确认三腔二囊管压迫止血有效，李锦平又安慰姜力祥，让他不要太紧张。

这个位置出血，如果发现不及时，会要命的。护士的责任心和细心真的很重要。交班会之前，李锦平先看了几个病重的患者，一天多时间没在病房，他不放心。

谢铭莱见到李锦平，就问他妻子的手术情况。昨天，他听医生护士聊天，才知道李主任的妻子做手术。谢铭莱说自己想去看看嫂子，李锦平婉拒了谢铭莱，说：“她在 ICU 治疗，不能探视。谢谢你的心意。”

李锦平不愿意科室的病人家属去看自己的妻子，一方面是避嫌，一方面真心希望让王晓源安心休息。生命是可贵的，每一个人都不容易，何必把自己的不幸，强加到人家的生活里呢？李锦平的拒绝，向大家传递出一个信号，不能突破一个医生的底线。

周达善也知道李锦平的妻子做手术了，却只字不提。他知道，李锦平这样的知识分子，把名节看得很重，比如夏晶晶，妈妈得癌症这么多年，把家底都掏空了，父亲离家出走了，她也不愿意公开真实的情况，隐瞒了这么多年。虽然他不赞同不认可这样的名节，但他尊重他们。李锦平查房的时候，他只说自己的病情。查完房，周达善给陈瑾利去了一个电话，希望她能去看看王晓源。

人和人不一样。谢铭莱和周达善不一样，处理事情的方法就不一样。虽然，他们都没有希望从李锦平那里得到特殊的照顾，但方法不一样，效果就不一样。

李锦平的父母不期而至，让李锦平大吃一惊。父母来的时候，李锦平正在交班。老两口提着早餐盒，进了医生办公室。李锦平示意父母到外面去等。老人这一次没听他，杵在办公室不走，李锦平没辙，让大家继续交班。程序一道道走下来，半个小时过去了。

终于查完房，李锦平让父母到自己办公室去。父亲执拗，说："我哪里也不去，你只要告诉我，晓源怎么啦？"

李锦平想瞒住父母，说："在上班啊，今天早上回来的。"

老父亲质问："你是翅膀硬了？敢撒谎了？我和你妈刚从学校出来。告诉我，她得的什么病？"

瞒不住了。李锦平说："她昨天做了手术，子宫颈癌。"父母倒吸一口凉气。李锦平继续说："人还在 ICU 病房。"老两口赶到 ICU 病房。王晓源身上的管子弯弯曲曲，心电监护仪闪着灯，发出均匀的声音。婆婆心慈，见不得儿媳妇这个样子，捂住脸泪流不止。公公低声吼："别哭！影响孩子休息。"

婆婆止住哭，握住王晓源的手，又摸摸她的脸，说："孩子，受苦了！"

王晓源好像被一头巨大的怪兽追击，她一路飞奔，上气不接下气，浑身大汗淋漓，一种窒息的感觉向她袭来。她失去力量，巨大的恐惧紧紧攫住她的心。不好！马上就要追上来了！她看到一个翩翩少年，骑着白马飞身前来，一把将她拽上马背，迅疾逃离险境。她从他的身后，紧紧拥抱着他。她喊了一句："李锦平！"

老人听到儿媳妇的喊声，赶紧告诉护士。护士安慰老人，王晓源不久就会醒来，不用担心。

探视的时间到了，王晓源还没有完全醒来。老两口在 ICU 病房门口，不愿意离去。他们透过玻璃门，盯着王晓源，盼望她尽快醒来。婆婆双手合十，开始祷告，祈求上天眷顾，让她的儿媳妇早点儿脱离病魔的折磨。老两口又问了医生，王晓源什么时候能吃东西，能吃哪些东西，医生回答暂时不能进食。等能进食的时候，尽量吃高蛋白、低盐的食物，每次少吃一点，每天多吃几餐，有助于患者恢复身体。老两口怕自己记不住，就让医生写了一张食谱，紧紧地攥在手心。

老两口又商量，对王晓源的父母怎么说，对李高峰怎么说。他们商量的结果是，跟亲家实话实说，虽然一时难以接受，但有利于大家一起帮助王晓源做后期治疗。对李高峰，还是先瞒着，等高考之后再告诉他。

李锦平来了，父母告诉他商量的结果，李锦平觉得，当前也只能这样。王晓源努力睁开双眼。她环视四周，一片白，白色的墙，白色的被子，白色的管子。她想坐起来，浑身都痛，不能动弹。这里是医院！她努力回忆，自己在教室上课，怎么会躺在病床上？王晓源想喊李锦平，可是，不管怎么努力，都喊不出一个字。她心急如焚。护士看见她在动，焦躁不安，赶紧过来，说："王老师，您做了手术，现在还不能动。"

王晓源一点力气都没有，又沉沉地睡了过去。

王晓源度过危险期，是五天以后的事了。她被送到妇科病房。石主任带着医生们来查房，王晓源追问，自己做的什么手术？李锦平已经跟石主任沟通过，实话实说。但这话必须由石主任说。石主任讲话很柔和，也很委婉，兜了一个大圈子，告诉王晓源，是子宫颈癌清扫术。王晓源不敢相信自己的耳朵，石主任又重复了一遍：子宫颈癌清扫术。王晓源不信，是不是搞错了？石主任很肯定，没有搞错。手术很顺利，不要谈癌色变，五年十年存活率挺高的，有的病人活了二十多年，生活质量也不差。王晓源多希望这是医生跟她开的一个玩笑，她别过脸去，泪水溢满眼眶。她的反应与其他病人没有什么不同。身为李锦平的妻子，她非常清楚，癌症意味着无休止的治疗、放疗、化疗、热疗，伴随而来的是无法摆脱的副反应。

石主任跟王晓源解释病情的时候，李锦平一直站在门外。他不敢看王晓源的痛苦。接受现实很残忍，需要坚强的勇气。

李锦平推开门，来到王晓源身边。李锦平的到来，给她带来了一股力量。见李锦平进来，石主任详细交代病情，还做了一大通思想工作。石主任的话，都是讲给王晓源听的。李锦平都懂，但他不能说。虽然丈夫是医生，但在病人这里，石主任的话比丈夫的话管用。

石主任带着医生们走出病房，王晓源就咿咿呀呀哭出了声。"哭吧。"李锦平握住她的手，轻轻地说。一会儿，王晓源止住了哭，侧过脸来，泪水还在脸上纵横交错，李锦平拿了纸巾，轻轻擦拭。一阵一阵的心酸涌上李锦平心头。他不能哭，更不能在她面前哭。现在，他必须是一堵坚实的墙，足够靠得住她的脆弱。

李锦平问："想吃什么吗？我让爸妈做给你吃。"王晓源摇摇头。李锦平问："现在疼痛缓解些了吗？"王晓源摇摇头，问："儿子知道吗？"李锦平说："还没告诉他。"

王晓源说："不能告诉他。让他安心参加高考。他问起我，就说我被学校派到省里学习进修了。"

李锦平点点头。王晓源伸出手，颤抖着摸摸他的头，说："锦平，这段时间，你要两头跑，辛苦你了！"

李锦平说："我不辛苦，只要你没事，我们家就好好的。"他鼓励妻子："不要悲观，不要泄气，我们陪你一起跟癌症战斗。从现在开始，你和我，还有父母，我们家所有人都是你的坚强后盾。家人齐心，其利断金。"

王晓源再次泪流满面。不幸的是患癌，幸运的是有家人。她说："我一定会坚持！"

"我们不渴望高处的生活，只求平平淡淡的日子，只要家人平安，哪怕低向尘埃，我也在所不辞！"李锦平缓缓说道。

"低向尘埃，低向尘埃！"王晓源反复默诵这句话，求生的渴望盈满心间。

十七

李高峰还是在高考前知道了妈妈的病情。高考前最后一次回家，他去了外公外婆家。外公正提着饭盒往外走。以前，外公提饭盒只是给他送饭，这次外公又是给谁送饭呢？他很奇怪，他问外公给谁送饭，外公支支吾吾，李高峰就去问外婆。外婆没控制住眼泪，没说几句，就将王晓源住院的事给说出来了。

王晓源的病情已经缓解不少，还跟她带了六年的孩子们去照了毕业照，给每个孩子写了毕业寄语和毕业鉴定。这段时间，不少的家长带着孩子来医院探望王晓源。她只收孩子们自己做的明信片，其他的全部原样不动让孩子们拿回去。许多孩子流着泪向她告别，她留给孩子的却是坚强的笑容。

李高峰喘着粗气，站在妈妈病床边。王晓源诧异："高峰，你怎么来了？"

李高峰问："妈，为什么瞒着我？你们以为这样做，我就能安心去考试？"

面对李高峰，王晓源内心非常矛盾。她既渴望孩子来看望自己，又担心孩子接受不了现实，影响高考发挥。李高峰拉住王晓源的手，说："妈，我希望你能坚强。等我高考完，每天在家陪着你。"

王晓源抚摸着李高峰的头，说："妈妈感谢你。希望你也能明白，高考是你人生一次重要的决赛，你要全力以赴，不可以因为我生病了，就影响正常发挥。"

李高峰重重点头，说："我知道。我们一起努力！"

母子俩击掌为誓。李锦平在病房门外，目睹了母子俩的对话，紧张的心情顿时松弛下来。

孩子虽然大了，但在妈妈面前还是撒娇。李锦平一向反对男孩子的娇气。他故意敲门："李高峰同学，你十八岁了还在妈妈怀里撒娇，不合适吧？"

李高峰回答："有什么不合适的？我已经快一个月没见到我妈了。还有几天就要高考，我要和我妈一起加油鼓劲！"

王晓源马上出来解围：“高峰，不可以这么跟爸爸说话。他是值得你学习的榜样！”

李高峰盯着王晓源，说：“妈，你不公平，拉偏架。每一次我和爸爸观点不一致的时候，你总是向着我爸。你改名叫‘向老公’算了。”

王晓源哈哈大笑。可是，刚笑一声，手术切口扯得生痛。看到王晓源痛苦的表情，李高峰马上握紧她的手，说：“妈，你现在不能太高兴，静养！”

每年一次的同场竞技如约而来。莘莘学子怀揣梦想，走进考场，就是走进各自的命运。这是一场公平的博弈，机会均等，名额有限。决定命运的，不是高考这三天，而是高考之前的十二年。

目送李高峰走进考场，李锦平的心也跟着儿子飞了进去。考前，叮嘱了很多，李高峰嫌他烦：“大男人，这么婆婆妈妈。我都参加十二年考试了，还不知道吗？”

王晓源也想来陪考，家里人都不同意。静养！李高峰这句话有道理，四个老人就拿这句话教育她，儿子比你还懂事。王晓源妥协了。原本设想无数次的陪考计划就这样黄了。好身体是实现理想的关键。王晓源发誓，一定要战胜万恶的癌魔。孩子没长大，我不能死。孝道没尽完，我也不能死。每个人的生命，都承载了太多的责任。

李高峰进了考场，李锦平找了一个荫凉的树下，靠着树干，看起了《大清相国》。他不愿意聊天，东家长西家短，这个孩子成绩好那个孩子成绩差，一点儿意思都没有。他不愿意议论，是因为来自内心深处的修为。就像陈廷敬，从来不在人后说人坏话。这是谨慎，无关圆滑。这本小说，李锦平看了几次，每一次都有新的感受，常看常新。

把思绪埋进书里，时间过得飞快。上午考试结束的铃声响起，家长们往学校门口涌。都想早点儿接到自己的孩子，或许想从孩子的表情上，看出考试的成绩。密密麻麻的孩子，涌出考场。有的急匆匆，有的慢悠悠。性格不同，步伐不一。

父子见面，话题自然是考试。王晓源告诉他，不要见面就问“考得好不好”这样的话题，如果李高峰自己不说，最好不要问。因为，这往往意味着考试遇到了困难，更不要过多提问。看来，李高峰对这一场考试比较满意。他兴致高，跟李锦平讲作文，讲阅读理解。奈何李锦平是典型的理科男，语文知识早还给老师了，跟儿子交流高考语文，竟然无话可聊。李高峰忽然停住，盯着正在开车的李锦平，调皮地说："李大主任今天没有侃侃而谈，很意外哦。"

李锦平用沉默掩饰尴尬，他想，下午考数学，是我的拿手好菜，晚上让你看看你爹的本事。李锦平平静地说："抓紧时间休息一下。"

家里四位老年人做后勤保障工作。他们早就琢磨好了菜谱，买菜的、洗菜的、切菜的、炒菜的，各司其职，分工明确。这会儿，一切准备就绪，父子俩一回来，爷爷就宣布开饭。餐桌上，只是吃，只要李高峰不主动提考试的事，大家都不问。

李高峰觉得很奇怪，问："你们怎么都不问我考得怎么样？"

李锦平说："你说说，考得怎么样？"

李高峰故弄玄虚，说："吃饭不语真君子。"

父子俩一问一答，你来我往，让一餐饭在愉快的心情中结束。末了，李高峰表扬，饭菜不错，继续努力。

下午温度上升，李锦平另觅了一处荫凉地方看书。高考场外的等待，比手术室外的等待，心态好很多。虽然不轻松，却没有性命之忧。李锦平一下子就沉迷于小说之中。他敬佩陈廷敬，更喜欢李振鄴这个人物。李老爷子不简单，懂得在逆境中保持心态平和，甘心将唯一的女儿许给陈廷敬。那个年代，名门之后，没人愿意将女儿许给人家做二房。即使看上了，也要求对方先休再娶。他却没有这么做。看得懂又做得到的，稀有。

以前李锦平没有陪读，但这次陪考让他有机会尽父亲的职责。李锦平喜欢从容、淡定和闲适。这个世界上，却仍然有他无法从容面对的事，比如王晓源的病、李高峰的高考，有他无法淡定的人，比如家人、他的病人。这一次，他把病房的事交给黄学倩和夏晶晶，安心陪考。

高考结束，狂欢模式开启。李高峰却不能狂欢。他必须赶到医院，直奔妈妈病床前，李高峰说："妈妈，我考完了。"

王晓源的眼神慈爱有加，她忍着伤口的疼痛，斜靠床头，说："回来就好。让妈妈看看，你瘦了没？"

李高峰紧挨病床坐下，说："你看，我一点儿也没瘦。这一次考试，堪称完美，是我所有考试中最好的一次，你信吗？"

王晓源脸上挂着微笑，说："我信。我家高峰就是最棒的男子汉。你这么说，我的病也好一大半了。"

李高峰说："妈妈，今天开始，我陪着你。让我爸今晚回家去睡。"李锦平说："你今天晚上回家，好好休息一个晚上。明天开始，我们父子轮流值班，一人一天。"

李高峰撇嘴说："我一点也不辛苦。从今天晚上开始，我加入妈妈战队。"

王晓源说："妈妈的病，不是一朝一夕的事。你有这份心，妈妈就很满足了。"

李高峰的表情，从豪迈转向悲壮，他说："妈妈，不要急，我们陪你。我们家人，一辈子都会和你在一起。你答应我，不能往坏处想。"

儿子的贴心，让王晓源内心充满了温暖。这个家，这个世界，还有她喜欢的学生们，都是她活下去的动力。爱一个人，爱一个家，爱一份事业，其实并不难，将自己的生命和血液融入其中，所有的困难和苦难，都会迎刃而解。

路过病房，黄学倩习惯性地扫视一下病人，发现正在输液的谢金韵呼吸很快，脸色红润。谢铭莱却在打盹儿。黄学倩感觉不对劲，一个箭步冲到病床边，双手推肩，摸了摸他的颈动脉，谢金韵毫无反应。她赶紧用床头的传呼器，把李锦平叫来。

李锦平赶过来一看，初步判断是输液反应。黄学倩赶紧将输液器关了。李锦平医嘱，停一天化疗，营养液改用鼻饲管鼻饲，少量多次，控制速度。

其时，谢铭莱已经醒来。他不过是打瞌睡，被黄学倩脚步声唤醒了。

李锦平严肃地对谢铭莱说："你父亲病情虽然有所好转，但不能掉以轻心。小小的意外，都会造成不可逆转的后果。"

谢铭莱不知道自己怎么睡着了。他唯唯诺诺，问："李主任，怎么会突然出现输液反应？"

李锦平说："输液反应在临床上是一种比较常见的输液副作用，发生的原因既有输液速度的问题，还有病人体质的问题，当然，也不能排除药品本身的质量问题。"

谢铭莱觉得不可思议，狐疑地问："我父亲的化疗药都是我的哥哥从国外寄回来最好的药，怎么会有质量问题？"

李锦平听出来谢铭莱的话外之音，说："你是质疑医院的药品有质量问题？刚好，药还在，可以封存起来，让药物检测部门拿去检测。"

谢铭莱没想到李锦平较真了，说："李主任，我不是这个意思，你误会我了。我是说，我哥寄回来的药，会不会过期了？我先看一下。"谢铭莱赶紧拿出药，果然，药品已经过了保质期。谢铭莱好不尴尬，打电话告诉哥哥，赶紧买化疗药寄回来。

这也给黄学倩敲响了警钟。“三查八对”没落实到位？黄学倩建议李锦平，马上召开警示会，杜绝类似情况发生。

黄学倩点名批评了配药护士，扣罚当月绩效工资，带大家又学了一遍“三查八对”制度。黄学倩说：“今天没有酿成不可挽回的损失，是不幸中的万幸。希望大家牢记工作制度，不要把制度当成挂在墙上的稻草人！”

黄学倩的警告振聋发聩。医生和护士，都需要谨小慎微的精神。这是亘古不变的真理。生命面前，不容马虎。

黄学倩歇了一会儿，觉得有必要再讲一讲自己的事情。她说：“最近，我家发生了变故，非常感谢各位同事对我的帮助。在这个大家庭中，我感受到了比家庭还珍贵的温暖，收获了珍珠般的友谊。大家的感情，我时刻铭记在心！”

李锦平也强调了十八项医疗核心制度，重点对确保医疗安全进行分析。他说：“医疗安全是医院的生命线。海恩法则告诉我们，每一起严重事故的背后，必然有二十九次轻微事故和三百起未遂先兆，以及一千起事故隐患。虽然这是飞行安全法则，但照样适合医疗安全。今天，是给大家敲警钟，希望大家引以为戒！”

李锦平最近有些力不从心。他想，该不该向医院建议，把夏晶晶提拔到副主任岗位上来呢？夏晶晶的事情查清楚了，该退的药也退了，该赔的钱也赔了，该受的处分也处分了，总不能一辈子不用人了吧？

带着这些问题，李锦平给院领导写了一份报告，建议医院研究提拔夏晶晶为肿瘤内科副主任。可是，报告刚刚送出去，就有院领导打来电话，质疑李锦平不懂程序。夏晶晶的纪律处分没解除，怎么能提拔？李锦平一拍脑门，纪律处分还有时间要求？看来，挨这顿训斥不冤枉。李锦平醍醐灌顶，除了当医生这一课，有些条例规定，他还要好好补课。

这日，周达善走进李锦平办公室，说他要放弃治疗。李锦平诧异，反问道：“为什么要放弃治疗？”

周达善耷拉着脑袋，说：“我刚看到一篇文章，说一个人如果患癌症，最好的办法不是手术，而是开心快乐过完自己最后的时光，不要再受这些折磨了！”

李锦平听到周达善这样说，反感地说："不要相信那些蹭流量的网络文章。你告诉我，如果不治疗，你能吃得进？喝得下？玩得开心？只要病人都能开心过完最后的时光，我愿意全世界的肿瘤科医生都失业。"

周达善说："我觉得他们讲的也有道理。有些病本来就治不好，何必来回折腾？受那么大的罪，放疗化疗热疗，怎么受得了？身体受不了，金钱也受不了。还不如放弃治疗，拿着钱好好享受。"

李锦平斥责道："周达善，你不要相信奇谈怪论！有些没有专业知识的人，只想着出名，语不惊人死不休。我是医生，告诉你，必须正确对待治疗。虽然说治疗有副作用，但科学治疗可以提高生活质量，提高存活率。"

周达善碰了一鼻子灰，不服气，又打电话跟陈瑾利说要出院，去享受生命最后的时光。陈瑾利气不打一处来，说："你不要偏听偏信。医生就在你身边，怎么信那些来源不明的文章？你先问问孩子。"

陈瑾利搬出孩子，镇住了周达善。陈瑾利说："我曾经跟你说过，不作死就不会死。你好自为之吧！"

周达善彻底清醒。一般人不敢作，怕作死。有钱人一旦作起来，更加厉害。当年，他就一步步踏上了不归路。他的病情稳定后，陈瑾利要打理公司，来得少了。没承想，周达善又要作死。

陈瑾利骨子里看不起周达善。她能去医院照顾他，是看在曾经夫妻一场的分儿上。十年修得同船渡，百年修得共枕眠。虽然离婚多年，她还是不忍心置身事外。

周达善被训斥，恼怒汹涌。他愤愤地想，一定要让你们好看。他悄悄离开病房，站上住院大楼顶楼。他愤怒喊话："你们都看不起我，我现在就死给你们看！"

有个眼尖的保安，一下就循着声音发现了周达善。一会儿，一大群人开始围观。李锦平接到保安电话，急忙往顶楼赶去。路上，他给陈瑾利去了电话，让她速来医院。

报警电话打过了。警察马上拉起警戒线，在大楼周边铺上气垫。

李锦平站上顶楼，周达善近在咫尺。周达善威胁他，敢过去一步，他就跳下去。李锦平只好站住。他不能激怒对方。对不顾一切的人来说，或许小小的一个表情变化，都会被激怒。激怒的后果不堪设想。

李锦平问周达善："为什么要这么做？"

周达善冷笑："别以为我不知道，你们在骨子里就看不起我。我死了，这个世界就清静了。"

李锦平尽量拖延时间，让警察有上来解救的机会。他说："周达善，你如果是个真正的男人，就不要在楼顶上逞英雄。有本事就跟我回病房去，配合医生把病治好。"

周达善抬头望望天空，说："今天天气不错，万里无云。我喜欢在这样的美景里，结束生命。"

李锦平劝慰："你的病好很多了，完全有机会治好，为什么一定要作践自己？对了，你的孩子马上会赶过来，你愿意让孩子眼睁睁看着你跳楼？"

提到孩子，周达善怔住了。他的目光，空洞无神。此时，警察悄悄上来了。李锦平继续跟他聊天："周达善，别以为你不说话，我就不知道你在想什么。你是在想，这辈子最对不起的就是孩子，还有你的前妻。你为什么不把病治好，再与她复婚？这样，你才有一个平静的晚年。"

陈瑾利赶来了。她站在楼底，用喇叭向周达善喊话："周达善，你要是敢跳，你这辈子就别想再见到孩子了！"

趁周达善注意力分散的时候，警察蹑手蹑脚地绕到周达善身后，以迅雷不及掩耳之势，将他拽倒在楼板上。李锦平马上过来，扶起周达善，将他背了下去。周达善在李锦平背上，挣扎了几下，就顺从了，其实，他的本意不是死，而是要让别人重视他。

楼下，响起一片掌声和喝彩。陈瑾利悬着的心终于放了下来。回到病房，陈瑾利劈头盖脸质问周达善："为什么要这么做？！你害的人还不够多吗？还想害李锦平主任？你也算是见过世面的人，为什么不给孩子带个好样？"

周达善脸色铁青。他的世界，只有自己，跟别人无关。陈瑾利非常恼火，说："喜欢无事生非的人，随便一点小事都能弄出大响动来，你觉得今天很光彩？好多人拿手机拍你的'光辉形象'，要不是警察制止，你马上就要出名了！告诉你周达善，从今天起，我不再管你的事，要死要活你随意。孩子会不会管你，我不干涉。"

陈瑾利的话，显然给周达善更大的触动，他低声说："我错了，以后再不折腾了，好好治病。你能原谅我吗？"

陈瑾利白了他一眼，果断离去。

十八

何向东和刘淳的关系不温不火，刘翠英干着急。出院之后，她常常去找何向东复诊，比去公司的时间还多，经常有意无意提起他和刘淳的关系。何向东有时装聋作哑，有时敷衍了事，她有时异想天开，策划一个英雄救美的故事，是不是可以迅速拉近两个人的关系？她觉得自己好笑，都什么年代了，哪能像自己年轻时候那样，媒人介绍，结婚前连牵手都害羞，然后照一张黑白合影，办个结婚证，拿几块木板拼在一起当婚床，买几床棉被，一对儿热水瓶，就算开始了新生活。现在时代不一样了，年轻人恐婚的、丁克的、只谈恋爱不结婚的，大有人在。

这天，刘翠英开完董事会，一个电话就将刘淳召了过来，板着脸问侄女："你自己说，跟何向东能不能处？给个痛快话！"

刘淳正在工作，一个申请资助的癌症患者等钱救命，被姑姑莫名其妙喊回来，就是为了说这件事，她挺不乐意，说："姑姑，我知道您的心思，但我现在还不想结婚。姑姑，没有别的事，我先走了，人家等钱救命呢！"

刘淳转身想走，刘翠英喝住："站住！想敷衍我？不行，你必须给个准确的时间。"

刘淳不乐意，皱着眉说："我给不出什么准确的时间。有本事你问何向东啊！我又不能死乞白赖地黏着他。"

刘翠英听懂了刘淳的意思：我是姑娘，凭什么我主动？刘淳前脚离开家，刘翠英紧跟着去了医院。今天无论如何要找他问个态度，就是不能拖下去。

何向东是有名气的专家，门诊病人多，人家宁愿排长队也要挂他的号。进他的诊室，很难，门口有导诊护士叫号，有排队的病人盯着。刘翠英想直接去诊室，被拦下了。刘翠英解释："我不是病人，是何主任姑姑，不是来看病的。"

导诊护士不让进，说："我没听说过何主任有姑姑，请您挂号排队。"

排队的病人也跟着起哄，说："别糊弄我们，排队去！"刘翠英只有给何向东打电话。何向东太忙，没接电话。没辙，她只好站在门外干等。刘翠英一等一上午，最后一个病人走出来，才允许进诊室。何向东正洗手，忽然听到脚步声，猛地抬头，刘翠英怒气冲冲站在他面前。刘翠英问："何向东，你说，刘淳好不好？"

何向东又想敷衍，含含糊糊地说："好，当然好。我从未说过她不好呀！"

"既然刘淳好，为什么你们现在还不冷不热？"刘翠英追问。

何向东语塞。没想到刘翠英会跑诊室来问这个问题。自从那次吃饭之后，何向东也想约刘淳，可怎么也开不了口。他分析，是受前面一段感情的打击太大，不敢轻易开启一段新的感情。

刘翠英见何向东沉默不语，一针见血地说："我猜，你有心理阴影。没想到，堂堂何向东，不敢面对现实，遇到好姑娘都不敢追。"

何向东说："这是诊室，不适合讨论这个话题。我们换个地方，这样，我请您去吃中饭。"

刘翠英说："你请我吃什么饭？要请，你就把刘淳叫过来，把李锦平叫过来，大家一起聊聊。"

何向东看看手表，为难地说："这个点，李主任应该吃过饭了。"刘翠英说："今天中午就不打搅李主任了。你打电话把刘淳请过来。"

话赶话，何向东觉得自己是一只被赶上架的鸭子，没有退路了，硬着头皮给刘淳打电话。突然接到何向东的电话，说请她吃饭，刘淳觉得幸福来得太快，犹豫了一下就答应了。

湘江河波光粼粼，呈现出一幅生动的山水写意图。三人依次而坐，刘翠英居首位，何向东和刘淳在左右侧落座。何向东饿了，客套一番，准备盛饭。刘翠英拦住何向东，追问道："慢着！先把话说清楚，你们俩什么时候能结婚？"

刘翠英越说越直白，简直在逼婚。何向东猝不及防，说："都还没开始，就谈结婚？"

刘翠英问："你们认识多久了？从老江住院开始，你们就认识了，一年多了！上次在这个雅间吃饭，你们是点了头的。"刘淳说："姑姑，你别这么逼人啊。现在又不是包办婚姻，不时髦逼婚了。"

刘翠英不理睬刘淳，问何向东："你们都报一下年龄，看看多大了？再不结婚，刘淳就要变成高龄产妇了！"

两个人低头不语。刘翠英换了语气，说："不是我逼婚，而是年岁不饶人。我早就看出来了，你何向东是走不出阴影，刘淳你是矫情，一定要男人主动。你们要僵到什么时候？"

这一顿训斥，戳到何向东和刘淳心尖尖上了。别看刘翠英平时不说话，一开口就不同寻常。两个人面面相觑，刘翠英这才发话："吃饭。"

这顿饭吃得有点别扭，也热乎。何向东虽说不主动，却不代表他不喜欢刘淳，他承认，自己对刘淳有那么一点点心动。刘淳被姑姑一番教训，觉得自己要放下矜持。毕竟，爱情是自己的，何向东人不错，除了年龄大一点，右耳听力受损，找不出其他毛病。为了幸福，自己为什么不能大胆一点？

其实，所谓的心理阴影或者矜持，就是心魔在作怪。突破心魔，一切都顺理成章。吃着吃着，何向东和刘淳就找到了心贴心的感觉。这感觉，如雨季中难得一见的阳光，温馨灿烂，给人无限的遐想。难道，这就是爱情的感觉？

突破了心里禁锢的藩篱，爱，就像春天发芽的种子，坚强地扎根内心深处，轰轰烈烈生长。渴望爱，渴望家，是人的本性。刘翠英从两个人的眼神中，看到了爱情的光芒，她踏实了。

午饭还没吃完，电话追着何向东来了。一名急性心梗患者被救护车送入院，何向东马上通知导管室，做好介入手术准备。医生是全天候待命，这是职业素养。刘翠英和刘淳面面相觑，何向东满脸歉意，说："实在抱歉，我不能陪你们吃饭了。急性心梗的患者，我要赶去抢救。"

这算是两人第一次正式约会吗？就这么匆匆结束？刘淳不解地问："没有别的医生吗？非你不可？"

何向东说："这是我的常态。抱歉！"

刘翠英大度地挥挥手，说："我的命是你救回来的，非常理解你的工作。快去吧！"

何向东一路奔跑赶到科室。患者是五十多岁的男性，急救车接诊之前，心跳呼吸已经停止，医生护士一直在为他做心肺复苏，即使是在救护车上，也没有停下来。何向东马上加入抢救，医嘱肾上腺素心内注射。竟然没有反应！何向东告诉护士，马上通知麻醉科、急诊科主任，一起参与抢救。

多学科联合抢救，就是多学科协同作战，尽快让病人摆脱险境。

麻醉科主任用最快的速度，完成了气管插管。呼吸道开通，他手持气囊，密切观察患者的自主呼吸是否恢复。

一次，两次，三次，无数次的胸外心脏按压，患者没有任何反应。何向东的手臂已经麻木，汗水湿透了白色工作服。急诊科主任见状，果断替换何向东，开启新一轮胸外心脏按压。时间一分一秒过去，距离患者心跳呼吸停止已经快三十分钟了。时间越长，心肌坏死的面积越大，患者活过来的希望越渺茫。

空气都要凝固了。家属急得手足无措，在一旁抹眼泪。何向东医嘱，肾上腺素心内注射。患者还是毫无反应。

何向东医嘱，心脏除颤！双向波能量150焦！第一次，第二次，第三次……

抢救现场，已经到了白热化状态，空气中凝聚了紧张的气氛。每个人都期盼奇迹发生。

心脏除颤，第五次，双向波能量200焦！调好能量，何向东双手持除颤仪，“嘣”，一声沉闷的响声之后，心电监护仪显示，患者的心跳恢复了！麻醉科主任报告，自主呼吸也恢复了！

患者家属见状，马上跑过来，握住何向东的手，声泪俱下：“医生，谢谢您！您是我们全家的恩人！”

此时，护士报告：何主任，我们创造了医学奇迹！

没有欢呼。检查结果显示，患者冠状动脉前降中段严重狭窄，伴有钙化。何向东很清楚，必须尽快行冠脉内心脏支架介入手术。可是，从肌钙蛋白、心肌酶、心脏彩超、血糖等检查结果综合分析，为这个患者放置心脏支架，成功的概率不高。但是，如果不做支架介入手术，患者必死无疑。

“这个风险必须要冒！”何向东对患者家属说。

刚刚患者家属激动的心情，听了何向东的病情分析，又开始心焦，迟疑地问道：“医生，不做手术必死无疑，做了手术也有可能人财两空。你给我一个准信，到底能不能救活？”

何向东坚定地说：“与其等死，不如一搏。你如果相信医生，我们一定全力以赴。”

患者家属最终接受了何向东的意见，同意手术，放置心脏支架。这是唯一能选择的救命方法。

穿上三十多斤的铅衣，何向东站上了手术台。此刻，他一门心思在患者的心脏上。这是一部怎样的“发动机”？从家属介绍的病史得知，这个患者在早几年单位组织的体检中，查出了高血压、高血糖，既不愿意吃药，生活也没有规律，经常凌晨两三点钟才睡，早上六点多钟就要赶车上班，而且，抽烟、喝酒、喝饮料、吃夜宵，这些不良的生活习惯，他都有。

何向东最担心的，就是患者的血管！他做好药物应急方案，万一支架置入血管，血液不回流，必须马上采取应急措施。

在导丝的牵引下，导管进入冠状动脉，支架缓慢置入血管狭窄部位，撑开，何向东最担心的事情发生了：在X光显示屏上，仍然看不到血管。看不到血管，就意味着血管没有被开通，专业术语叫无复流！

何向东马上让护士将预先备好的药物用上去。何向东眼睛紧紧盯住X光显示屏，慢慢地，显示屏上开始显影血管，一点一点地恢复血流。成功了！终于成功了！

患者苏醒过来了。何向东长舒一口气。让患者死里逃生，才是医生最大的福。患者推出导管室的那一刻，家属向医务人员深深鞠躬！

这时，何向东看到了刘淳，她站在走廊一侧，远远地向他伸出大拇指。她的微笑那么迷人，一如和煦的阳光，照耀在他的心窝里。有爱的人生，就是灿烂的人生。何向东感受到了爱的力量。花开的声音，萦绕耳边，沁人心脾。没有时间多说几句话，她一个简单的动作，一个迷人的微笑，是他最大的动力。患者没有脱离危险期，医生不能有丝毫松懈。

这个患者太特殊，何向东坚持自己守在病床边。心跳呼吸停止一个多小时能救活的患者，本身非常难得。冠状动脉支架置入之后没有血液回流，临床罕见。医生观察最大的好处就是随时发现病情变化，如若抢救，必然是争分夺秒。

凌晨时分，患者出现焦躁不安，何向东判断，患者肝脏、肾脏发生了损害。危急时刻，生死关头，何向东马上带领值班医生护士进行抢救。

一个晚上，全部精力都放在抢救病人身上，何向东没有感觉到累。看到患者生理指标检查结果趋于正常，何向东悬着的心放了下来。

紧张情绪一旦松弛，睡意就铺天盖地袭来。他真想找个地方眯一眼或者打个盹，补充睡眠。这对他来说，也是一个奢望。松弛下来的何向东回到办公室。

墙角的兰花已过花期，却依然挺直腰杆，接受时光洗礼。何向东的思绪随着兰花缥缈。他记得，和女友分手的时候，大约也是雨季，老天像被谁捅了一个窟窿，每天除了雨还是雨，有时大雨，有时暴雨，有时小雨，噼噼啪啪，滴滴答答，淅淅沥沥，将天空淹没在世界尽头。俩人站在雨中，何向东不甘心，不断追问女友，她只是摇头，那么坚定，那么决绝。既然没有结局，为什么要开始？而且，开始得那么浪漫。既然不能承受苦难，何须继续纠缠互相伤害？何向东坚定放手。

牵过的手要想再次放下，是撕心裂肺的痛。这种痛，不是急性心肌梗死压榨性的痛，而是主动脉夹层的撕裂痛，暴力撕开一根完整的血管，硬生生的痛。伤害是注定的，她太追求完美，哪怕是看到细小的尘埃，她都会毫不犹豫擦拭干净。她常常开玩笑，说自己有完美强迫症。

何向东鼻子一酸，两行热泪奔涌，在初升太阳的照耀下，银珠闪亮。雨后放晴，将湘江河打扮得如出浴的少女般妩媚。何向东感叹大自然的神奇，雨也好，晴也好，或者茹毛饮血的年代，太阳起起落落，湘江奔涌流淌，仙山屹立不动，从未变化。这就是不以物喜不以己悲的境界。

修炼到太阳、湘江和仙山的大气磅礴的境界，非一朝一夕之功。父母年迈，渴望抱孙子，享受天伦之乐是人之常情。而他，能给父母什么呢？他带给父母的，只有牵挂。每次想到这个问题，他心中充满了愧疚。

恋爱？何向东问自己，和刘淳开始恋爱了吗？仅有的一次心动，是第一次见她的时候，李锦平介绍给他们认识的。李锦平有意撮合，刘翠英恩威并施，父母极度渴望，结婚已经成为他要迅速解决的问题。恰巧，刘淳对他也很有好感。昨天下午，她一直守候在导管室门口，说明她已经承认了恋爱关系。

何向东给刘淳打电话，却听到手机铃声就在门外响。他打开门，看到刘淳站在办公室门前，提着一个袋子。

刘淳周身散发着迷人的香水味，薰衣草的香味。刘淳将早餐和水果递给他，说："护士说，你昨天晚上守病人通宵没睡，我没敢打搅你。我等下要看望一个资助的病人，顺道给你带了早餐。"

何向东受宠若惊，热情地将刘淳请进办公室。美好的一天，是从鱼粉唤醒味蕾开始的。这个城市，鱼粉很有特色。有雄鱼头、草鱼、河老虎、黄沙古、鱼杂等等，所有能吃的鱼，都可以拿来做鱼粉。厨师将油烧红，把新鲜鱼肉倒入锅中，先油炸一会儿，放点生姜、蒜瓣、紫苏、红辣椒一并入锅炸，鱼香味在厨房里飘荡，勾引着食客的味蕾，待鱼皮炸得焦黄，倒入筒子骨头汤，盖上锅盖，大火煮十多分钟，再放入白菜、香葱，将鱼、汤盖在烫得酥软的米粉上，一碗鱼粉就新鲜出炉了。

何向东喜欢吃鱼粉。医院对面原来开着一家鱼粉店，何向东常常光顾。后来，据说老板有了几个钱，也收不住心，啥刺激干啥，就把鱼粉店弄倒闭了。

何向东望着刘淳，心有感动。刘淳笑着说："盯着我干啥？我会害羞的。"

何向东问："你吃了吗？"刘淳点点头，说："吃了。你快吃吧，我先走了。"何向东打开鱼粉盒，鱼香味忽地钻进他的鼻子，勾起他的食欲。他吃鱼粉自有一套，先吃鱼肉，慢慢吃，慢慢品味，鲜鱼煮的，有一种独特的香味。吃完了鱼肉，再吃米粉，小口小口吃，优雅气质，这个时候吃米粉，是经过鱼汤充分浸泡的，味道全部进到米粉里，纯美绵长的感觉，丝丝入喉。吃完米粉，就是将生姜、辣椒和白菜送进嘴里，何向东喜欢吃煮鱼的生姜和辣椒，香辣的感觉，爽透了，提神。最后，当然是喝汤了。何向东喝鱼汤前，先将沉在碗底的鱼刺和紫苏挑出来，一改吃鱼时候的慢，而是大口喝，一碗鱼汤，三五口就喝完。他可以感受到鱼汤从喉咙到食管到胃的流动过程，热辣的味道，让食道伸展，毛孔舒张，微汗细冒。

吃完鱼粉，何向东感觉自己满血复活，困意全消。这一天，就活色鲜香地开始了！

十九

数以亿计人群瞩目的高考终于放榜了。李高峰的成绩让家人喜滋滋的，老人嚷嚷着，要请李高峰去市里最豪华的餐厅吃大餐。这个消息，就是一针强心剂，让王晓源的病也好了一大半。

王晓源已经出院，手术伤口已经愈合，总算闯过了第一道鬼门关。调养一段时间，再做化疗和放疗。这段时间，她深刻体会到一人患癌、全家崩溃的刺痛。她常常对自己说，我有一个完美的家，不能倒下！我要活下去。在生命面前，痛苦是暂时的，不能放弃。在亲情面前，忍耐是必要的，不能让亲人失望。她也哭过，是一个人偷偷躲在卫生间里哭，很伤心绝望的哭，她压低声音，不让家里人听到。哭过之后，还是微笑。坚强的微笑，让李锦平心痛。隐忍，是对病魔的轻蔑，更是对家人的体贴。

李高峰却乐不起来。这段时间照顾妈妈，让他亲眼看到癌症对人的折磨。

王晓源看出了李高峰的心思，抚摸着儿子的头，说："你不要担心妈妈，你爸是肿瘤科专家，他一定会把我调养好。"

李锦平试探性地问道："高峰，现在你有很多选择，你还选择学医吗？"

李高峰说："当然，我一定要学医，当一名好医生，让更多的人摆脱病痛的折磨。"

儿子理想坚定，父母放心。李锦平提醒儿子："高考只是给了你一个平台，让你离自己的理想更近了一步。学医，需要韧性，更需要持之以恒不断学习，更新知识。我每年都要参加考试，你也不能迷失了自我。"

父亲的提醒，像是当头棒喝，让李高峰清醒过来。他要安安静静在家陪妈妈。陪伴，是最好的孝顺。隔日，录取通知书到了，一家人高高兴兴去吃了一餐，其乐融融。之后，李高峰又去拜访了几位老师，有小学老师、初中老师、高中老师。每个人成长过程中，都会遇上几名好老师，师恩难忘，感恩老师，就是感恩自己奋斗的历程，就是感恩不能忘却的教诲。李高峰报告了自己的成绩，交流了自己的理想。老师们很高兴，能教出好学生，是老师最大的心愿。教出的好学生，能不忘师恩，常来看看，是老师最高兴的事。

王晓源也是李高峰的老师。启蒙老师，小学班主任，她教给孩子最好的理念，养成良好的学习习惯，培育坚韧不拔的品格。李高峰读书，并不是班上最用功的那一个，却是最有方法的那一个，这要得益于他妈妈的精心教诲。

王晓源深深懂得，好的习惯是日复一日养成的，坚持不断的训练，才会养成行为自觉。妈妈言传身教和严格要求，让李高峰逐渐明晰了许多做人的道理，掌握了许多学习的方法，他才在学习中游刃有余。

人逢喜事精神爽。王晓源沉浸在孩子高考大捷的快乐之中，手术的创伤也慢慢愈合，脸色红润起来。除了病痛，没有什么烦扰她。家庭和睦，对重病在身的人，多么重要。王晓源有时会突发奇想，可能是医生搞错了，自己并不是什么子宫颈癌，而是炎症，或者子宫肌瘤。她想，如果搞错了，虚惊一场，那就好了。

面对温馨的家，王晓源几多不舍。她暗暗下决心，一定要与癌魔抗争到底。低向尘埃，向死而生。这个家多么好，老人健在，长慈幼孝，夫妻和睦。她不忍心丢下家人。父母不走，我不能死；孩子不大，我不能老。她是父母的女儿和儿媳、是孩子的妈妈、是丈夫的妻子，哪一个家庭成员，都是她的坚强后盾。不幸中的幸福，时时刻刻滋养着她的心灵。这是爱的感觉，是生命的独白，是癌症病人的抗战檄文。她要像战士一样，带上爱、带上幸福，与癌魔战斗！

主意已定，马上行动。王晓源在网上搜索了许多百姓抗癌的故事，这些故事很励志。有一位患癌二十多年，曾被许多医生判定为活不过三年的老大姐，坚持与癌症抗争的故事，深深打动了她。俩人都是子宫颈癌，都做过手术，都需要接受化疗和放疗。她联系上这位老大姐。老大姐姓李，七十五岁了。王晓源就称呼她为李阿姨，对方纠正她，叫李姐，别叫阿姨，把我叫老了。这句话，让王晓源看出了李姐的坚强和乐观。此后，俩人就常常联系，有时是电话，有时在网上聊天。

第一次和李姐在视频中聊天，见她精神矍铄，乐观开朗，如果不了解她，一定不会想到她身患癌症二十多年。李姐很热心，告诉王晓源，自己能挺过一次又一次难关，是活下去的信念支撑着她。李姐说，我和老伴儿同年，没有孩子，但我舍不得比他走得早。我走了，谁来管他？所以，我就拼命抗争，这不，一晃二十多年过去了，老伴儿身体也硬朗，我们每年都出去旅游，看看外面的世界。李姐的坚持让她感动。

李姐教她一些生活中要注意的细节。李姐还告诉王晓源，练习太极拳，对身体很有好处。王晓源以前练过瑜伽，没练过太极拳，不会。李姐说，到网上搜啊，网上有很多太极拳教学视频，每天坚持抽时间练习，很快就能学会。王晓源到网上一搜，果然有很多太极拳教学视频，就选择一套下载，跟着视频学习，一招一式，有模有样。

王晓源积极的变化，让家人悬着的心放了下来。刚出院的时候，王晓源虽然装作不在乎，但那笑容太假，明眼人一看就知道是装出来的。现在不一样，笑容是出自真心。她的笑声，如银珠不小心洒落地上一般，清清脆脆。这才是出自真心的笑。她放下了恐惧，放下了担忧，唯独不能放下生命。

天气不知不觉炎热了。盛夏，就是盛开的夏天，或者盛开的夏花。王晓源这样理解。李锦平上班去了，李高峰在家预习大学功课。父亲是医生，家里医学著作垒砌得墙壁一样高。李高峰一脚踏进医学殿堂，如醉如痴。人体奥秘无穷，他要学精钻透，才能为病人服务。公婆父母买完菜，拖完地，在一起聊聊天，偶尔玩两局扑克，输赢就是洗碗、擦桌子之类的家务活。王晓源练太极累了，出来观战，看看哪个偷牌，哪个出错了，却只是看，抿着嘴笑。

日子平静且甜蜜。一如盛夏的阳光，日复一日炽热。这日是星期六，李锦平从医院查房回来，一身大汗，冲了个凉，正准备歇息，黄学倩带着女儿雪雪登门拜访。

黄学倩事先没有打电话，不速之客让人感觉突兀，但大家还是热情地请黄学倩母女俩进门，倒茶，寒暄。茶是红茶，李锦平最爱的口味，香味弥漫。片刻，黄学倩说："今天来，主要是看看王老师，还有一件事，就是雪雪想见李高峰，向他讨教学习经验。"

李高峰听得这话，心里有些小小的骄傲，但嘴上却说："哪有什么学习经验。"

王晓源说："告诉雪雪学习方法，是你今天的主要任务。"

李高峰答应着，和雪雪进了书房。四个老人寒暄了几句，也去各忙各的。晚辈有晚辈的事，老人从来不插嘴。

雪雪经历过绑架，在家休养了一段时间，接受过心理医生的帮助，逐渐走出了绑架的心理阴影，觉得自己没事儿了，坚持去参加中考。考试成绩放出来，雪雪考得一般，只能进普通高中。雪雪是个要强的女孩儿，不甘心落后，对妈妈说，想复读一年，进重点高中，黄学倩不同意，哪所学校都有拔尖的学生，哪所学校都有垫底的学生，只要自己努力，没有攻克不了的难关。雪雪提出，要向李高峰当面讨教，他肯定有许多经验。黄学倩想，如果打了电话，李高峰不愿意见面，岂不是尴尬？所以就直接来了，为了女儿的学习，当一次不速之客，也是情有可原的吧！

王晓源笑着说："谢谢你能来看我，我现在很好，接受现实，低向尘埃，把癌魔从我身体里赶跑。"

王晓源的精神和气色不错，缓解了黄学倩紧张的心情。她原本担心，王晓源罹患重病，要接受放疗和化疗，心情会很糟糕，但现在看王晓源调整得不错。

眼见着快到中午了，黄学倩催促雪雪回家。王晓源想留母女俩吃饭，黄学倩坚持回家，只得由她。雪雪跟李高峰聊学习，相谈甚欢。临走，俩人互留联系方式，约定随时交流。

这一天，何向东相约与刘淳爬山。山是城郊的牛王山，树多且密，空气好，被誉为"城市的肺"，原本没什么名气，后来招商引资搞旅游经济，引进一家公司做起了"牛"的文章，开发了以"牛"为主题的景点，加上神乎其神的传说，赋予了勤劳、牛气的精神，竟然红火起来，吸引大家来此休闲度假。

跟何向东接触，刘淳感觉自己依赖上他了。这种感觉很平实，没有瞬间的激动，而是长久的关怀。他不会制造浪漫，对人却很踏实。她喜欢这种感觉。她不喜欢所谓的浪漫，过度的浪漫，包含了许多的假象。听说，郑昕就喜欢制造浪漫，结果，黄学倩被他制造得家庭分崩离析，生活崩溃。

爬山的人很多，三三两两结伴而行。何向东跟刘淳讲起前女友的故事，她听得很认真。听完了，安慰几句，说："她就是仙女下凡，任务是把你留给我。"说完，留下一串银铃般的笑声，在牛王山回荡。何向东特别开心。这时他才知道，自己拥有了一份真挚的爱情。

何向东跑上前，追上刘淳，一把牵住她的手，说："想跑？你这辈子跑不掉了！"

刘淳慢下来，两个人就牵着手，慢慢地走，微风吹过山岚，太阳骄傲地扫视地球，人们感受到不同寻常的热烈。

走到一处僻静亭子，何向东停下脚步，他牵着刘淳，安静地看山下人来人往，说："走在一起不容易，希望我们这辈子都能一起走下去。"

刘淳感动着，心中被幸福包围，说："我也是。我愿意和你一辈子走下去。"

四目对视，爱的波涛翻滚。他将她抱在怀里，紧紧抱住。她紧贴着他，觉得呼吸急促，血液被爱情点燃。这就是爱情，鲜鲜的，甜甜的。时间停滞了，嘴唇不由自主碰到了一起。甜蜜的、长长的亲密，醉人心扉，一切那么美好。

刘淳感觉到汗水流了下来，湿漉漉的，忙推开何向东，撒娇地捶打他："坏蛋，坏蛋，你坏死了！"

何向东哈哈大笑："我坏吗？既然爱上我，就说明我不坏。"俩人正在亲密，何向东隐约听到呼救："救命！救命！"何向东一时无法判断声音的方向，让刘淳一起听。那么真切的呼救。对，在东南方向。何向东牵着刘淳循着声音跑过去，看到一位中年男子倒在地上。何向东蹲下身子，推推中年男子："喂，醒醒，醒醒！能听到我说的话吗？"中年男子没有反应。他又摸摸对方颈动脉，没有了跳动！探探鼻孔，没有了呼吸！翻开男子眼睑，瞳孔散大！

何向东大声招呼男子同伴："快，拨打120电话！是心脏猝死！我是心内科医生，要对他做心肺复苏抢救！"

何向东双腿跪在地上，解开男子上衣，把他的头尽量往后面拉直，对着胸骨中下段三分之一的位置有节奏地按压，按压三十次，再听，男子没有呼吸，又捏紧男子的鼻子，口对口吹气两次。如此反复，过了七八分钟，男子恢复了心跳和呼吸。围观的人群很多，看到救活了男子，大家热烈鼓掌。男子试图站起来，何向东连忙制止："你是急性心梗，现在只能躺着，等救护车来。"

何向东做心肺复苏的时候，刘淳在一旁呆呆地看着，这么有本事的心内科专家，成了我的男朋友，多么幸运！多么幸福！

围观的人群中，有一个人是做自媒体的，用手机记录下惊心动魄的一幕，以《医生跪地救人，你救死扶伤的样子真帅！》作为标题，发布到了网上，马上获得无数点赞量。

没多久，救护车到达，何向东协助将病人抬上救护车，并随车一起将病人送到医院。

第一次相约爬山，就被何向东留下一个人回去，刘淳却非常理解他。救人一命胜造七级浮屠。他是心内科专家，救人是他的职业。这个男人，值得她用心去爱，配得上她的爱。看着救护车走远，刘淳的心陶醉在伟大的爱情里。是的，伟大的爱情！

何向东没有想到，这次平常的抢救，会刷爆网络，并给他带来巨大的荣誉。“任何一个医生都会像我这样做，只不过是我恰好遇上。”这是何向东发自内心的话，面对众多的记者，何向东有点腼腆。巨大的媒体能量，齐力将何向东推上了最美医生领奖台。

何向东沉浸在美妙的爱情之中。一向沉寂的生活，给了他美好的期许。这个期许，是每个向往美好生活的人，内心真实的渴望。

二十

王晓源住院化疗的时间到了。李锦平给她制定了详尽的治疗方案，化疗21周，6个疗程。每个疗程结束，可以短暂出院。

走进病房，王晓源的心里开始打鼓。尽管她做了足够的心理准备，尽管她的丈夫在这里工作，但是痛苦只能自己承担，家人再爱你，都不能替你承担痛苦。王晓源告诫自己，所有的痛苦，都是肉体的折磨，不能成为心灵的枷锁。

李高峰每天来陪，李锦平只要有空，就会过来跟她聊天，漫无边际地聊，分散她的注意力。从肿瘤内科主任到癌症病人家属，李锦平需要角色转换。治病的时候，他是主任，是专家，责任是尽力减轻病人的痛苦，减轻治疗副作用，根据病情随时调整药物剂量，让治疗恰到好处。陪伴王晓源的时候，李锦平是病人家属。他要想方设法让妻子心情好起来，不能让她戴上癌症病人的精神枷锁。

第一个疗程，王晓源的反应比较轻。王晓源狐疑，并没有想象中的那么严重。她的直观感受是活着很重要。

这天，李锦平查完房，指导医生们开完医嘱，来到王晓源的病房，笑眯眯地说："第一个疗程结束了，检查结果出来了，一切还好，明天就出院吧。"

听说妈妈可以出院了，李高峰赶紧收拾病房，问："今天怎么不能出院？必须要等到明天吗？"

李锦平说："嗯。必须等到明天。今天用的药是否有反应，需要观察。治病从来不是一件轻松的事情。"

王晓源说："老李，我想搞一个太极拳小组，带大家学习太极拳。"李锦平说："这是好事啊。可是你要出院了，怎么带？"

王晓源说："我可以每天来病区，带大家一起打太极拳，比一个人练习要有意思。”

黄学倩听说王晓源要教大家打太极拳，认为是带领大家和癌症抗争的好事，非常支持，在病区做了一个小调查，结果凡是能起床活动的病人，都愿意参加。病人的积极性很高，王晓源就坚定了自己的想法，义不容辞把这件事做好。

次日，王晓源组织大家学习太极拳。谢金韵来了，周达善来了，姜力祥也来了，夏晶晶的妈妈自己做不了，也搬来一条凳子，坐着看大家打太极拳。谢金韵精神好多了，能自己吃东西，脸上渐渐有了生机。周达善上次闹出跳楼闹剧之后，陈瑾利许久不来看他，他一再承诺不再折腾，陈瑾利才来看他，心情好很多。姜力祥得到抗癌基金会的资助，每日配合治疗，病情比较稳定。夏晶晶的妈妈经过系统治疗，能下地活动，能自己洗脸刷牙，夏晶晶轻松了许多，母女俩的笑容逐渐挂上了脸庞。

王晓源练习的是简化太极拳，以白鹤亮翅开始，到十字手收尾，一共四十八式，主要在于练脑、练气、练身。大家的情况比较特殊，一次只能练半个小时左右。王晓源从基本要领开始，一天教一个动作。第一天，当然是教白鹤亮翅了。她自己练习太极拳的时间也不长，说是教，还不如说是和大家一起练习。大家练习太极拳，肿瘤内科病区也有了生机，李锦平挺满意。

王晓源找到了新岗位，自己很满足。她每天定时来，音乐响起，聚集的病人越来越多，有一些医生护士，忙完工作，也加入队伍中来。黄学倩觉得这个点子真好，跟王晓源说，希望把练习太极拳作为活跃病区文化、带领病友跟病痛作斗争的保留节目，长期坚持下去。王晓源同意，这就是她的初衷。她喜欢跟大家一起练习的时光，尽管天气很热，每天从家里到医院要顶着毒辣的太阳，大汗淋漓，但她很开心。

王晓源心情好转，全家人的心情也好起来。这段时间，压在家人心头的不安和恐惧，被暂时释放。

时间很快，转眼就是开学季。从毕业季到开学季，李高峰深刻体会到了与命运抗争的痛苦，体会到了低向尘埃的执念。眼睁睁地看着妈妈的痛苦，体会着妈妈的坚强，自己也学会了坚强。此前，关乎生活，关乎命运，关乎死亡的课题，在他年轻的生命中，从未出现过。

收拾好行囊，李高峰要赴外地求学。不是那种学成文武艺，货与帝王家的求学，而是学成医人术，解救千万人的求学。妈妈的病，让他的学医之路更加坚定，亦多了几分悲壮。悲壮，是对救死扶伤的深刻理解。他亲眼看见妈妈的痛，撕扯着他的神经，让他抓狂，让他手足无措，让他恨自己无能。他见证过妈妈的眼泪、悲壮和忍受，从妈妈的眼神中，见过求生的强烈渴望。为了妈妈，为了完整的家，他要努力学。

陪妈妈住院，让李高峰在毕业季有了更深刻的感悟。他不但看到了妈妈的痛苦，更看到了每一个病人被癌症折磨的痛苦，看到了每一个重压下家庭的沉重呼吸。他们在重病中挣扎，在生活的重负中挣扎，他们是孤独的行者，行走在生命的边缘。

当然，也有人放弃。他曾随父亲查房，体验当医生的感觉。他清楚地记得，那日，有一名上了年纪的女教师，非常平静地对李锦平说，如果她昏迷了，要死了，请医生放弃抢救，让她平静地离开，有尊严地离开。“活得有尊严，死也要有尊严。”女教师说。李锦平迟疑地看看她，看看她身边的老伴儿。女教师知道医生的担心，说：“我签字同意放弃治疗。就是死，也要平静离开。这是对生命应有的尊重。”女教师的话，深深触动了李高峰的心。生是那么难，选择死竟然也那么难。

李高峰握住妈妈的手，说：“妈妈，我要走了。你要自己保重。”

王晓源努力让自己心情平静下来，笑着说：“高峰，读大学是你人生新的起点，这只是一个平台，妈妈希望你能真心爱上医学，学精学透，为妈妈，也为更多人解除病痛。”

李高峰点头，阳光般的脸上，洋溢着美好的憧憬。他告诉妈妈：“等着我回来，国庆放假我会回来看您。”

激情似火的大学时光，徐徐拉开帷幕。晚饭后，李高峰在校园里走了一圈，他的生命里，这将是一个重要的地方。他读的是七年制本硕连读班，如果他选择继续留校攻读博士，这里就会留下他十年的足迹。十年，足以让一个翩翩少年成长为医学专家。他喜欢这样的称呼，医学专家，医学博士。李高峰听到内心的呼唤，我喜欢这里！

儿子一上学，王晓源的心就空了。她努力让自己适应儿子不在身边的日子。李锦平看出了妻子的失落，每天都要抽出时间，看王晓源带大家打太极拳。李锦平知道，太极拳不可能改变癌症病人的命运。

这天快下班的时候，有一对父女引起了李锦平的注意：父亲年龄不太大，三十五岁上下，女孩不过十岁。这样的父女，要么不来，要么无法挽回。

果不其然，女孩的表情极为痛苦，急急地吐。临床上的呕吐，要么是颅内高压，要么是胃肠道疾病，要么是心肌梗死的先兆症状。

李锦平问家属：“除了吐，还有什么症状？”家属说：“没有了。”李锦平扫视家属，再问：“除了吐，还有什么症状？”家属慌了，认真回忆：“真没有了。”

李锦平转向小女孩，测血压，听诊心肺和肠鸣音，叩诊腹部，并没有发现胃肠道和心脏问题。他眉头紧锁，难道是颅内有问题？这样的小女孩，如果颅内有问题，很有可能是占位性病变，临床上非常棘手。他想到一个可怕的病：髓母细胞瘤。李锦平的心在颤抖。九岁的女孩，患上这么严重的疾病，存活率非常低。

医生眉头紧皱，女孩的父亲忐忑不安地问：“医生，没事吧？”李锦平问家属：“你家孩子往后面摔跤吗？”家属努力回忆，说：“前天我看到她摔跤，但没有看到怎么摔下去的。医生，摔跤跟她的病有关系吗？”

李锦平心中一惊，大约就是髓母细胞瘤了！他实在不忍心将这个判断说出来。他对家属说：“建议你带孩子先去完善检查。我把检查单开了。有的检查要明天上午才能来做。”

开检查单的时候，李锦平看了一眼门诊病历，小女孩叫金奥韦，今年九岁，是王晓源学校的学生。

李锦平很想告诉金奥韦家属，髓母细胞瘤是大脑内胶质瘤，堵塞第四脑室，引起脑水肿、颅内高压、往后面摔跤，病情发展迅速，存活率极低，即便是做手术，也不能像其他肿瘤一样清扫干净。

可是，他现在还不能告诉家属。这只是他的判断，他多么希望这次判断是错误的。人生还刚刚开始，就罹患重疾，不论是对小女孩还是她的家庭，都是致命打击。

金奥韦的父亲疑惑地看着李锦平：“医生，必须做这么多检查吗？”李锦平点点头说：“每一项检查都必须做。”家属怔住了，问：“医生，你这是什么意思？”

李锦平摇摇头，说：“只是我的怀疑，待检查结果出来之后，我会详细告诉你如何治疗。”

李锦平看着这对父女离开，心里涌起一阵酸楚。外界都称自己是专家，医疗水平高，治疗肿瘤很有一套。可是，别人不知道，他内心有多少委屈和无奈。重疾面前，人的力量是渺小的。他想，如果金奥韦确诊，该不该劝家属放弃治疗。

李锦平下班，去看王晓源。她应该还在教大家练习太极拳。李锦平曾经跟她说过，练习太极拳主要是养生，不要跟别人说太极拳能够治疗癌症，这不现实。

王晓源果真还在病房。李锦平静静地看了一会儿，王晓源姿势很好，一招一式有模有样。李锦平耐心地看。王晓源果真是职业教师，每教一个动作，都要告诉大家要领，虽然是养生，也要讲究效果。她一个一个纠正，时不时给大家竖大拇指。她专注的神情，就像站在讲台上面对自己的学生，既严肃，又认真。

耐心地等待王晓源教完一套动作，李锦平走到她身边，轻轻提醒："晓源，我们该回家了。"

王晓源说了一声"好"，跟大家一一道别。每一次道别，都有生离死别的仪式感。她不知道，也许明天，有病友就起不来了，或者离开这个世界了。所有的仪式感，都是为了不给大家留下遗憾。生活有时候会开残酷的玩笑，让人悲怆，让人流泪，让人心痛欲绝。

太阳照在仙山峰上，青翠欲滴的树木在阳光的照耀下，生机勃勃。李锦平牵着王晓源的手慢慢地走，生怕不经意间她就不见了。这一天，王晓源过得很充实，如果不是因为痛，她觉得自己就是一个健康的、无忧无虑的小仙女。

对，她喜欢"小仙女"这个称号。从小开始，她就向往成为仙女。有一段时间，大概从谈恋爱到孩子出生之前，李锦平都称呼她"小仙女"。孩子出生之后，孝老爱亲，柴米油盐，生活圈子越来越小。猛然有一天，孩子长大了，读初中了，住校了，她在闲着的时候，想找几个朋友聊天喝茶，发现通讯录里除了同事就是学生家长。她愣了一个下午，然后，摇摇头，苦笑，自言自语道："已经忙得没有朋友了。"

两个人的手，紧紧牵在一起，肩并肩走向家。那是他们一起苦心经营了二十多年的家。上有老下有小，全靠他们精心维护。

李锦平想起小女孩金奥韦。王晓源觉察到了异样，停下来问李锦平："有心事？"

李锦平一般不与妻子谈工作的事情，他害怕刺激她。他抬眼看着她，敷衔道："没事。"

王晓源说："我跟你在一起生活二十多年了，太了解你了！你一定是在想某个病人，或者遇到了疑难病例。对吗？"

李锦平这才说了实情。王晓源的身子颤抖了一下，说："难道是三年级二班的金奥韦？去年，她妈妈得了肺癌，学校专门组织了捐款。"

李锦平摇摇头，说："具体是几班的我没问，他父亲又黑又瘦，难道就是你说的金奥韦？她妈妈得了肺癌？"

"一定是她！她妈妈生病之后，很自卑，一直都不怎么说话。"王晓源眼睛里闪动着泪花，沉默了一会儿，又说："她学习成绩很好。"

李锦平劝慰道："别伤感了，我真心希望是我判断错了。我愿意犯这个错误。"

王晓源莫名失落，提醒李锦平："这个家庭非常特殊。你最好跟她父亲说清楚严重性和可以选择的治疗方法。"

匆匆吃过晚饭，李锦平就钻进了书房。他要查阅髓母细胞瘤的文献资料，找到更适合金奥韦的治疗方法。他不喜欢有些医生的说话方式，这样治疗也行，那样治疗也行，说话总是模棱两可，让人听了云山雾罩，不知所以然。他喜欢那种有艺术味的沟通方式，既让人听得懂，还告诉别人怎么办。

找了很久，李锦平失望了，家里找不到髓母细胞瘤的文献资料。第二天李锦平去了图书馆，在一本最新的权威医学期刊上，找到了最新资料。

隔日，金奥韦的检查结果出来了，还是父亲带着她来找李锦平。他将一沓报告单递给李锦平，就像等待一场生与死的裁决。李锦平认真看着报告单，不放过每一个数据，期盼出现奇迹。

然而，李锦平失望了。所有的检查结果，都指向髓母细胞瘤。他在琢磨，该怎么跟这个可怜的男人说。

金奥韦又呕吐起来，呕吐物像利剑出鞘一样喷涌出来。她的父亲赶紧扶着她，轻轻地拍背。

待金奥韦平静下来，李锦平说："我建议让她住院。如果有可能，要手术治疗。"

金奥韦的父亲顿时愣住了："李医生，你是说她要做手术？她到底是什么病？"

李锦平字斟句酌，说："我判断，髓母细胞瘤的可能性很大。这是一种长在大脑里的恶性肿瘤。”

金奥韦的父亲惊呆了，待他回过神来，顿时双手抱头，蹲了下去，嘤嘤哭泣。

李锦平的心像被刀子戳了一把，王晓源说得没错，就是三年二班的金奥韦！为什么不幸要接连发生在一个家庭？李锦平找不到合适的词安慰这个苦难的男人。

男人哭了一阵，慢慢停止了哭泣。抹了一把眼泪，问李锦平：“李医生，这个病要怎么治？你说吧，就是砸锅卖铁卖房子，我也要给女儿治病！”

李锦平递给男人一张纸巾，说：“你先不要急，听我慢慢跟你说。这个病，尽可能早接受神经外科手术，过一段时间，到肿瘤内科来找我，做放疗和化疗。但是，这个病的复发率比较高。”

男人沉默了。金奥韦拉住父亲的手，说：“爸爸，你别伤心。我的病如果治不好，我就不治了，把钱留给妈妈。”

男人粗糙的手牵着女儿，径直去了神经外科。当苦难一股脑儿向你扑来，唯一的态度就是要坚强面对。

看着父女俩的背影，李锦平觉得该帮帮他们。他拨通了刘淳的电话。虽然金奥韦现在还不是肿瘤内科的病人，但他希望抗癌基金会能够资助金奥韦的妈妈治病。

接到李锦平的电话，刘淳马上赶到神经外科，问清了金奥韦的家庭情况。三年前，金奥韦的妈妈确诊为肺癌，做了手术，两年之后，发现癌细胞已经转移到肝脏，花光了家里所有的积蓄，还欠了亲戚朋友不少钱。学校得知这个情况，就发动学生们捐款。她父亲现在同时做两份工作，希望能将这个家撑起来。

然而，祸不单行，金奥韦又得了重病。刘淳心情沉重。她提出，将金奥韦母亲接到肿瘤内科住院，抗癌基金会可以承担一部分费用。听到这个消息，男人激动得要跪下来感谢刘淳。刘淳将他拉住，说：“大哥，请你别用下跪这种礼节来对我，我受不起。你是个勤奋的人，你的家今后一定会好起来。”当天，李锦平就安排了救护车，将金奥韦母亲接到了肿瘤内科住院。这是个很秀气的女人，身体已经被折磨得弯曲变形，且消瘦不堪。仔细检查之后，李锦平发现，她伴有严重的心衰、呼吸困难，治疗效果非常差。

李锦平眯着眼睛，大脑飞速旋转。怎么办？化疗、放疗同时上？这么大的副作用，她能承受得了吗？

夏晶晶提出，采用常规化疗，加强对白细胞、血小板的监测，防止白细胞急剧下降，降低凝血功能。李锦平同意夏晶晶的治疗方案。

医生精心的治疗，让金奥韦的母亲仿佛看到了生的希望。坚持下去，前面就是一片曙光。为了女儿，她必须活下去。女儿还在病床上躺着，也不知道她的手术做了吗？顺利吗？丈夫在肿瘤内科和神经外科之间两头跑，挺累挺可怜，她要好起来，和丈夫一起照顾女儿。

从病房出来，夏晶晶看到自己的妈妈竟然拄着拐杖在走廊上散步！这是真的吗？她不敢相信自己的眼睛，一个箭步冲上前，扶住妈妈，急切地问："妈，您怎么下床了？"

妈妈一脸高兴："晶晶，我想看看你，就自己下床了。"

夏晶晶眼里溢满了泪花，她没想到，妈妈竟然有这一天，自己能下地走路了！她凝视着妈妈，妈妈的头发掉光了，两侧颞骨凹陷，颧骨高耸。夏晶晶鼻子酸酸的，扶妈妈到病床上坐下，说："妈，你今后不要自己下床，危险。想下来走的时候，就按铃呼叫我。我随时都在你身边。"

妈妈喘了一口气，歇息一会儿，说："你去忙吧。我不打搅你工作。"妈妈的身体依然虚弱。她能下地活动，是费了多么大的劲！夏晶晶说：

"妈，我工作去了，你一定要好好的。"夏晶晶感到周身一股暖流在涌动。妈妈能自己下床活动，说明病情已经发生了重大的转折。这是坚持的结果，也是无数爱心人士关心的结果。她真想大声对那些伸出援手的人说"谢谢您！"

夏晶晶脚步轻快，一扫压在心头的阴霾。原来，家人健康是这么美好。她唯愿，天下无病，天下无癌！

二十一

何向东和刘淳的爱情，走过夏季，进入热恋。你侬我侬，形影不离。有时候刘淳会问：“你到底爱不爱我？”何向东说：“你真的傻乎乎的，老夫比你大十岁，我求之不得！”

一句“老夫”，让刘淳生气了。她噘着嘴，一本正经地说：“不准在我面前称自己为老夫。什么老夫？我就是爱你，除非你说的老夫是老公和丈夫的意思，否则，我再也不理你了。”

何向东赔着笑，说：“是是是，老婆大人说得对，老夫，就是老公和丈夫的意思。别生气了，我错了！”

刘淳扑哧笑了，脸颊绯红，就像天边的火烧云，说：“谁是你老婆了？胡扯！你是老夫，我是小妹，跟你没那么亲近。”

刘淳的弯绕得太大，让何向东转不赢。何向东求饶：“好了好了，我们不绕弯子了。什么时候去看看你姑姑？最近忙晕了，好久没去看她了。”

刘淳说：“去看我姑姑还要选时间吗？现在就去啊，说走就走。”

刘翠英正在看电视。最近，公司走上了正轨，操心少了。见刘淳和何向东来了，满面堆笑，赶紧招呼：“何主任来了，快，坐坐坐！”又招呼刘淳：“沏茶沏茶。今年的明前茶，刚买回来的。”

刘淳噘着嘴，说：“我是你亲侄女，干吗要我沏茶？老夫，沏茶去。”

刘翠英瞪了刘淳一眼，说：“怎么呢？使唤不动你了？学会欺负何向东了？快沏茶去！”

刘淳本来想在姑姑面前撒娇，没想到被姑姑教训一通，满脸不悦，转身沏茶。

刘淳将茶放到茶几上，嘟哝道：“请喝茶，何主任！”何向东捧着茶，奇香，绕梁香。茶香在房间飘荡，人的心思就慢慢活络了。何向东说：“董事长，最近身体挺好的吧？你安装了支架，一定要按时吃饭，少盐少油。”

刘翠英说："这些话，你说了好多遍，我都能背出来了。你放心，我会好好照顾自己。"

何向东说："好。这样说我就放心了。没事看看电视，种种花，对了，我告诉你，可以种点兰花，学学太极拳，对身体有好处。"

刘淳说："对啊，姑姑，你可以找点事做，别一天到晚守着电视。"刘翠英说："好。你的建议我都听。种什么花？"何向东说："种兰花。我喜欢兰花。""兰花？我就养几盆春兰。"刘翠英脸上洋溢着喜悦。刘淳噘着嘴说："是他前女友喜欢兰花。"

何向东瞥了一眼刘淳，说："兰花是花中君子，行、色、香、气，特别符合高雅人群的审美标准，所以，从古至今，兰花都是高雅的化身，君子的象征。"

刘翠英点点头，微笑着说："这个分析有道理。我就种兰花，明天就去买。"

说起兰花，何向东如数家珍。他不但对心血管疾病有很深的造诣，对兰花也有研究。他说："我给你们科普一下，兰属有七十多种。现在我们养的兰花主要有春兰、蕙兰、建兰、寒兰、墨兰。"

何向东喝了一口茶，继续介绍道："兰花的香气分为幽香、清香、芳香等等，以幽香最为纯正，不同种类、不同产地的兰花，香气也不同。"

何向东一口气科普了一大堆兰花知识，让刘翠英和刘淳刮目相看。刘淳笑着说："我还以为你只知道看病，没想到你还是个拈花惹草的主，以后我要小心一点了。"

何向东被噎住了，脸上涩涩的，说："兰花的知识博大精深，你知道有多少歌咏兰花的诗词歌赋吗？"

刘翠英感觉话题被说偏，赶紧岔开话题："何向东，我问一下，你什么时候带淳儿去见你父母？老人不易，早点去见吧。"

听说要去见何向东父母，刘淳故意撒娇："我才不这么早去见他父母呢！"

刘翠英说："淳儿，你现在越来越不像话了，撒娇，也要看什么事。"

何向东必须要有自己的态度，他说："这个周末吧。我跟爸妈先说一下，让他们准备准备。"

要上门见公婆，刘淳心里在打鼓，怦怦直跳。她还没做好准备。她想，要不要再矜持一下？刘淳说："这么仓促，不太好吧？"

刘翠英说："淳儿，丑媳妇总要见公婆。老人年纪大了，你要体谅老人的心情。我看，就这个周末。”又转向何向东，说：“也不要太麻烦，我们一起见个面、吃个饭。”

时间定下，何向东回家就将信息传递给父母，老两口高兴，马上搞卫生，定食谱，喝什么饮料，打多大的红包，在哪里吃饭，去哪里玩，穿什么衣服，老两口都细细地商量妥当，才安心休息。第一次跟准儿媳妇见面，还是要有仪式感的，适当的讲究，是对客人的尊重。

看着父母的高兴劲，何向东也很高兴。娶妻生子、添丁加口，是一个家庭的大事，是父母心头的一块心病。而今，这块心病终于解决了，他们应该高兴！

何向东的大脑飞速转动。他想起那一次和刘淳去牛王山，那一刻的温情，让他血脉偾张，还有那次，她送来的鱼粉，让他口水直流。想到鱼粉，他给刘淳发了一条微信：明天早上去吃鱼粉吗？很久没吃了，想念那种味道了。

刘淳的信息马上就回过来：不去。我还没想好明天穿什么衣服，也没想好见了面说什么。

何向东发过去一个表情：笑抽。跟着一句话：你也失眠了？

刘淳回了一句：没有失眠，是无法入睡。

何向东说：我们去牛王山看月亮去？

刘淳说：你去啊。我才不去呢！半夜三更，你不怕牛魔王找你聊天？

何向东说：晚安。虽然说过了晚安，何向东还是睡不着。月亮很迷人，像刘淳的笑脸，让他在床上辗转反侧。不知道什么时候，何向东才迷迷糊糊睡去。

周末如期而至。父母早就做好了准备，家里的兰花，整齐地在阳台上列队，每一株都精神抖擞，将家装扮得雅致素洁。一大早，何向东就去接刘淳。这是喜庆的日子。何向东甚至想，他四十岁生孩子，七十岁就该当爷爷了。想到这里，何向东笑了。

刘淳今天穿着一件碎花连衣裙，雅致动人。等红灯的时候，何向东从车内反光镜里细细欣赏刘淳。刘淳发现何向东在镜子里看她，撒娇道：“专心开车，不准偷看！”

何向东说：“哪有偷看啊？我是欣赏，懂不懂？”刘淳说：“专心开车吧！”何向东收回目光，说：“等红灯，没事。”

刘淳笑着，世界如此美好，爱情如此美好。何向东问她：“你姑姑什么时候来？”

刘淳说：“不知道。她是董事长，要先把公司安排好。”

周末早上，车流量少，不堵车。何向东将车稳稳停在小区里，很绅士地开门，请刘淳下车。何向东的父母亲自下楼来接，弄得刘淳怪不好意思。

刘淳在客厅坐了一会儿，径直去了阳台。阳台上，何向东精心种养了多年的兰花，有开花的，也有过了花期的，直挺挺地接受这位优雅的女士检阅。刘淳感叹：“芝兰之室，幽香扑鼻。”

刘翠英来了。家有喜事精神爽。刘翠英在何向东父母的引导下，参观了这个标准的普通之家。这是一个三居室，父母住一间，何向东住一间，还有一间书房兼作客房，但是，家里的摆设都能折射出这个家庭对生活、对读书的热爱，精巧雅致。最让她眼前一亮的，是阳台上那一盆盆动人心魄沁人心脾的兰花，她偶尔能认出几个品种，什么宋梅、龙字。她还知道，现在正在开花的叫建兰，建兰花期长，每年可开花二次到四次，很多人也将建兰称为“四季兰”。

陪刘翠英和刘淳参观完，何向东的父母就要到厨房里去忙，叮嘱何向东陪好客人。刘翠英说：“中午我们去外面吃，你们先别忙，我们拉拉家常。”

刘翠英提出去外面吃，何向东的父亲马上接话：“好好好，我现在定个包厢。”

刘翠英说：“我已经让公司安排好了，不用你们操心。”老人挺不好意思，说：“这怎么行呢？来我们家，还让你破费？不成，还是我们安排。”刘翠英说：“我先称呼你一声亲家吧。亲家，何向东是你们的孩子，也是我的救命恩人。现在结了亲戚，更要感谢你们培养了这么好的孩子！另外，当年打伤他的人，是我丈夫，虽然他去世了，但我一直想当面替他向你们全家赔礼道歉。”

何向东没想到刘翠英会说这个，气氛顿时有些尴尬。何向东赶紧顺着刘翠英的话往下说：“这件事过去很多年了，我们就不提了。”

何向东的父亲反应快，说：“对对对，亲家，过去的事我们不说了。”何向东的妈妈不太高兴，没想到何向东找了一个凶手的侄女，说：“怎么是他？你们家那么好，我们高攀不起。你们还是回去吧。”气氛陡变。刘翠英脸上掠过一丝尴尬。她一下子明白过来，何向东隐瞒了事实，这样一来，自己讲这话就显得很突兀，人家接受不了，也在情理之中。

何向东赶紧圆场：“妈，她姑父已经去世了，人都死了，咱们也不用记仇了。”

刘翠英讪笑着，说：“他临走前，非常诚恳地道歉了。”

刘淳的喜悦感已经凝固在脸上。把姑父的旧账算到她头上，她觉得莫名委屈。刘淳花容失色，拉起姑姑就要走。

何向东的父亲极力挽留，说：“事情都过去这么多年了，还计较之前的不愉快，没意思了。我们还是向前看吧！”

何向东妈妈鼻子里“哼”了一声，说：“你心大，你放得下，我放不下！儿子的一只耳朵都听不见了，你不知道吗？你大人大量，我是小人，斤斤计较。你们做一家人吧！我走！”

何向东的父亲沉着脸，说：“你怎么回事啊？人家今天第一次登门，有什么话不能好好说？”

话里话外，充斥着火药味。何向东见场面如此尴尬，安抚刘淳：“淳儿，你别生气。我妈性子直，也急，抱歉抱歉！也怪我，事先没有跟爸妈说，引起了误会。”

刘翠英说：“既然这样，我和淳儿就先回去。等你哪天做通工作了，我们再登门拜访！”

恰此时，何向东手机铃声响起，是向姝琳打过来的，有一个心梗的病人，正在急诊转院途中，大概半小时后到医院。

刘淳觉得自己一点面子也没有，眼泪流了下来。何向东一方面要安抚刘淳，一方面要急着去医院做手术。刘淳情绪激动，听不进他的话，哭着和姑姑离开何向东家。用重重的关门声，发泄她的情绪。何向东呆呆地看着父母。妈妈也在气头上，话赶话就成了这个局面。她恨恨地说：“就是不成家，也不能要她做儿媳妇。如果你们同意，我就搬出去！”

何向东猛然一怔：病人还等着自己做手术！紧赶慢赶，到了导管室。还好，病人还没到。

向姝琳已经做好了术前准备工作。经过几个月的历练，向姝琳已经成长为导管室的骨干护士，丧夫之痛也慢慢抚平。公公日渐衰老，多次说到要去养老院去住，让她再找一个男人，安心过日子。向姝琳不同意，依旧把他当父亲，一日三餐、生活起居安排妥帖。

何向东接通随车急诊医生的电话，得知患者是一个三十二岁的男子，心电图提示 V1—V5 导联 ST 段抬高，急性心前壁血管大面积梗死，在基层医院已经给予阿司匹林、氯吡格雷各三百毫克静脉滴注，并静脉推注吗啡镇痛。目前，病情比较稳定。何向东对急诊医生的处理非常满意。

然而，在急救车上，急诊医生跟家属却进行了一场异常艰难的谈话。医生：“你是他妻子？”

家属：“是的。医生，他不用做什么心脏支架吧？你看，他现在已经痛得不那么厉害了。”

医生：“我们刚刚给他用了吗啡止痛，他的病非常严重，心肌梗死不做心脏支架不行，时间越长效果越差，是要死人的！”

家属：“医生，你别动不动就拿死人来吓唬我。你看，他自己都摇头，说不做支架手术了。”

医生：“请你相信医生，这是人命关天的大事！”

家属摇摇头，一脸麻木：“我先打个电话，问问我的朋友。我也有朋友是心内科医生。”

家属拿起手机，开始打电话，问这个问那个，还好，是在急救车上，不耽误时间。医生无奈地摇摇头。家属打了一圈电话，问了四五个人，最后，家属说：“我的朋友都说，我老公是典型的心梗，必须马上做心脏支架手术。既然这样，就给他做支架吧。”

急诊医生哭笑不得。病人一到医院，急诊医生就记录了时间：上午十一点十九分。接到急诊医生到达医院的电话，何向东在向姝琳的协助下，穿好铅衣。患者刚送到导管室，马上进行心血管造影。安装支架之后，患者恢复了窦性心律。漂亮！十六分钟！创造了心梗病人从门诊到心脏阻塞血管开通的最短时间。时间越短，预后越好。

何向东炉火纯青的技术，让人越来越佩服。向姝琳向何向东竖起大拇指。何向东却说：“别赞美我。这个病人，若不是急诊医生的及时处理，以及提前启动导管室，能不能救活都是大问题。每一个危重病人的成功抢救，都凝聚了一批人的心血，不是一个人的功劳。”

导管室的门一推开，患者家属就一窝蜂涌上来，急切地询问情况。何向东说：“是你朋友的专业知识救了他！患了心肌梗死，第一时间打 120 求救，而不是到处打电话问朋友。你差一点害了你丈夫的性命！”

何向东这么说，家属低下了头，说：“我不知道他病得这么严重！他这么年轻，壮得像头牛，谁想到得的是要命的病！”

何向东说："赶紧推到病房去，住院观察几天，度过危险期就可以出院了。"

忙完病人的事，何向东想到了自己的事。今天在家里发生的不愉快，让他心烦意乱。他想打个电话给刘淳，约她出来，向她道歉。女孩子第一次上门，就发生不愉快的事，心里肯定窝火。电话打过去，刘淳直接挂断了。再拨，提示"正在通话"中。何向东想，是不是把我拉进"黑名单"了？

没事，发微信。男人嘛，追女人，就该脸皮厚一点。微信发过去，显示对方"拒收"。微信也被拉进"黑名单"了？这都什么年代了，动不动就用"黑名单"功能。何向东对着手机，摇摇头。

何向东不泄气，用科室电话打过去。终于接电话了。刘淳一听，是何向东的声音，"啪"地挂断了电话。

难道没有挽回的余地了？何向东在心里嘀咕。迂回作战。这一招该行得通吧？他拨通了刘翠英的电话。毕竟是姑姑，行事方式不会和小姑娘一样莽撞。何向东首先道了歉，请求原谅。刘翠英没说接受也没说不接受，这态度让何向东惴惴不安。何向东想，电话里说不清楚，直接登门拜访。

何向东到达刘翠英的家，保姆说董事长到公司开会去了。打电话到公司，公司根本没人。

何向东悻悻地离开刘翠英家，心想，这是演的哪一出？他不善于琢磨人的心思。他不知道，刘翠英此时正在自己家里，看着他站在院子里的狼狈样子。刘淳站在她背后，偷偷地笑："不整你一下，不知道本姑娘的厉害！到时候嫁到你家，还不是一点地位也没有啊？"

姑姑和侄女演的这一出双簧，让何向东郁闷。人在困惑的时候，往往看不清方向。回到家，父母也闷闷不乐。他还得安慰父母别担心，自己会处理好这一切的。

妈妈不乐意，说："有什么好处理的？天下没有姑娘了？我警告你，就是不允许你跟刘淳交往。"

何向东求救般看着父亲，父亲的表情很复杂，仿佛在说，我也不同意这门婚事。

何向东绝望了：父母都不同意，该怎么办？先缓一缓吧，让大家都冷静下来。

二十二

王晓源开启化疗第二个疗程，反应剧烈，白细胞下降厉害，呕吐、脱发，不是晕晕沉沉，就是呕天吐地，不能带大家练习太极拳。李锦平调整了药物剂量，用了“升白药”，副反应才慢慢减轻一些。

这日早上洗漱，王晓源拿起镜子，吓了一大跳。虽然有心理预期，但她没有想到会变成这样：头发所剩无几，稀稀拉拉在脑袋上飘扬；面容苍白，像涂抹了一层石灰水；身体消瘦，像被刀子刮去了一层肉，以前总想着要减肥，现在瘦得连自己都不敢认了。王晓源愤怒、绝望，将镜子摔个稀烂，捂脸大哭。

李锦平正在查房，听到哭声，赶紧奔过来，见到一地碎镜子，他全明白了。他一把抱住王晓源，心疼地说：“晓源，咱们不哭，好好治疗，相信我，一定有办法治好你的病。”

王晓源想甩开他，可是，她已经没有力气挣扎了。唯有哭泣，发泄不满和压抑。李锦平劝道：“晓源，坚强起来。高峰还在等着你的好消息！”

在王晓源心中，儿子李高峰是她最大的牵挂。儿子不长大，她也不能死！听说儿子在等她的好消息，她的哭声慢慢变小了，从号啕大哭到嘤嘤呀呀，李锦平顺势将她抱到病床上，为她擦干眼泪。

病区里，恐怖的情绪在慢慢弥散。李锦平和黄学倩商量，消极情绪对病人的治疗有恶性引导。黄学倩说：“恢复练习太极拳，或许会让大家的心情好一些。”

黄学倩看王晓源练习太极拳，自己回家找来视频练习，觉得身心舒坦了。她走出了不幸的阴霾。她是一个要强的女人，不会轻易被困难击倒。

病区恢复了太极拳练习，每次练习半个小时，决不拖延。黄学倩一招一式地教，大家一招一式地练，有模有样。她不强求大家练到第几招第几式，只要大家能出来活动，就证明生命还在。人间虽有苦难，有病痛，但决不能被吓到。信念在，希望就在。

王晓源多想去练太极拳！可是，她连呼吸一下，身上都是痛的。患病之后，她已经体验过无数种痛，隐痛、酸痛、胀痛、剧痛、绞痛，每一次痛，都生不如死。

李锦平默默地坐在办公室，冥思苦想，如何化解王晓源的痛苦？可是，除了止痛药，他没有更好的办法。王晓源面无表情地进了办公室，对李锦平说，想去剃头发。那几根头发，比没有还难看，很扎眼。李锦平理解她的心情，说："稍等一会儿。我先去买个假发。"

狭长的道路，笼罩着落日的余晖。这余晖，像刀子一般，斜切进道路的心脏。他们小心翼翼地避开众人的目光，走进了医院斜对面一家偏僻的理发店。店主是五十多岁的男子，他开理发店十来年，见得多，大多数化疗后掉了头发的人，都是这个时候来理发。

这是城郊接合部一条很不起眼的小里弄，巷子很窄，大多数是两三层楼的民居，这里的房子建于二十世纪八十年代，二十到三十平方米不等，房间摆设简陋，租金也相对便宜。这里，租住着许多来看病的人。有的是为了排队看上专家号，在这里临时租住几天，有的是得了肿瘤，做放疗不需要住院，就租住在医院旁边。每一个租户，都有自己伤心的故事。

从一头秀发到毫发不剩，王晓源的内心涌过一阵酸楚。她认真打量镜子里的自己，然后叹息道："剃尽三千烦恼丝，但愿今后只剩快乐！"

李锦平看见她眼里的泪花，只是她努力不让它们从眼里掉下来。

店主说："李主任，我认识你。你可能不记得我了。我十年前在你那里住院，现在病情很稳定。今天免费，就当我感谢你的救命之恩！"

李锦平认真打量着店主，店主笑着说："李主任，想不起来不要紧，我记得你救过我的命就行！"

李锦平坚持要付钱，他说："你也不容易，苦苦支撑这一家小店，这钱，我一定要给。"

店主说："李主任，没有你，我命都没有了，还谈什么钱？这点小钱能干什么？我表明自己的身份，是告诉弟妹，坚持下去，李主任一定能找到办法，治好你的病。"

王晓源没有说话，接过李锦平递过来的假发，给店主一个勉强的笑脸。

这条街上，许多人在挣扎，他们生活在低处，是世间毫不起眼的尘埃。

从理发店出来，王晓源说想吃臭豆腐。这种著名小吃，她馋了很久了。

一路找下来，没有卖臭豆腐的。王晓源有些失望。这么一个小小的心愿，都不能如愿。

李锦平笑着说："没那么伤感，你等着，我知道医院后门有一家小店，臭豆腐味道纯正。"

王晓源有些累了，找了一条凳子坐下，静静地等李锦平。臭豆腐好吃，加点萝卜，配点蒜蓉，闻起来臭，吃起来香，那味道，纯正、地道，王晓源想起来都流口水。

李锦平急匆匆买来臭豆腐，品相很好，王晓源闻了闻，气味还是那个气味，小心吃一口，却"哇哇哇"作呕。王晓源伏在凳子上，李锦平轻轻拍背，王晓源本来没吃东西，胃酸都吐出来了，眼泪鼻涕一把一把，自己看着都恶心。

王晓源想不通，为什么连臭豆腐都吃不下？她悠悠地说："闻也闻不得，吃也吃不得，干脆死了算了。"

李锦平连忙将臭豆腐扔进垃圾桶，安慰她："扔了扔了，等过段时间再吃。"

王晓源俯下身子呕吐的时候，假发突然掉了下来，旁边的小女孩很奇怪，问："你的头发全部掉了，疼不疼啊？"

王晓源赶紧捡起假发，戴在头上，拉着李锦平，落荒而逃。

王晓源更加内向了，她一步也不愿意迈出房间。活着这么难受，为什么还要活受罪？她的精神几乎崩溃。然而，她还有李锦平，还有李高峰，还有父母老人，自己还不能走。咬着牙，也要坚持。再苦再难，也要坚持！

王晓源的痛苦，李锦平看在眼里，痛在心上。相濡以沫的爱人，决不能让她想不开。李锦平每晚都在医院陪她，除了抢救病人，他寸步不离。他变着法子哄她开心。告诉她，这个世界上，还有很多值得你眷念的人，你好了大家就好了。大多数时候，王晓源只静静地听着，偶尔望着窗外发呆。她总是拿着假发，轻轻地抚摸，就像抚摸自己的梦想，寄托着她的健康梦。

半夜，王晓源好不容易睡着，李锦平劳累了一天，昏昏欲睡，病区突然传来尖叫声。不好！李锦平第一反应是病区出事了。

循着声音跑过去，坏了！夜班护士巡查病区，发现姜力祥的病房被反锁了，这个反常的举动，让护士提高了警惕，赶紧拿钥匙开门，才发现锁孔也堵死了，护士年轻，从未遇到这种情况，吓得大叫起来。

李锦平意识到，姜力祥一心求死。他顾不得那么多了，一脚将门踹开，发现姜力祥用床单做成结，将自己吊在卫生间花洒上。李锦平站上凳子，用力将姜力祥抱下来。姜力祥已经没有了脉搏。李锦平照着姜力祥的心脏就是一拳，紧接着就是标准的胸外心脏按压。

晚上是夏晶晶值班，陪妈妈睡在病房。她也听到了护士的尖叫，迅速起床赶了过来。

经过李锦平坚持不懈的心肺复苏术，姜力祥恢复了心跳和呼吸。姜力祥醒来，见身边围了一圈医务人员，哀求道："李主任，你们让我死吧！"

姜力祥眼里的绝望，让李锦平看了心疼，他不忍心指责，一个人连死都不怕，指责还有什么意义？他尽量让自己语气平静下来，说："姜力祥，你上有老下有小，不要那么悲观！死对你很容易，但是你死了，你的家人还怎么活？"

姜力祥泪流满面，说："连死的自由都没有，我还有什么？我的家已经被我败光了，死了，他们就会少受折磨。"

李锦平知道病人内心的煎熬，也知道病人家属心中的痛苦。他自己有切身体会。此时，他只能安慰："姜力祥，大家都知道你心里的苦，但是每个人都有自己的难处。你的不幸，是患上了严重的疾病，而你又是幸运的，你的孩子很有出息，你们家的苦难也即将结束。你还是抗癌基金会援助的第一位患者，大家对你都很关心，你一定要珍惜自己的生命，千万不能做傻事！"

姜力祥别过脸去，不再愿意说话。李锦平故意大声叮嘱值班护士："注意观察姜力祥的一举一动，五分钟巡查一次病房。"

夏晶晶主动提出，做姜力祥的特护，今天晚上就守着他。李锦平点头同意，说："做好防护，将病房里多余的被子、床单、锐器都收拾干净。"

姜力祥这次自杀闹出这么大的动静，许多病人和家属都醒了。王晓源刚刚入睡，也被吵醒了。她站在姜力祥病房门口，盯着李锦平一系列抢救，想，我绝不自杀，我要活下去！

李锦平看到王晓源，伸手牵她回到自己病房。两个人心情压抑，都没有睡意，却不知道聊什么。就这么坐着，相互看着，希望时光停住脚步，让他们多些时间在一起。坐了一会儿，李锦平小声地说："晓源，睡吧。明天要做检查，早点儿起来抽血。"

王晓源叹息道："为什么世界上会有这么多疾病和灾难？为什么偏偏是我们这些人得了这种病？"

李锦平说："晓源，不要想这么多。你要相信我，相信我们的团队，一定会治好你的病。安心睡觉。"

帮王晓源脱下外衣，看着她睡下，李锦平却失眠了。

年轻的时候，李锦平刚当肿瘤内科医生，着眼点在病身上，不太关注病人的家庭、情绪和压力，一门心思研究医疗技术，总是期望将病治好。后来，接触的病人越来越多，医疗技术也越来越好，被大家称为"专家"，他开始慢慢关注疾病重压下人的内心世界，人的社会背景，这些因素对病情有着非常重要的影响。

他知道她在装睡。她均匀的呼吸声乃至小小的鼾声，才证明她已经熟睡，否则，都是装睡。她一定是不忍心他过多操心，想给他传递坚强的信号。

李锦平握住王晓源的手。她的手冰凉，他将被子扯过来，把她的手盖严实。李锦平感觉到，她的身子在抽搐。李锦平紧紧握住她的手，恨不得将她的痛苦全部承担。夫妻一场，生生世世的爱何其艰难！然而，谁又能放弃？许多肿瘤病人，都在苦苦煎熬。这个世界上，不说爱情不易，很多时候，连死都不易，就像姜力祥说的，连死的自由都没有了。

李锦平抽出手，抱住王晓源，耳语："晓源，别哭了，安心睡觉！"王晓源紧紧抱住李锦平，任由泪水冲刷她的脸庞。这一刻，再多的痛苦和纠结，再多的苦难和纠缠，都无法让她放弃最宝贵的生命。

夏晶晶主动申请给姜力祥做特护，目的是想彻底打消姜力祥自杀的念头。否则，今天救了他，某一天的某一刻，他又会用其他的方法结束自己的性命。

夏晶晶知道姜力祥没睡着，问："姜大哥，你为什么要用这种极端的方式？你这样做，最痛苦的人是谁？"

姜力祥不语。他心里当然明白，最痛苦的是自己的亲人。没听到姜力祥的回答，夏晶晶又沉默了一会儿，说道："我知道你没睡着。我也知道，你最不愿意麻烦别人。可是，我告诉你，今天你如果成功自杀了，我们科室里的直接责任人，包括我这个值班医生、夜班护士、二线班医生和李锦平主任，都会受到严厉的处罚，你忍心让我们受处罚吗？"

姜力祥还是不说话。他一辈子不害人，老老实实，不愿意看到医生护士平白无故受牵连。

夏晶晶知道，姜力祥听进去了。她又试探性地问：“姜大哥，你这辈子最开心的事情是什么？”

姜力祥这次没有沉默，说：“当然是将儿子培养成人。儿子很优秀，读高中和大学都是保送的。我儿子小时候很调皮，偷瓜摘豆挖红薯，没有一次少得了他。”

姜力祥的语气很自豪，夏晶晶乘势追问：“你打他吗？”姜力祥说：“不打。我儿子很聪明，只要我骂他，他都会改。打孩子干吗？他懂事了，就不会去干那些事了。我老婆打孩子，每次我看到了，都护着孩子。”

夏晶晶笑了，说：“看不出你还挺护犊子啊。”姜力祥不好意思地笑了，说：“孩子是自己的，我不保护谁保护？”沉默了一会儿，姜力祥又哭了：“今后，要靠他自己了，我再也保护不了他了！”

夏晶晶说：“今后，该他保护你了。你只要养好了病，就是对孩子最大的帮助！”

“以后，我要为孩子活下去，不能给他增加负担。”

在肿瘤内科病区，每一次负面事件都会影响到住院病人情绪的波动。周达善也面临同样的问题，不能吃东西，化疗的副作用大，白细胞降得快，头发也快掉光了。

一个曾经在商场上顺风顺水的人物，走到今天这一步，他确实很沮丧。只要自己不变成一个笑话，就是他这辈子最好的结局了。虽然自己不争气，但有一个争气的儿子，有一个离婚还来管他的前妻，是他的幸运。

夜深人静之时，是最容易伤感的时候，周达善又有一股站上阳台的冲动。仙山峰上的路灯穿越城市的睡眠，抵达城市的柔弱深处。湘江河毫无顾忌地流淌，流淌成时间的风景。周达善在阳台边徘徊，在生死边缘苦苦挣扎，若不是陈瑾利和儿子支撑着他，他不知道自己该怎么办。如果现在这么一跳，是不是完成了这辈子最英勇的壮举？也许，自己认为的壮举，只不过是人家茶余饭后的蔑视。他打了一个寒战，收回了脚步。

断了这个念头，一切复归平静。这只是暂时的平静。没有永远的永恒，只有永远的暂时。

二十三

刘淳已经有一段时间不理睬何向东了。这期间，他去找过刘淳，试图重归于好，也曾试图改变妈妈的看法。

刘淳说："等你妈妈完全接受我了，我再来。"

妈妈则说："宁愿你一辈子单身，我也不接受她。如果你愿意娶她，你们就搬出去住。"何向东左右为难，两头受气，灰头土脸的。

刘翠英希望何向东能处理好双方的关系。她的意见是，先把结婚证给办了，再去做他妈妈的思想工作。刘翠英说："人都是你们家的了，她不能再说什么了吧？"

何向东犹豫不决，说："婚姻不是两个人的事，是两家人的事，得不到妈妈的祝福，家庭关系会很尴尬。"

刘翠英说："生米煮成熟饭，你妈还有什么好说的？你们家白捡一个媳妇，有什么不好？"

父亲也同意刘翠英的意见，说："你妈就是没转过弯来，老古董。事情都过去这么多年了，就算刘淳的姑父做错了，也与刘淳没关系！向东，老爸支持你！我就不信了，那个死老婆子还能翻出大天来！"

何向东从内心里赞成，他已经等不起了，再不结婚，就真的成钻石王老五了。于是，和刘淳商量，挑了一个黄道吉日，到区民政局将结婚证给办下来了。

大家原本以为，两个人办了结婚手续，是合法夫妻了，妈妈会接受刘淳了。谁知道，何向东妈妈性格执拗，以给何向东腾婚房为由，自己收拾几件衣服，去养老院了。

这一住等于与刘淳公开撕破了脸皮。刘淳只好将气撒到何向东身上："领什么结婚证呀！你妈这种态度，好像我刘淳是赖上了你一样！"刘淳说得咬牙切齿，眼泪汪汪。何向东和老父亲劝不住，只好请来刘翠英。

刘翠英一看这情形，对何向东的父亲说：“老何，我们两个去一趟养老院，将你老伴儿接回来。看样子，她心头的这个结，拧巴太紧了。”

何向东说：“干脆我们四个人一起去，淳儿也不要躲着，我们是晚辈，一起把妈接回来。要不然，她心里这个结解不开，日子就会过得很别扭。”

何向东说得有道理，大家就往养老院出发。这家养老院条件不错，环境很好，收费不菲。何向东不心疼钱，而是心疼妈妈，有家不住，偏要怄气住养老院。

养老院俩人一间，参照学校管理模式，生活能够自理的老人，都是按时起床，按时吃饭，宿舍物品摆放要成一条直线，不准乱扔乱放。

何向东的妈妈一时在气头上，来这里住了之后，就后悔了，她特别忍受不了两个人住一间房，要求住单间，人家不答应，说没这么多房间。

跟她住的老太太，没有不好，很讲卫生，把房间里收拾得干净利索。可她就是觉得别扭，难受。她嫌人家吃饭咂巴嘴，声音大；嫌人家睡觉打呼噜，第一个晚上就没睡着；嫌人家放屁太响，上卫生间的时间太长……

在何向东妈妈眼里，人家身上全是缺点，她自己身上都是优点。刚来就跟同室合不来，心里难受。其实，她早就盼老伴儿过来接她回家了。

可是，老伴儿来接她的时候，她又开始端着架子，不正眼看人。何向东拉着刘淳的手，说：“妈，我和刘淳，爸，还有姑姑一起来接您回家。”

说完，示意刘淳喊妈妈。刘淳大大方方喊了一声“妈”，老人却故意不看刘淳，只看天花板。

刘淳觉着别扭，想松开何向东的手，何向东拽得太紧，她尴尬地站在原地。

刘翠英说：“亲家母，我知道您心里有气。但是，事情过去这么多年了，刘淳嫁到你家了，过不了多久，你们就能抱孙子了。您这样，让晚辈怎么做人呢？”

老太太脾气是倔了点，可是听到马上要抱孙子，脸色就慢慢和煦了，内心的壁垒轰然倒塌。

她看着老头子，问：“我的房子，你们没动我的吧？”

老伴儿知道有戏，赶紧说：“没动呢！您不在家，谁敢动啊！走吧，死老太婆！”

这句“死老太婆”将大家都逗笑了，一家人在一起，才有和美的日子。

气顺了，心齐了，何向东感受到了家的温馨。他在想，要不要请科里的同事来家里吃个饭，宣布一下结婚的喜讯。

何向东结婚的消息，让大家意外，也高兴。到了这天，何向东家聚集了一大帮子人。喜气盈门，喜糖吃过，喜酒喝过，祝福的话说过，何向东的兰花欣赏过，大家就陆陆续续回去了。

忙活一天，大家都累了，早早上床歇息。半夜，何向东却被科室的电话惊醒了。新婚之夜，是团圆的日子，是享受鱼水之欢的时候，何向东却要去给病人做手术。刘淳抱住何向东撒娇，不让他走。

何向东心急如焚，抢救病人，一刻也容不得耽误，却不能生气，连哄带骗，才将刘淳安抚好，起身奔向医院。

何向东一到导管室，就看到一个头发花白的妇人，在门口来回走动，焦急地搓着双手。这个身影好熟悉。何向东一下子就想起来了：她早几天来过。

那日，何向东出门诊，就是她陪着丈夫来看病的。那时，她丈夫牙痛，本来是到医院来看口腔科的，可是口腔科医生看完之后，觉得不是牙痛，而是心绞痛！马上将病人带给何向东看。何向东第一感觉，这个病人是心绞痛。问过病史，测了血压，开了检查单，病人的牙疼却缓解了。病人不理解，说话很难听：“我是牙痛，怎么要做心电图？欺负我们不懂？我们打工赚钱不容易，你们当医生的，不要吓唬我们。”

何向东解释：“您这个病，太像心绞痛了，要重视。”病人激动地说：“你看，我牙齿不痛了。有的医生真没医德！”何向东劝道：“你先别急着走，我跟你说说，为什么心绞痛的先兆是牙痛。”

病人脾气火暴，斥道：“别说了！我是农民，听不懂。你也别骗我，我的钱是辛苦赚来的血汗钱。”

看着夫妻俩的背影，何向东有一种想把他拉回来的冲动。自己受点委屈和误解不要紧，他担心病人心绞痛发作，致命！何向东终究还是没有唤回他们。决绝的背影，让他不寒而栗。妇人看到何向东，将脸转过去，装作没看见。

何向东明白她的心思，径直进了导管室。向姝琳值班，已经做好了准备。值班医生已经给病人注射了显影剂。显示屏上，病人前降支有一处大斑块，血管狭窄百分之九十，回旋支狭窄百分之八十。整个心脏血管，看起来就像猪肠子一样，疙疙瘩瘩。

何向东倒抽一口冷气，这样的血管，不迅速开通，会要命的。何向东穿上铅衣，消过毒，站上手术台，就像将军下达命令一样，说了声："开始！"

何向东小心操作，动作娴熟，导丝顺利抵达前降支堵点。何向东将一枚支架小心送进去，支架在前降支内壁找到着力点，缓缓撑开，血液唱着歌，像洪水般奔涌而去。病人冰凉的手、脚开始有了暖意，嘴唇恢复了红润。他得救了！

何向东的心情却很沉重。要是能在第一次来看病的时候，就住院手术，不会付出这么沉重的代价！

何向东对妇人说："你老公心脏有两个堵点，我们今天只是将他最重要的一根血管开通了，另一根血管，要一周之后才能再次做支架置入。"

妇人愣住了。她没想到丈夫的病这么严重。他们来城市打工，希望能赚钱在老家盖房子。儿子马上要结婚，房子没着落，心里着急。

妇人怯怯地问何向东："何主任，这个病要花多少钱？"

何向东说："费用可能有点多。要到ICU观察一段时间，度过危险期，才能回到病房。"

妇人的眼泪哗哗流下来了，央求道："医生，下一个手术能不能不做？我们真的没这么多钱，负担不起！"

何向东一字一顿对妇人说："命永远比钱重要。下一个手术如果不做，今天的手术白做了。你明白这个道理吧？明天把你孩子叫到医院来，我和他谈一谈！"

妇人眼神空洞，她的失望和担忧可想而知。她一门心思想赚钱盖房子，娶儿媳妇，没意识到丈夫的病凶险如虎。

何向东看看时间，凌晨四点半。这个时间点，刘淳肯定早就睡熟了。自己只能到科室值班室待一个晚上。

翌日，病人的儿子来到医院，何向东给他做了一堂心脏病知识的健康科普。

何向东拿出心脏模型，问道："你知道心脏长什么样吗？是干什么用的吗？"

小伙子很自信，说："当然知道啊。心脏就是泵血的！"

何向东继续问："你知道心脏是如何泵血的吗？"

小伙子被问住了，不好意思地摇头，说："不知道。我只知道自己的心脏还在跳，就足够了！”

何向东说：“对的。作为普通人，知道自己的心脏还在跳动就行了。可是，你父亲不一样，他的心脏已经病得很重了，一不小心，他的心脏就会停跳。你意识到问题的严重性了吗？”

何向东指着心脏模型上的前降支，又说：“昨天晚上，我们给你父亲的心脏安装了一枚支架，撑起了他的这根血管。”

小伙子点点头，说：“谢谢！”何向东把手指移向回旋支，说：“先不急着感谢。你父亲这根血管，也堵得厉害。昨天考虑到你父亲的身体状况，没装支架。但是，一周以后，还是要安装支架。”

小伙子的表情严肃起来，问：“不装行不行？”何向东坚定地回答：“不行！如果不装，你父亲的心脏就废了。什么后果，你应该清楚。”小伙子说：“医生，我们没这么多钱，怎么办呢？”

何向东表情更严肃，说：“小伙子，我听说你父母来城里打工，是为了给你准备婚房。如果你父亲放弃治疗，你觉得结婚有意义吗？”

小伙子急切地说：“医生，我明白了。我可以和女朋友商量推迟结婚，但是，我父亲的病一定要治好！你放心，我现在就回家筹钱。”

小伙子虽然没有读多少书，但这些朴素的道理，他还是懂的。他不能自私到为了结婚而不顾父亲的死活。

何向东起身，去了ICU，病人恢复得不错，就将他转到了心内科病房。这个病人家庭情况特殊，ICU的费用很贵，何向东担心病人没钱。作为医生，他不但要学会治病，还要学会算账。替病人算账，为病人省钱，是医生最崇高的道德。

病人看到何向东，连声道歉：“医生，我现在才知道你是为了我好。我向你道歉！”

何向东笑笑，说：“没关系！你们的误会，我也不是第一次遇到。很多人不懂医学知识，一到医院，听说要检查要住院，就抱怨。你们的心情可以理解，但这种做法不可取。你们要对自己的身体负责！”

忙完这一切，快中午了，何向东想起，他出门的时候，是半夜三更，一直没给家里去过电话，赶紧给刘淳打电话。刘淳的声音懒洋洋的，说：“忙完了吧？这会儿才想起我，你说，错了吗？”

何向东停顿了一下，说：“对不起啊，昨天晚上抢救一个病人，太晚了，就没回去了。”

“今天早上，我本来是想给你送碗鱼粉去的，哪知道你连电话都没给我打一个，就没送了，看你多久能想起我。”

何向东忙道歉：“老婆大人，我错了，以后一定及时给你打电话。”刘淳突然笑起来，声音生生脆脆的，像铜铃一般，洒满何向东的耳朵：

“你这个傻子，你把门打开，老婆大人到了，赶快接驾。”果然，刘淳仙女一般站在他的面前。她带来的不是鱼粉，而是中饭。香喷喷的，饱含深情。何向东接过饭，关了门，一把将刘淳抱在怀里：“谢谢老婆！”

刘淳挣脱何向东的拥抱，说：“快吃饭！我敢肯定，你现在还没吃早餐。”

何向东说：“知我者，夫人也！”

刘淳走到窗台，看到春兰长出了新枝，好生高兴：“向东，这盆花长新枝了。怎么会在这个季节长新枝？”

何向东打趣道：“嗯，这叫起死回生。你老公不但会给人看病，还会给兰花看病。”

“嗯？这么说，这盆兰花是生病了吗？”刘淳好奇地问。她第一次听说兰花还会生病。

何向东故意卖弄关子，道：“当然了，你如果想听，喊三声‘老公万岁’，我就讲给你听。”

刘淳说：“甭想！老婆万岁还差不多！”

何向东求饶道：“老婆大人万岁。我讲给你听，我是怎么给兰花治病的。”

原来，兰花在盛夏之际，出现了黄叶和枯叶。兰花的叶子如果枯黄，说明生病了。何向东仔细端详这盆兰花，只见兰花失去了往日的生机，蔫蔫的样子。他曾经听养兰花的高人说过，大暑时节，兰花容易烂根。怎么办？何向东就像查病例文献一样，查兰花治疗的知识。

人家讲的是理论知识，他要自己实践。他买来剪刀、花肥、杀菌药、高锰酸钾，自己动手抢救兰花。

何向东将兰花从盆子里倒出来，将泥土用报纸摊开，撒进高锰酸钾，摆放在阳台上暴晒杀菌。

何向东仔细观察兰花根茎，发现有些地方发黑，有些地方腐烂了，他像做支架植入术一样，将腐烂和发黑的根茎小心剪干净，打来开水，一半将花盆冲洗干净，待另一半开水凉了，按千分之一的比例把多菌灵倒进去，把兰花泡一个下午，下班的时候再取出来，晾晒两天。他去花鸟市场，买了碳化松树皮、橡树皮、珍珠岩、碎石子、羊粪，待兰花根茎干了，再将兰花种下。

最后，何向东得意地说："你看，兰花如人，一定要真心呵护，才会祛病强身。现在，这盆春兰又活过来了。"

刘淳不知道，种兰花有这么多讲究，撒着娇问何向东："你对我，会像对兰花一样细心吗？"

何向东说："小傻瓜，这盆栽，哪有我夫人珍贵！"

刘淳噘嘴说："说得好听。不管什么时候，病人都是第一位的。我就排第二吧，认命了。"

这时，刘淳的电话铃声大作，刘淳一看，是李锦平的。刘淳嘀咕道："什么事？存心不让我舒舒服服休婚假！"

二十四

且说刘淳接到李锦平电话，心急火燎赶到肿瘤内科。李锦平见到刘淳，开门见山地说："金奥韦转到肿瘤内科了。"

刘淳感到无趣，说："我知道，她手术挺成功，转过来很好。"李锦平说："我是跟你商量另外一件事。有一个国家成立了儿童质子治疗中心，我想送她去接受质子治疗。"李锦平查过文献资料，目前，治疗髓母细胞瘤最先进的手段，就是质子治疗，五年存活率超过百分之九十。

刘淳迟疑着，问："费用多少？"

李锦平说："具体不知道，据说一个疗程要四万。一共要治疗三个疗程。"

刘淳笑着说："不算贵。你至于这么急吗？"

李锦平说："四万欧元。"

刘淳的笑容僵住了，这么短的时间，这么大一笔经费，不是她能做得了主的。她问："质子治疗是个什么东西？"

李锦平说："质子治疗简单来说，就是一种放射治疗计划系统。原理很复杂，简单来说，就是一种带正电荷的粒子，以极快的速度、短时间内杀死癌细胞，且不影响正常细胞和健康组织。"

刘淳不懂质子治疗的原理，但她知道这个治疗对金奥韦有效，如何帮助到金奥韦，又不违规，是她需要考虑的问题。她脑袋里迅速计算，三个疗程费用，林林总总要一百多万。

刘淳疑惑地问李锦平："你确定有这么好的疗效吗？据说，髓母细胞瘤的治疗非常棘手。"

李锦平信心满满，说："确定有这么好的疗效。请你相信我！"

刘淳说："就算基金会能全部承担她的治疗费，还有路费、生活费、住宿费，怎么解决？"

李锦平想让基金会解决全部费用。

刘淳摇摇头，说：“基金会只资助在市人民医院肿瘤内科住院的患者，如果无限度扩大使用范围，这点钱远远不够。”

李锦平跟刘淳急了：“你就不能通融吗？人命关天的大事。”

刘淳也急，说：“这些规矩，是基金会章程规定的，我不能违反。还有许多病人，等钱救命，我们不能冒险。”

李锦平努力让自己冷静下来，用几近哀求的口吻说：“我替孩子求求你！”

刘淳说：“我不能私自做主，必须征询发起人的意见。”

这时，金奥韦的妈妈推开门，“扑通”一声跪在刘淳面前，声泪俱下求她：“刘总，我求您开开恩，救救我的女儿！”

刘淳赶紧将她扶起，说：“您先起来，我们可以想其他办法。”

女人哀求道：“刘总，如果您同意救我的女儿，我自愿放弃基金会的救助，把机会让给她！”

面对两难选择，刘淳无可选择。她接受不了道德绑架。

术后三十六天是最佳治疗时间，时间紧迫。刘淳要跟姑姑沟通。刘翠英要特事特办，紧急召开会议商量。

会议的结果令人振奋。基金会的规矩不能坏，但几位出资人，愿意在基金会之外，另外出一笔爱心款，用于金奥韦接受质子治疗。谢铭莱的哥哥，还登门拜访了儿童肿瘤质子治疗中心的负责人，联系好了后续问题。刘翠英从公司拨付一笔经费，专门建立一个账户，供金奥韦专用。

有了费用保障，金奥韦赴国外治疗行程指日可待。眼见女儿有救了，父母的心情可想而知，他们见到肿瘤内科的医生护士满脸笑容，对李锦平更是感激有加。

金奥韦出国治疗这一天，李锦平和黄学倩都去机场送行。他们希望可怜的小姑娘能早日好起来，希望爱心能创造生命的奇迹。

回程的路上，李锦平接到夏晶晶的电话，金奥韦的妈妈留下一封信，离开了医院。

急匆匆赶回科室，女人的信，整齐地摆放在床头柜上。

这是一封绝笔信：

衷心感谢李锦平主任、夏晶晶医生、黄学倩护士长，以及全体爱心人士对我、对我闺女金奥韦的治疗。这些天，给大家添了不少麻烦，女儿出国治疗，我也放心了。我不能再给你们增添任何负担和麻烦。我走了，如果有来世，再报答各位好心人的大恩大德！

这封信，振聋发聩。是一个妈妈对女儿的殷切希望，是一个妈妈给女儿留下生的希望。

李锦平含泪看完信，第一个念头就是，报警！

警方找了一天，在湘江河下游很远处，才找到她的遗体。

一条活生生的生命，一个被癌症折磨的生命，消失了。也许，对她本人是解脱。不用再忍受癌症的折磨，忍受化疗的副作用，忍受绝望。

夏晶晶一阵失望、心痛和悔恨。她原本想到要特别注意金奥韦妈妈的动态，特殊时期，特殊的病人，她却忙着给姜力祥做介入治疗，忽略了金奥韦妈妈的感受。任何一个简单的忽略，带来的都是不可预料的后果。

姜力祥肝脏出血已经得到缓解，达到了介入填充止血的标准，她和李锦平商定好了治疗计划，今天开始为姜力祥实施介入治疗手术。

肿瘤介入治疗和心脏介入治疗恰恰相反。肿瘤介入治疗是要将肿瘤供血的血管堵住，心脏介入治疗是要把为心脏供血的冠状动脉撑开。

大家尽力隐瞒金奥韦妈妈失踪的真相，可是，周达善知道了，王晓源也知道了，肿瘤病区蒙上了一层悲剧色彩。

黄学倩不能任由消极情绪蔓延，她给病人做思想工作，要求护士仔细观察，想办法活跃科室的气氛。她跟王晓源商量，要不要恢复太极拳教学。

黄学倩的想法，与王晓源不谋而合。依然由王晓源负责带教。音乐响起，能下床活动的病人，纷纷走出病房。大家心里都清楚，打太极拳是安抚心情。

王晓源缓缓运气、出招、呼吸，一招一式，像模像样。大家跟着学习，跟着做，至于动作是否到位，能否掌握动作要领，这些都不重要。重要的是，把大家集合到一起，将心思分散开，让大家动起来就好。

周达善学得最认真，用心领悟一招一式的要领。这几个月，周达善完全变了一个人。前妻对他的照顾，是他这辈子最大的福分，他非常珍惜。周达善向陈瑾利忏悔，说：“人只有落魄了，无路可逃了，才能想起别人的好。我的前半生，太不会珍惜了，才落得今天这个地步！”陈瑾利笑了，说：“你终于能想通这些问题，我很开心，相信儿子也会很开心。”周达善说：“今后，你不用每天来医院了，我会照顾好自己。哪天，我不行了，我会让黄护士长给你打电话，让儿子来给我送终就行。”陈瑾利一本正经地制止：“别胡说八道！”周达善被陈瑾利呵斥，内心反倒很高兴，他知道，陈瑾利终于肯原谅自己了。陈瑾利问道：“知道我的装修公司为什么起名‘洞见’吗？”周达善问道：“为什么叫洞见装修公司？”陈瑾利说：“还不是因为你！我希望你早日洞见世事，洞见人心。可惜，那些年你执迷不悟。”周达善长叹一口气，眼泪倏忽而下。

周达善决心好好地活下去。可是，治病不是喊口号。如果靠喊口号，就能将癌症喊走，该多么好！他要依赖李锦平，依赖肿瘤内科的每一个医务人员，积极配合治疗。他希望，一切都还来得及。

打太极拳的时间，是快乐的。大家的情绪得到了调节，心情逐渐明朗起来。不管遇到多大的困难，即使是面对死亡，也要微笑。

打完太极拳，周达善找到谢铭莱，说：“小兄弟，我看你对父亲尽心尽力，也算是个孝子。我今天要指点你一条发财的明路，你干不干？”

谢铭莱对周达善的印象不好，但人家主动找到他，不好驳了人家的面子，漫不经心地问道：“周老板有什么高见？”

周达善说：“我曾经和江景花园项目部签了一份铝合金供货协议，年底合同要到期，我想由你继续完成这份供货合同。我估算了一下，最少有几十万的利润，让给你了。”

谢铭莱说：“这事不太靠谱。你住院这么久，人家不告你违约就算好事了。”

周达善被谢铭莱这句话点醒了，赶紧向夏晶晶请假，一定要带谢铭莱去江景花园项目部，继续履约。

一到江景花园开发项目部，项目经理愣住了：“周老板，你这是从哪里钻出来了？”

周达善努力挤出笑容，说：“兄弟，我今天是来履行合同的。我们的铝合金已经准备发货了。”

项目经理止住笑，说：“我找了你好几个月了，铝合金如果还不来，我的项目就要停工了。越快越好！”

周达善满意地笑，握住项目经理的手，笑着说：“这才是好兄弟！”项目经理说：“我都要急死了。赶紧发货！”出了项目部大门，周达善一掌拍在谢铭莱肩上，得意地说：“看到没，这才是哥们儿。赶快组织货源，发货吧。”谢铭莱说：“我哪有这么多钱啊？我没看到过合同，没有资金，没有货源，做不了。”

周达善急了，说：“我是被你的孝顺感动了，才给你赚钱的机会。你以为我做不了？货源，我有现成的，拿到钱再结账，这等好事，你做不做？”

谢铭莱半信半疑，问：“还有这样的好事？”

“我要不是生病，能给你捡这个便宜？我本来是想让陈瑾利去做，可是她向来独立。”周达善说，“我们一起做，赚了钱对半开，你只要跑腿，跟车押货，居中联系就行了。”

谢铭莱这才放心，问：“来回要多久？”

周达善说：“最多五天。”

谢铭莱说：“这么多天不在我爸身边，他会着急的。”

周达善戳着谢铭莱的脑子，说：“请护理员照料几天。”

谢铭莱说：“就怕老父亲着急，向我哥告状，我就惨了。”

周达善无耐，说：“这也不行，那也不行，你活该是个穷苦命。算了，就当我没说过。”

回到病房，谢铭莱盘算，这事还是靠谱。他跟老父亲商量，老人不同意，理由是天上不会掉馅饼，地上才会踩陷阱。

谢铭莱只得告诉周达善，他干不了。周达善叹息：“你真的不是发财的料！白送钱给你都不要，活该你穷！”

被周达善这一声骂，谢铭莱男子气概被激起来了，说：“去就去，谁怕谁啊！”

当夜，他悄悄启程，做铝合金生意去了。周达善有意帮他，让他走出困境，可谁知道，谢铭莱这一去，把命都搭进去了。

谢铭莱到达供货单位，马上组织装车。一路上都很顺利，可在快到的时候，货车突然爆胎，掉进十多米深的山沟。

周达善被吓蒙了。说好的不做，怎么会又生出事端？他只得打电话告诉陈瑾利实情。陈瑾利不敢隐瞒，赶紧告诉黄学倩，让她一起想办法救人。黄学倩思来想去，跟陈瑾利商量：“告诉谢铭莱的哥哥。”

谢铭莱的哥哥正在儿童质子治疗中心看望金奥韦，接到弟弟的噩耗，五内俱焚。将事情原委了解清楚，他和大哥急匆匆赶回国。

谢铭莱刚离开，谢金韵就急切地找儿子。他这个儿子，从来不离开自己，怎么会突然不见人了？谢金韵问李锦平，问夏晶晶，问黄学倩，得到的答案都是不知道。

他想到了周达善。可是，周达善矢口否认，坚称自己不知道谢铭莱的下落。谢金韵六神无主。

想了半天，谢金韵坚信周达善知道儿子的下落，坚持找周达善问个清楚！他拖着虚弱的病体，举着造口袋，来到周达善的病房，用尽力气质问周达善："你今天不说出我儿子的下落，我就死在你面前！"

谢金韵以死相拼，周达善被逼说了实话。听说儿子没了，谢金韵顿时晕倒过去，吓得周达善赶紧叫医生。

李锦平和黄学倩都听到了周达善的呼叫，迅速赶到病房，将谢金韵抬到抢救室。然而，一切都无济于事，心脏永远停止了跳动，无论李锦平如何挤压、如何除颤，都无法让心脏再次跳动，李锦平不得不宣布谢金韵抢救无效死亡。

这是残忍的一幕，让人不堪重负。李锦平心力交瘁。每一次抢救他都竭尽全力，可是，并非每个病人都那么幸运。对那些救不回来的病人，他的内心充满了歉疚感。

谢金韵的死亡，是晚期癌症患者受到精神打击之后，引起心脏骤停的典型病案。李锦平希望，每一个医务人员都要记住，晚期癌症患者的心脑血管系统都非常脆弱，遇到精神刺激和生活打击，随时会发生意外，非常凶险。

周达善目睹谢金韵的抢救过程，整天躲在自己病房里，不愿意出来见人。他自责，如果不让谢铭莱去押运铝合金，就不会发生意外，谢金韵就不会死。自己才是杀人凶手！这次，是两条人命！

陈瑾利来病房，瞪着周达善，厉声质问："你说过不再作的，为什么要去作？两条人命，你说怎么办？"

周达善不知道该怎么办。本来想赚钱，谁知道会发生悲剧？周达善躺在病床上，木然地盯着天花板，一言不发。

陈瑾利说："我听黄护士长说，谢金韵两个儿子已经从国外赶回来了，你赶快想办法，能用经济补偿的，不要犹豫。"

周达善说："人家有的是钱，怎么会看得上我这点小钱？等他们回来，我就老老实实认错，他们想怎么样就怎么样，反正我是要死的人了。"

周达善一副死猪不怕开水烫的嘴脸，让陈瑾利很反感，她将他的脸掰过来，说："看着我！你这是解决问题的态度吗？人家一下子失去两个亲人，你要拿出态度来。”

周达善盯着陈瑾利，问：“你说我该怎么办？难道要我以命抵命吗？”说话间，周达善的癌痛又开始了。先是一阵一阵，针扎一般，稍微缓解一点，不到两分钟，又开始痛，像一群鸡鸭在啄他的骨髓、内脏。他的额头冒出了冷汗。陈瑾利冷冷地说：“痛死活该！叫你作，让你作！”

不大一会儿，周达善感觉像千万把刀子在身上剐肉一般，骨头上剐一刀，肚子里剐一刀，痛得他大汗淋漓，在床上翻滚。陈瑾利见情况不对，不像是装出来的，赶紧用呼叫器呼叫医生。

夏晶晶赶过来，见周达善是癌痛，开了一支吗啡，让护士给他肌注。打了吗啡之后，周达善的疼痛慢慢缓解了。陈瑾利打来温水，为周达善换下衣服擦澡。陈瑾利一边擦澡，一边埋怨：“有时候你真的太可恶，恨不得你死了算了，你痛的时候，我又于心不忍。我是不是也像你一样作？离婚这么久，我完全可以不管你，任由你自生自灭，却不忍心让你一个人受苦。”

陈瑾利的眼睛红红的。周达善看得心疼，自己这辈子亏欠了这个女人，却没有能力弥补，如果有来世，一定要好好弥补，和她好好过日子。

为周达善擦完澡，陈瑾利说：“我走了。等谢家兄弟来了，我再来跟他们谈，赔礼道歉也好，赔钱也好，我担着。”

周达善感激地点点头。突然，他叫住陈瑾利，说：“你先去咨询一下律师，运输公司、供货方、施工方是否负连带责任？”

周达善讲了这么多废话，这句话却很在理，也算是留着后手。

科室不平静，王晓源情绪也不稳定，时好时坏，有时候对战胜癌魔充满信心，而一旦看到病区有人去世，又容易伤感。李锦平尽量抽出时间，陪在王晓源身边，尽量稳定她的情绪，希望她能心平气和地看待死亡，理性对待治疗。

科室的事，李锦平尽量交给夏晶晶处理。她现在已经成熟了，对科室管理也有热情，但一直不能被提升，管事不大胆，不干脆。几个年轻医生，不服夏晶晶管，李锦平就挨个儿找他们谈话，让他们支持夏晶晶的工作。他说：“你们支持夏晶晶，就是支持我，就是支持嫂子配合治疗。”

李锦平这样说话，年轻医生就有所顾忌。渐渐地，夏晶晶管理科室顺畅起来。夏晶晶分担了科室大量的管理工作，李锦平的时间慢慢充裕，王晓源的心情渐渐稳定下来。

二十五

隔日，谢金韵的两个儿子赶到了医院。李锦平和黄学倩出面接待了家属。刘翠英和刘淳也来了，刘家两兄弟是抗癌基金会的投资人，她们来看望慰问，也在情理之中。

他们先去了太平间，他们的父亲和弟弟，一起安安静静地躺在那里。两兄弟跪在父亲遗体前，泪流满面。父亲辛辛苦苦将他们养大，送他们出国念书，最后两兄弟都留在了国外，给父亲送终的机会都没有。

两个顶天立地的男子汉，哭得稀里哗啦，李锦平劝道："人死不能复生，你们节哀顺变！早些让你父亲和弟弟入土为安，才是正事。"

一行人出了太平间，赶往肿瘤内科，收拾父亲的遗物。老大是主心骨，说："我们赶来，就是来处理后事的。据说我弟弟的死，跟一个叫周达善的病人有关，我们想见见他。"

李锦平迟疑，道："周达善是胃癌病人。据我所知，这次你弟弟遭遇车祸，跟他没有直接关系。"

老二不服气，激动地质问李锦平："李主任，这么说来，这事和周达善没关系了？我弟弟就白白死了吗？"

李锦平虽然没有处理过这种纠纷，但医疗纠纷他还是见得多了，此时，不能激怒当事人。他说："我丝毫没有为周达善开脱的意思。"

李锦平说得在理，老大说："李主任的话有道理，我们不能在周达善身上纠缠太多，毕竟他没有制造交通事故。我看，造成交通事故的责任单位有三个，一个是货运公司，一个是供货方，一个是收货方，其中，责任最重的，就是货运公司。"

老二提议，说："此事暂时不能告诉妈妈，她年纪大了，接受不了。"老大点头表示同意，说："等处理好这边的事情，将妈妈带去跟我住一起。"

老二说："也好。我们先跟周达善接触一下，看看他有什么说辞。"

黄学倩赶紧拦住，说："周达善现在病情很重。这几天，他也很自责，昨天胃大出血，正在抢救。"

李锦平大吃一惊，周达善并没有胃大出血，更没有抢救，黄学倩为什么说这番话？

原来，听说谢金韵的两个儿子回来了，陈瑾利找到黄学倩商量对策。陈瑾利问了律师，此事责任主要在运输公司，发货方、收货方和周达善的责任都不大，希望周达善能积极面对，不要逃避责任。

黄学倩不同意。如果人家找到周达善，他胡说八道，赔钱就是陈瑾利的事？她不想让她吃亏。她说："我们先将周达善转到抢救室，这样就不适合见任何人了。"

陈瑾利善良，说："这是欺骗，我们不能这样处理事情！"

黄学倩补充道："瑾利，你想想，他们是从国外回来的，赶时间，怎么可能有时间找周达善？"

陈瑾利犹豫不决之际，周达善闯了进来，说："瑾利，我觉得黄护士长的主意不错。他们找我有什么用啊？我愿意搬到抢救室去。"

发现李锦平疑惑地看着自己，黄学倩像没事人一样，说："你最近太忙，周达善的抢救没有惊动你。"

夏晶晶对李锦平摇头，附在他的耳边说："周达善根本没有胃大出血。这是护士长编造出来的。"

李锦平不动声色地看着黄学倩，他没想到，她现在学会了用心计。她曾经那么单纯，为什么会变成这个样子？难道是因为吃了生活的苦？李锦平在内心感慨：人的变化，往往是在不经意间！

两兄弟无奈地摇头，收拾完父亲的遗物，匆匆地去了殡仪馆。事后，他们又去找了货运公司。

发生车毁人亡的事故，货运公司的负责人被警方控制起来。警方的结论是：疲劳驾驶引起的重大责任事故。他们控制了货运公司的负责人，明确了赔偿金额。

两兄弟拿到赔偿金，直接把钱捐给了抗癌基金会，明确表示不要宣传报道。他们担心，妈妈会知道真相。他们告诉老人，父亲去世的消息，至于弟弟，他们编造了一个美丽的谎言，说给他找了一份好工作，还说要将妈妈接到国外去住，减轻弟弟的负担。

妈妈已经老了，老伴儿又不在了，只能听孩子们的安排。妈妈总是暗自伤神，期盼能早日与老伴儿到天国团聚。

聊天中，两兄弟简要说了家里的情况，并恳请基金会在他们办理妈妈出国手续这段时间，能派人去家里慰问一下，稳住老人。刘翠英点头答应。

刘淳惦记在国外治疗的金奥韦，问老大：“那个小姑娘怎么样了？”

老大说：“金奥韦的病情正在朝着好的方向发展。”

老大是研究生物工程的，正在研究儿童质子治疗项目。为了做这个科研项目，他说服了几十位科学家、企业家，进行了两年的跟踪，得到了大量的临床治疗数据。

老大说：“质子治疗髓母细胞瘤，是全脑全髓治疗，现在看来效果很好，是髓母细胞瘤手术后的首选治疗方法。”

老大说的研究课题，刘淳完全听不懂。她关心的是金奥韦的病情，还有他父亲的生活情况，她问：“父女俩的吃住还好吗？”

老大说：“金奥韦的吃住行，研究所派专人负责，大家捐的钱，只用于治疗，其他的事情，我会负责到底。”

听到这里，刘淳终于放心了！她说：“非常感谢您的支持！可惜了，她的妈妈，看不到女儿恢复健康的样子。”

刘淳的伤感，勾起了人们对生命的感慨。好在金奥韦的病有了好转。大家希望这个幸运的小女孩，能够快点好起来！

兄弟俩一离开，周达善就搬回了普通病房。能顺利躲过这一劫，周达善要感谢黄学倩。

可是，黄学倩这一次自作主张，让李锦平浑身不自在。他找到黄学倩，问道：“你这么能想出这么狠毒的办法？”

黄学倩觉得委屈，说：“我还不是为了帮助陈瑾利？你就会指责，整个事件，没看到你有任何行动，你忍心一个癌症病人被他们问来问去？”

李锦平本意是提醒黄学倩，做人不能太自私，没想到反被埋怨。他说：“犯了错，就要敢于认错。”

黄学倩反唇相讥，说：“李主任，你清高，有道德，你想过没有，人家把钱全部捐了，要的是有人出来承担责任！整个事件，周达善有什么责任？是他开的车还是他翻的车？”

李锦平是觉得黄学倩帮助病人作假，有违医务人员道德规范，是不容宽恕的错。他说："追究什么责任是人家的权利，我们不能协助病人作假！这是欺骗，是失德！"

黄学倩失控了，她哭诉道："你诚实，你有德！将周达善推到审判台上，他犯罪了吗？是的，我们是医务人员，要维护公平正义，维护社会道德，将一个癌症病人调查来调查去，就是你所谓的道德吗？"

这时，王晓源站在门口，说："你们这样吵吵，影响多坏！大家都看着呢！"

王晓源的语气不重，可是话很重，就像棒槌雨点般擂在两个人的心上。顿时，他们不吵了，安静了。

李锦平跟王晓源来到病房，王晓源说："你们不知道，这些病人和家属说的话，好难听，我都不想学给你听！"

李锦平愣住了，问："什么话？"

王晓源将脸埋进枕头，嘤嘤哭起来。李锦平坐到病床上，双手扶住王晓源的肩，安慰道："晓源，别哭了，是我错了！"

王晓源说："你没有错，黄学倩也没有错。你们站的立场不一样，看问题的方式不一样，才会有这样的争论。"

李锦平不解地说："以前，我和她的观点都是一致的！这次，她怎么会这样做呢？事先也不跟我打声招呼！"

王晓源说："你还是没明白！她们肯定是考虑到你不会同意，才没跟你说。亏得你还是《大清相国》的忠实读者，一点儿人情世故都没学到！"

李锦平说："是没学到，更悟不透。我是医生，医疗技术和医德才是最重要的。"

王晓源听到李锦平这句话，叹了一口气，说："古人说，人情练达即文章，世事洞明皆学问。看来，你修炼不够！你这个样子，我怎么放心离开这个世界？你会把李高峰教成什么样子？书呆子吗？"

说起李高峰，两夫妻的心思又活泛了。李锦平看了看时间，说："打个电话给儿子吧，看看他在忙什么？"

王晓源撇撇嘴，说："这个时候肯定在读书。你以为你儿子像你一样，被人家称为专家，就飘飘然了。"

李锦平说："你现在说话越来越自负了。不信，我们打个赌，如果他在踢足球算你输，你给我洗一个月脸，如果他在看书算我输，我给你洗一个月脸。"

王晓源笑了，说：“你肯定输了。给我洗一个月脸！”

电话打过去，很久才接，李高峰见父亲这个时候来电话，以为家里有急事，忙问：“爸，我妈现在怎么样了？”

李锦平说：“臭小子，开口就问你妈的情况，怎么不问问你爸的情况？我和你妈打赌，看看你在干什么？”

李高峰听父亲这么说，放心了，语气也轻松了，说：“你们猜？”

李锦平说：“猜什么猜！快告诉我，你现在干什么？是踢足球还是在读书？”

李高峰说：“我现在解剖室，正在做解剖实验呢！呃，爸，我考考你，成年人体有多少块肌肉，多少块骨头？”

李锦平说：“你小子，刚学点皮毛，就想考你爸？我告诉你，成年人体639块肌肉，约60亿条肌纤维，最长的肌纤维达60厘米，最短的约1毫米，大块肌肉大约2公斤，小块的肌肉只有几克重。人体有206块骨头，包括头骨29块，躯干骨51块，四肢骨126块……”

李高峰这时故意压低声音说：“我们教授过来了，谢谢你给我掉书袋。”

听筒里传来“嘟嘟嘟”的忙音，李锦平说：“挂了。”

王晓源笑着说：“你掉书袋人家不挂啊？告诉你，你脑瓜子没有儿子转得快，被戏弄了吧？老实点，为我洗一个月脸。”

李锦平应承着：“好吧。早就算到是我输了。洗脸就洗脸，又不是没洗过。这点小事，还能难倒我这个大老爷们儿？笑话！”

王晓源说：“嗯，这样子才乖嘛！老实点，洗脸去咯！”

跟李锦平发生争执，黄学倩心里像压了一块大石头。她不愿意跟任何人发生争执，更何况是李锦平。两个人是老搭档了，这么多年，她都将他的话奉为圣旨，从不违抗，努力完成。况且，抛开工作搭档关系，人家对她非常关心，也曾帮助过她，做得够好了！

可是，自己为什么不冷静呢？难道我是忘恩负义之辈吗？不，不是的！黄学倩内心抗拒“忘恩负义”这个词。对于帮助过自己的人，心里都有一份顾忌，生怕这份感情受到污损，小心地维护着这一份感激，害怕被人扣上忘恩负义的帽子。

她觉得受到了天大的委屈。她给陈瑾利打电话，希望能和陈瑾利坐坐。陈瑾利却很忙，她的洞见家装公司刚刚接了一个新项目，整栋楼装修，她忙得脚不沾地。

最近，黄学倩通过摇号，分到一套小面积公租房。当然，公租房都是装修好的，用不着装修，钥匙一到手就搬进来了。

陈瑾利忙，黄学倩就一个人待在家里，拿着电视机遥控器，从上翻到下，再从下翻到上。她的心思不在电视上，心里堵得慌。她想打电话给李锦平，可是又不知道说什么。如此微妙的人际关系，让她左右为难。

一个晚上，黄学倩折腾来折腾去，也不知道自己要干什么。干脆，拿起拖把抹布，搞卫生。她好像不把自己折腾累了，就不放过自己。

房子就那么大，搬家不久，用不着大扫除，最多是桌子、柜子、地板上有一点点灰尘，黄学倩一遍一遍拖地，一遍一遍擦拭，非要把家里擦拭得通体透亮不可。

这是一个无聊的晚上，身体累得不行，心里堵得慌。她干脆去了科室。

她已经有段时日没有到科室查晚班病房了，她要看看护士的工作状态。

晚上，肿瘤内科稍显安静。值班护士听到开门的声音，马上弹射般从椅子上站起来。黄学倩没有说话，甚至连招呼都没打一声，径直走进病房。她一间一间地看，有些病人此时已经熟睡，呼噜声磨牙声梦呓声，此起彼伏。上了心电监护仪的、中心静脉置管的、打了留置针的、做了腹部造口的、上了胃管尿管引流管的，黄学倩都心中有数，一一重点观察。

黄学倩炼就了一双火眼金睛的眼睛，表现异样的病人，多数逃不出她的眼睛。

黄学倩在姜力祥的病床前驻足，他做肝脏介入手术不到一周，需要重点观察，她让值班护士把姜力祥的病历拿过来，她要检查值班护士大小便的观察情况，评价介入治疗的效果。

值班护士拿来病历，黄学倩认真观察姜力祥的情况，轻声告诉护士，她的记录并不完整，记录了大便次数，没有记录颜色，这算是一个护理文书缺陷。值班护士赶紧补上去，颜色：正常。

黄学倩狐疑地望着护士，问：“你是亲眼看到的还是姜力祥自己告诉你的？”护士满脸通红地解释，“是姜力祥自己说的。”她正在给周达善打针，没来得及观察。

黄学倩没有多说什么，走出姜力祥病房，轻轻带上门。来到周达善病房里，周达善还没睡。黄学倩压低了声音，问：“怎么还不睡？”

周达善爱理不理，没吭声。黄学倩问护士："晚上，给他打的什么针？"护士回答："是夏晶晶医生开的吗啡。他痛得死去活来的，夏医生就给他开了吗啡肌注。"

黄学倩白了一眼周达善，正色道："我警告你，不要再无事生非，陈瑾利被你作得家都散了，你还要把她怎么样？你的良心被狗叼走了吧！"

周达善被一顿猛批，觉得委屈，说："黄护士长，我知道我做错了。可是，我也是出于好心！谁料到能出这种事？"

黄学倩制止他："算了算了，不说了。我大半夜过来查房，不是跟你置气耍嘴皮子的。我警告你，今后老老实实的。"

黄学倩气呼呼地回到护士站。坐了一会儿，继续查房，走到王晓源病房门口，她迟疑了一下，让值班护士进去看看病人睡了没。值班护士从病房出来，告诉黄学倩，他们还没睡，李主任正在给王老师洗脸。

黄学倩一脚迈进病房，说："能给老婆洗脸的科主任，一定是好老公。"

王晓源笑着说："护士长要来查房就直接来，还派个护士来打探情况，不好吧？"

李锦平见黄学倩进来了，赶紧让座，说："黄护士长晚上慰问病人，值得表扬！"

黄学倩让值班护士去其他病房，自己有话和李主任说。值班护士赶紧溜了出来。

李锦平说："支开下属，是要密谋吗？"

王晓源制止道："李锦平，你今天吃了枪药吧？"

黄学倩笑笑，说："没关系。我知道他对我有意见。"

李锦平说："我向来不隐瞒自己的观点，我是有意见。"

黄学倩说："你这么理解，是你的事情。站在我的立场上，我要帮助朋友，也不违反任何医疗原则，我错在哪里？"

王晓源说："两个人都吃了枪药。今天就别谈了，等气消了再好好沟通。你们这叫无效沟通，懂吗？"

黄学倩说："好吧。改天，我们再约上陈瑾利，好好聊聊这件事。兴许，你听过陈瑾利的话，就能理解我们为什么要这么做了。"

李锦平说："我知道你的心思，理解你的做法。至于陈瑾利，我还是不要见了吧，我跟她说不上话。"

黄学倩说："我们之间没有成见。希望你能理解一个无助的女人，她的所作所为，绝对不是为了伤害人，而是为了帮助人。"

李锦平说："我的同志，我知道你是在帮助人，但是帮助人是有原则的。也许，人家见到周达善，就不追究了，你懂吗？"

黄学倩并没有往这方面想，在她的脑海里，一直是做了"有责推定"。她说："也许，我是真的做错了。"

推门而出，心中满是委屈。也许，自己真的错了。

二十六

这天，何向东刚刚交完班，正带着科里的医生开始三级医生查房，就接到医务部主任庄强的电话，让他速去医务部，医院领导有重要任务要交给他。

何向东赶到医务部，院长李云昊、分管内科的副院长和医务部主任庄强都在，他一到，院长李云昊就说："院长办公会决定创建胸痛中心，决定由你任技术总监。希望你勇挑重担，一举成功。"

成立胸痛中心是何向东多年的梦，他欣然接受了任务。他一直主张，把心内科、心胸外科、导管室等科室整合成大平台，建立步调一致的胸痛中心，提升医院对心肌梗死病人的抢救能力，缩短抢救时间。

这下，何向东更忙了。除了查房、门诊、手术，他还要在医院内给大家上课，培训心肺复苏术，保证全员过关，包括保安、保洁、厨房等人员，逐个训练、逐个考核。

高强度的工作，让他的睡眠时间严重不足。每天一回到家，没和刘淳说上几句话，就倒头呼呼大睡。

刘淳有时候大度地理解他，有时候也会撒娇。新婚燕尔，哪个女人不撒娇？何向东招架不住，会发几句牢骚，夫妻间就有了埋怨。何向东不和她吵，回到家，吃饭、洗澡、蒙头大睡。晚上接到急诊电话就走人。

这个晚上，何向东又接到急诊电话。值班医生跟家属谈完话，病人被推上手术台，造影剂推注完毕，一切准备就绪，等何向东来做支架植入。

何向东立马套上衣服从家往医院赶。何向东看了心电图，是前降支斑块堵塞。何向东充分评估，认为这个手术并不复杂，让值班医生操作，自己指导和配合。总得给年轻医生锻炼的机会啊！要不然，他们怎么成长？

手术开始得很顺利，导管通过血管狭窄部位，支架慢慢撑开。忽然，意想不到的事情发生了，病人的血管壁破裂了！情况不对！何向东迅速接过导管，一抽一吸，重新装好支架，又注入凝血药，才堵住出血点。这样的出血点，如果处理不当，血液灌注进血管壁假腔管内，就会形成主动脉夹层，后果非常严重。

何向东判断，这个病人血管非常脆弱，一定是血糖长期没有控制好。可是，在病历中并没有糖尿病史，是家属有意隐瞒？

术后，他们将患者送到ICU。何向东交代："严密心电监控和血糖监测，严防形成主动脉夹层。"何向东连用两个"严"字，ICU值班医生意识到了问题的严重性。专业人士之间，话不在多，在于精。

在ICU门口，何向东再次追问患者家属："他到底有没有糖尿病？"

患者家属一脸茫然："什么是糖尿病？"

何向东问："你们做过体检吗？"

患者家属摇头，说："我们身体都很好，做什么体检？"

何向东说："你们没有一点健康常识？四十岁之后，每年都要做一次健康体检，及时掌握自己的身体状况。"

患者家属说："我们没体检过。也不知道什么叫糖尿病，什么叫心肌梗死。"

何向东叹息，心头涌起一阵悲凉，许多人对健康知识太匮乏了！他想，等胸痛中心验证通过了，一定要组织健康科普宣讲团，到农村、工厂、社区去开展健康科普教育，让更多人知道自己的身体状况，从根源上减少疾病的发生。

ICU血糖监测结果报告：患者血糖值达到19.7毫摩尔每升！何向东惊出一身冷汗：这么高的血糖，竟然不知道自己是糖尿病人，从来不看医生、不吃药，就是铁打的血管，每天泡在糖水里，也会出问题的。

病人家属听何向东的解释，吓得半死，颤颤巍巍地说："从来没听他说过不舒服，怎么会有糖尿病？怎么办？"

何向东说："注射胰岛素。如果病人自己有感觉了，就晚了。有些严重的并发症，会要人命的！"

病人家属惊愕，说："这不是在身体里养了一条大毒蛇吗？我的个天！幸好您今天提醒了我。明天，我也去医院做一个体检。"

何向东说："对的，早发现、早诊断、早治疗，关键在早发现，主要途径是健康体检。"这时，上周做前降支支架的患者来找何向东，要求出院。何向东坚决不同意，说："我已经跟你家孩子说好了，明天上午做回旋支支架，你不要前功尽弃！”

病人说：“孩子要娶老婆，要盖房子，哪里有钱做支架！我不能因为治病耽误孩子结婚。”

何向东觉得不可思议，说：“糊涂！你的病没治好，就像心脏上长了定时炸弹，随时都能爆炸，你说，他会因为结婚耽误你治病吗？你愿意你的孩子背上不孝子的骂名吗？”

病人很委屈地说：“何主任，您就体谅我的难处吧！现在，儿子为我筹钱，和女朋友在闹分手。”

何向东说：“这样的媳妇还要什么？娶进来不也是个祸害？告诉你，男子汉只要勤劳、健康，一定会有好女人看得上的。”

病人还是坚持出院，说：“何主任，女孩已经怀上了我的孙子。我求求您，让我出院吧！”

家家都有一本难念的经！有些事，劝别人时说得头头是道，一旦事情落到自己头上，往往无力回天。

何向东从ICU回到心内科，跟值班医生商量，不给这个病人办出院手续，家里没钱，媳妇要走，眼见一个家散掉了，关键是，人家女方肚子里还怀着孩子；给他办出院手续，就是将他推上了一条死路。

值班医生年轻气盛，说：“何主任都这么为难，怎么不去找找你的妻子？她手上握着大笔资金，凭什么只救助肿瘤内科的病人？”

何向东说：“这个我说了不算。基金会章程明确，只能救助在市人民医院住院的肿瘤患者，谁也改变不了。”

值班医生不解地问：“难道没有任何通融的余地？癌症病人和心梗病人，都是救命。”

何向东清楚，当初的发起人江明剑成立基金会，就是想感激肿瘤科医务人员对他无微不至的治疗和护理。可惜，他没有把急性心梗写进基金会章程。

何向东提议：“我们能不能在科室搞个捐款？我不想打抗癌基金会的主意。”

值班医生点点头，说：“也行。可是，下一次遇到这种情况，难道又让大家捐款？大家都是拿工资的，捐款的次数多了，就会生怨气。”

何向东不同意这种看法，说：“当医生的治病救人天经地义，我捐五千。其余的，你们自己看着办。几万块钱就能救回一条命，值！”

第二天早上，病人听说医生护士要给自己捐款，带着老婆和孩子，到医生办公室挨个儿致谢。何向东说：“只要能把你家里的事妥善解决了，我们捐点钱没有关系。你先准备一下，今天就做手术，排除你心脏里的定时炸弹。”

一家人满怀感激之情去了导管室。有时候，生的希望，就在一瞬间打开了门。不到一个小时，患者回旋支的支架植入手术就完成了。患者不再憋闷，通体舒畅，刚下手术台，就喊着要出院。何向东劝道：“现在出院为时尚早。多观察几天，能出院的时候，一定让您出院！”

患者对何向东感恩戴德，定制了一幅“华佗再世，医德高尚”的锦旗，敲锣打鼓送到科室。

平淡如水的日子，就在一次次的诊疗救治中倏忽而过。时间很长，长得没有人知道它的来历，也没有人知道它会在何时终结。何向东享受有爱有家、事业有成的时光。

不久，刘淳刷牙的时候觉得恶心、干呕，何向东关切地问：“咋啦？感冒了？”

刘淳摇头，说：“不像感冒。就是恶心，想吐。厨房里飘出来的油烟都闻着难受。”

何向东的妈妈在一旁高兴地说：“八成是有喜了！快去医院看看。”

何向东高兴地搂着刘淳说：“应该是怀孕了！”

听说是怀孕，刘淳吓了一跳。她还没有做好当妈妈的心理准备。她害羞地说：“还没确定，不要大张旗鼓说我怀孕了。”

何向东兴奋地在刘淳脸上亲了几口，说：“我终于要当爸爸了！”

这是天大的喜讯。当年，老两口逗人家孙子玩，去幼儿园看人家孙子上学，那种羡慕，至今历历在目。从何向东参加工作开始，到他谈恋爱，再到与前女友分手，最后结婚，父母的心随着他的恋爱史起伏。

产科的医生见何主任陪媳妇儿来做检查，打趣道：“何主任对媳妇儿真好。你家媳妇儿要是怀个男孩，我就让闺女叫你公公。”

刘淳羞羞地说：“还不一定是怀孕呢！”

刘淳进了诊室，医生问了情况，检查了身体，让她做个B超检查。刘淳问：“还没几天，B超能看到吗？”

医生说：“你自己不知道是怀孕，其实已经有一段时间了，B超可以看出来的。”

刘淳确实怀孕了。何向东高兴坏了，赶紧打电话给父母和姑姑报喜。添丁增口是大事，何向东想请家里人吃大餐，乐呵乐呵。刘淳却不愿意，她更喜欢清静。

刘翠英得知喜讯，迫不及待来看刘淳。她提着大包小包，有营养品、孕妇奶粉、坚果、黑芝麻，甚至还有纸尿裤，几乎和刘淳夫妻同时到达。刘淳看到纸尿裤，笑得直不起腰：“姑姑，您太夸张了吧？这么早就买纸尿裤，这要放多久啊？”

刘翠英一拍脑门，笑着说：“真是哟，买早了！”

刘翠英没生过孩子，更没带过孩子，脑子里没有十月怀胎的概念，一高兴，看到婴儿用品，就一股脑儿买了。

何向东父母热情地端茶倒水。刘淳脸上洋溢着幸福，笑着说：“我哪有这么娇贵啊？明天，我还是要照常上班的。”

大家面面相觑。

何向东笑着说：“我们没让你不上班，也没打算把你当阔太太养，该上班就上班，这样对身体好，也有利胎儿生长发育。”

刘淳奇怪地问：“何向东，你都知道啊？有你不懂的医学知识吗？”

何向东笑着说：“你以为我只会看心血管疾病吗？我们读大学的时候，妇产科是必考科目。”

刘淳说：“你行！你能！我们家何向东最能耐了，女人生孩子的事学得一清二楚。”

何向东一本正经地说：“医院里，有许多男妇产科医生。你知道，我国妇科鼻祖是谁吗？”

刘淳不解地问：“我知道，我们国家妇产科泰斗是林巧稚。你现在弄个什么鼻祖出来，难不成还是个男的？笑死我了。”

何向东说：“你猜对了。这个人，就是明末清初著名医学家、思想家、诗人、学者、画家，傅青主，也就是傅山了。他老人家著有一部重要的妇科著作，名字就叫《傅青主女科》，记载了妇科疾病 80 病证 83 方。你听说过吗？”

刘淳说：“就你能。谁谁谁你都知道。那你说说，哪部武打小说里，写过傅山？”

何向东干瞪眼了。他从来不看武侠小说，也不看武侠电影、电视剧。刘淳捂住嘴笑："不知道了吧？告诉你，是梁羽生的《七剑下天山》！你这点学问，跟我卖弄。讲医学，我不是你的对手，讲历史人文掌故，你要叫我老师哦。"

两口子斗嘴，老人也很开心。夫妻斗嘴，是婚姻幸福的表现。

刘翠英说："好了好了，两口子也别斗嘴了。赶紧的，说想吃什么？今天姑姑请客。"

何向东忙说："哪能要您请客？就在家里吃，我做菜的手艺还是可以的嘛！"

刘淳故意打岔，说："那是的。炒菜的时候，加两根支架进去，看你能吃出什么味儿。"

一家人乐呵呵地聊天喝茶，话题围绕刘淳肚子里的孩子，叮嘱刘淳注意身体，不能感冒，走路不能太快，开车要悠着点。话匣子就这么丰富，打开就收不回了。

直到日薄西山，刘翠英从公司叫了车送她回家。这一日，不但开心，也累。毕竟，她的心脏里装着支架。

回到家，刘翠英总是感到身子不对劲，赶紧洗澡，上床休息。谁知道，心脏越来越难受，只好打电话给何向东。

何向东还沉浸在喜悦之中，接到姑姑的电话，脸色渐渐变了。刘淳忙问姑姑什么事？何向东说："姑姑心脏病又犯了！"

刘淳要一起去看望姑姑，被何向东拦住了。他独自开车，一路飞驰去了刘翠英家。路上，他打了 120 电话。

到了刘翠英家里，只见她一个人蜷缩在床上，手脚冰凉，额头上冒着冷汗。此时，120 急救车也到了。

测血压，190，140！何向东赶紧给刘翠英喂服了降压药。一问才知道，刘翠英自我感觉良好，将降压药停了！

何向东来不及多说，背起刘翠英就往急救车上跑。车上，何向东又用了降压药输液，上了氧气。

一路飞驰，急救车到了医院，刘翠英的血压也降下来了。

刘翠英睡一觉醒来，看到何向东在身边，她心里很踏实。这一晚，何向东陪她做了心电图、心脏彩超、心肌酶、肌钙蛋白等检查，检查结果显示，她的两个支架没有移位，没有刺破血管，安静地支撑着冠状动脉。

这一次，又将刘翠英吓得半死。她原本以为自己血压降下来了，自己停了降压药，没想到心脏亮起了红灯。

何向东说：“我已经跟您说过多少次了，降压药不能停，为什么不听呢？”

“我以为血压降下来就没事了。”

“您私自停药，最危险的情况是突发脑出血。血压冲破大脑血管，血液流进脑室，轻则嘴角歪斜重则颅内高压，会要了您的命！”

何向东缓和了一下急促的语言，解释道：“最怕您这种自己没感觉的高血压。一旦发病，非常凶险。”

刘翠英身体虚弱，不宜说太多的话。何向东安顿好刘翠英，就从病房里退了出来。

刚出病房，就看到了刘淳。何向东示意她，姑姑已经没事了，睡下了，不要进病房打搅她。

刘淳感激地说：“向东，这是你第三次救姑姑的命了！谢谢你！”

何向东说：“傻傻的小姑娘，一家人不说两家话，你老公是医生，治病救人是我的职责。只要你理解我，我就满意了。”

刘淳将头埋在何向东的胸前，幸福的泪水瞬间流了下来。何向东推开她，说：“这是病房，注意影响。”

刘淳偏不，就是要将头埋在他的胸前。她感觉很安全、很温暖。何向东只得依着她。医生护士来来回回，羡慕地看着刘淳，向何向东竖起大拇指。

坐了一会儿，刘淳轻轻地说：“向东，我们回家吧。”“好！我们回家。”何向东扶着刘淳，缓缓离开了病房。

二十七

李锦平对黄学倩一直心存芥蒂。人家是否追究责任是一回事，她撒谎是另一回事。对打着感情的幌子，突破原则做事的人，他很反感。

黄学倩想找个机会，跟李锦平好好谈一谈。晨间护理过后，黄学倩来到王晓源的病房，嘘寒问暖，交流练习太极拳的心得，夸赞王晓源太极拳练得好，拐弯抹角讲了一大堆闲话，才说到正题上。她说："王老师，我想请您跟李主任说说，别一天到晚跟我置气。我愿意承认错误，就怕他不接受。"

王晓源看出了黄学倩绕圈子的真实目的，说："黄护士长，我劝过他，可他越来越固执，不听劝。"

李锦平开完医嘱，也来到病房，看见黄学倩和王晓源说话，轻轻往后退了两步，被王晓源叫住："锦平，别走啊。黄护士长是来道歉的，你就别那么计较了。两个人还要在一起共事。"

黄学倩马上接话："李主任，这事我做得不对，我慎重向您道歉。如果您愿意，我可以写检讨，就是别怄气。"

李锦平说："写检讨倒是不必了。今后，不允许再发生这种事。否则，我会上报医院，让医院来处理你。"

黄学倩就坡下驴，说："李主任批评得对，我一定改正。"

黄学倩态度诚恳，又是护士长，搭档闹矛盾，肯定会影响科室团结。李锦平这么想，大度地说："同事之间说话，不用这么低声下气。医护团结，科室才能运转顺畅。"

王晓源说："人与人之间的关系，要学会给人台阶下，当面说清就行。"

夏晶晶敲门进来，跟主任护士长打过招呼，对王晓源说："王老师，今天是化疗最后一天，明天就可以出院了。"

王晓源是掰着手指头过日子的。她当然知道今天是最后一天化疗。她已经受够了化疗的苦，希望早日结束这种受尽折磨的日子。她故作轻松地说：

“真好，要出院了。我回家之后，要睡到自然醒。”

黄学倩笑着说：“恭喜王老师，您离成功又近了一步！我们都盼望您早日恢复健康！”

王晓源深知，自己住院这段时间，李锦平付出了多少努力，她看着整整瘦了一圈的丈夫，深情地说：“老李，辛苦你了！我们家全靠你顶着。”

王晓源说着说着，泪水潸然而下。李锦平说：“我们是夫妻，应该相互扶持。你嫁给我，就是为了多一个人分担痛苦。否则，你找我干什么呀？”

黄学倩和夏晶晶劝慰了好一阵子，王晓源才止住泪水。癌症病人内心的痛苦、家庭承担的压力，外人难以想象。既担心治不好病，又担心医药费不够。幸好，李锦平自己是肿瘤内科专家，悉心照料、细心观察、精心调理，才有今天这样的治疗效果。

第二天，全家人集体出动，接王晓源出院。大家说话小心翼翼，不提王晓源的病情，生怕触动她敏感的神经。话题都集中在家里的小事上：什么菜好吃、哪部电视剧好看、哪个输了麻将、拖了几次地、洗了几次碗。

大家小心维护王晓源的情绪，她非常感动。能在这样的家庭，即使得了重病，也是幸福的病人。这是她这段时间最大的感触。她常跟李锦平说，自己是世界上最幸福的癌症患者，没有之一。生活在爱中的女人，是幸福的，生活在爱中的病人，也是幸福的。

刚到家，李高峰的电话就到了。他每天都在为妈妈的化疗倒计时。他专门准备了一个笔记本，记录妈妈的治疗情况。电话里，免不了相互叮嘱，妈妈叮嘱儿子努力学习，儿子叮嘱妈妈按时服药。

王晓源挂断电话，收拾妥当，嘱咐父母早些睡觉，自己钻进书房，拿出茶具煮茶。茶具是紫砂壶，壶的外侧，雕刻着梅兰竹菊，栩栩如生。端坐茶几前，俩人享受这难得的安宁。茶是红茶，上品好茶。水煮沸，冷却一段时间，王晓源才将茶叶投入茶壶，盖盖，泡茶，洗茶，再泡茶，倒出茶汤。瞬间，蒸汽袅袅升腾，茶香沁人心脾。

茶汤红而不艳，深而不妖，李锦平闭上研究，深呼吸，香气扑鼻，抿一口，酽浓醇和，满口余香。李锦平感慨：“好茶！这茶我从未喝过，想必是茶中珍品！”

王晓源笑而不语，定定地看着他。李锦平抿了一口茶，盯着王晓源，问：“亲爱的王老师，这茶是从哪里来的？”

“李主任，你就好好享用吧！这茶，必是古茶树上所采，吸天地之灵气、日月之精华，生津止渴、护胃提气、延年益寿。”

李锦平诧异：“亲爱的王老师，你是从哪里学的这一套茶艺？平时，没见你研究过茶艺呢！”

王晓源拿出一本书，得意地说：“我是从《茶经》里学的！你喜欢喝茶，我还不得好好向茶圣请教，怕你瞧不起我！”

夫妻俩插科打诨，时而白话，时而方言，好不惬意。他们多想留住这美好的时光，屏蔽疾病、苦难和癌痛，静静地享受属于自己的时光。

几泡之后，颜色渐失，味道渐淡，香气渐消，王晓源意欲换茶再泡，李锦平握住她的手，说：“今晚不喝了。好茶，留着慢慢品尝，慢慢回味。今天，我们休息吧。你也累了。”

一夜无话。第二天早上醒来，已是日上三竿。王晓源一摸，李锦平不在身边，看看时钟，九点了。真的是一觉睡到自然醒！床头柜上，李锦平留了纸条：亲爱的王老师，记得吃早餐，餐后记得吃药。我上班去了，勿念。

一股暖流涌上心头。这就是她想要的生活，这也是她想要的家庭，充溢着关爱、温情和暖融融的生机。

王晓源走出卧室，家里很安静，想必父母买菜去了。早餐在锅里，是一小碗玉米粥，一个小馒头，还有一小碗炒西兰花。她端出来，端坐餐桌旁，优雅地慢慢品尝。

王晓源不经意往窗外瞟了一眼，发现父母在院子里溜达，四个满头银丝的老人，搓着手，无聊地转着圈子。天气渐冷，父母买好了菜怎么不回来？她站在窗户旁边喊，可是声音太小，他们根本听不到。王晓源拨通父亲的电话，问：“爸，这么冷的天，你们在外面溜达什么？”

父亲大喜，说：“你醒了？外面好冷，我们马上回来。”

父母搓着手跺着脚回来了，王晓源埋怨：“这么冷的天，在外溜达什么？回来多暖和啊！”

父亲说：“我们怕影响你睡觉，才出门去溜达的。现在好了，你醒了，我们就能回家咯！”

原来，老人是怕在家影响她睡觉！感动的泪，瞬间奔涌而出。妈妈给王晓源一个笑脸，说：“别哭呀，我们都好好的！”王晓源说：“爸，妈，你们年纪大了，以后就在家里遛弯，不要出去挨冻了。你们在家，我睡觉会更踏实。”

王晓源明白，在这个家庭，自己是最重要的保护对象，自己决不能倒下去，要跟癌症抗争到底。只有自己不放弃，这个家庭才会完整。父母已老，孩子未成家，我不能死。这是社会责任，也是家庭责任。

王晓源复查情况显示，癌细胞没有转移迹象。这一消息，让王晓源激动，也让李锦平心安。一个男人，家庭是大后方，只有家庭稳固了，才能全心全意干事业。

李锦平又可以全力以赴投入工作了。早上的查房，李锦平对每一个病人都要查，从治疗方案、治疗措施，到治疗效果、副作用，李锦平一一过问。

李锦平格外关注病人的情绪。从某种意义上说，病人情绪，可以影响治疗的效果和疾病的走向。

李锦平来到夏晶晶妈妈的病房，老人精神状态不错，白细胞接近正常，借助拐杖能够下地活动，简单的生活可以自理。

李锦平深知，夏晶晶妈妈的病情严重，现在只是暂时稳定下来，说不定什么时候，病情就会加重。他说：“在我们的医疗活动中，治疗躯体疾病不是决定疾病转归的唯一因素。希望你能有足够的心理准备。”

夏晶晶听懂了李锦平的意思，但她不想轻易放弃对妈妈的治疗，她说：“我妈妈的身体虽然比之前好多了，但还远远没有达到理想的效果，我想，请李主任再给些指导意见！”

李锦平不愿当着老人的面说得直白。他没有回答夏晶晶的问题，安慰一番就去了姜力祥的病房。姜力祥病情比较稳定，上次自杀事件发生之后，儿子来医院看过他，基金会解决了医药费，医院解决了伙食费，情绪稳定下来了。见到李锦平，姜力祥从病床上坐起来，说：“李主任，我的病已经好了，让我出院吧。我回去还要做点事，赚钱养家。”

李锦平示意姜力祥躺下，为他做了一次全面体格检查，特别是对肝区，李锦平一边触诊、叩诊，一边观察。检查完，李锦平对夏晶晶说：“扪及肝脏，在右侧肋缘下一指，比上次稍有缩小，触诊、叩诊肝区疼痛反应减弱，腹痛、腹水症状稍有减轻。但我们不能掉以轻心，要随时观察，特别要防止门静脉高压破裂导致大出血。”

夏晶晶说：“我们的治疗一直都没有放松。”

李锦平点点头，表示肯定。他转身对姜力祥说：“老姜，现在还不能出院。希望你配合治疗，能出院的时候一定让你出院。”

姜力祥表情黯淡下去，问道：“李主任，我什么时候能出院呢？”

李锦平说：“我现在不能给你准确的答案，只能根据病情判断。”

路过谢金韵曾经住过的病房，李锦平下意识地推开门，走了进去，喊道：“老谢……”

看到空荡荡的床，李锦平愣住了。他忘了，谢金韵已经逝世，谢铭莱也在车祸中罹难。李锦平驻足，叹息一声，退出病房。

夏晶晶轻轻把门带上，说：“李主任，我们走吧。前面是周达善的病房。”

李锦平虽然从骨子里看不起周达善，但医生不是法官，病人都是平等的。李锦平来查房，周达善把头蒙在被子里装睡，不愿意见他。

李锦平说：“周达善，别装了。你的病情我心里有数。如果你还不起来，我就停了你的止痛药。”

周达善脑袋从被子里探出来，急切地说：“李主任，你凭什么停了我的止痛药？”

李锦平嘴角掠过一丝笑意，说：“我还以为你不怕。说说，最近哪里不舒服？”

周达善坐起来，斜靠在床头，歪着脑袋，说：“我胃疼，发烧，头晕，浑身都不舒服。”

李锦平皱着眉头，说：“你要说假话，我真会停你的药。躺下，我检查一下。”

听诊、叩诊，检查过后，并无新的发现。李锦平直起身子，对夏晶晶说：“将周达善的中心静脉置管拔了。今天开始，每天给他扎针输液。”

周达善信以为真，求饶道：“李主任，我知道你有气，认为是我害死了谢铭莱，我是真的冤枉！我看他人品很好，找个机会让他赚钱。我是好心办了坏事。”

李锦平说：“周达善，你也有害怕的时候？以后要老实配合治疗，否则的话，你走着瞧！”

周达善翻着白眼，缩进了被窝。李锦平告诉他：“不要把头捂在被窝里，有危险。”

周达善将被子往下面扯了扯，露出脑袋，嘟囔：“管这么宽，真没劲！”

查过房，李锦平准备指导医生开医嘱，医务部主任庄强打来电话，他一个表妹，咳嗽、低烧两个多月，高度怀疑肺癌，请他去呼吸内科会诊。

李锦平到了呼吸内科，见到病人，清瘦得如枯枝，颧骨高耸，他第一反应：恶病质。李锦平做了检查，看了病历，诊断为肺癌晚期。

庄强朝李锦平使了一个眼色，李锦平心领神会，对病人说："小王，刚才看了你的病例，我怀疑是左侧肺尖癌前病变，你愿意转到肿瘤内科治疗吗？"

这个被称为"小王"的女子，名叫王华云，听了李锦平的话脸色大变，问："医生，我是肺癌？"

李锦平见过许多病人"谈癌色变"，心理承受能力很差，得知患癌，心理防线彻底崩溃，没多久就病逝了。

医学界有两种截然不同的主张，一种是尊重患者知情权，主张将病情毫无保留告诉患者本人，让其配合治疗。还有一种就是实行保护性治疗，告诉家属实情，对患者本人则隐瞒情况。李锦平不喜欢极端的处事方式。他愿意根据病人的情况和心理承受能力，决定是否将真实的病情告诉患者本人。

王华云是药剂师，看起来懂医，但属于"谈癌色变"类型，李锦平不能告诉她实情。他说："住在肿瘤内科的病人不等于患了癌症，有些检查和治疗，不方便在呼吸内科开展。所以，我建议你转到肿瘤内科治疗。"

王华云脸色惨白，眼泪在眼眶里打转，问："哪些检查和治疗不能在呼吸内科开展？"

李锦平说："比如，我们可能要开展靶向治疗以及基因检测。"王华云问："癌前病变也要做靶向治疗吗？我没听说过。"李锦平看了一眼庄强，思考该如何回答她的提问，她毕竟懂一点医学知识，稍有不慎就会泄露病情，前功尽弃。庄强见李锦平不说话，赶紧说："表妹，我在医院工作，这些同事都是大专家，不会骗你。对癌前病变开展靶向治疗，是近几年兴起的治疗手段，防癌的。"

李锦平附和道："对的，对的。庄主任说得非常对。请你一定要相信我们。"

王华云总觉得这两个人是在演戏给自己看，心里不踏实，问："你们确定没有骗我？"

李锦平说："当然没骗你。"一而再再而三信誓旦旦，才打消王华云的疑虑。王华云转到肿瘤内科，李锦平和患者家属谈完话，告诉他病情的凶险，可能发展速度非常快，也许超不过半年。李锦平叮嘱家属：千万不能透露实际病情。

家属愁容满面，却又要在王华云面前装作没事，内心的煎熬可想而知。李锦平开完医嘱，又叮嘱科室同事绝对保密！

王华云却是敏感的。黄学倩去给她做中心静脉置管，她突然问："护士，我患的是肺癌吗？"

黄学倩矢口否认："当然不是。李主任跟你说得很清楚了，是癌前病变，你很幸运，发现得早。"

王华云幽幽地说："希望不是肺癌。我想快点治好，回去上班。不上班，奖金扣光了，哪有钱给孩子交学费？"

黄学倩心里"咯噔"一下，可怜天下父母心哪！安慰道："李主任是知名专家，相信你会很快好起来。"

王华云把脸转过去，望着窗外，湘江河悠悠流淌，仙山峰巍然屹立。黄学倩感到王华云的身子在颤抖。她轻轻拍了拍王华云的背，安慰道："不要伤心，每个人都会遇到挫折，我们要坦然面对。我们这个年纪，不能倒下。"

王华云长舒一口气，说："我感觉你们瞒着我，我怕自己死得不明不白。这是最悲哀的事。"

黄学倩压抑内心的不安，笑着对王华云说："好了，中心静脉置管已经放置好，洗澡、睡觉的时候，稍微注意一点。安心休息，不要多想。"

黄学倩回到护士站，雪雪打来电话，这个月的生活费没有了。黄学倩已经为钱伤透了脑筋，雪雪的电话像浇在火上的汽油，点燃了她心中熊熊的怒火，对着手机怒吼："钱钱钱，你就知道要钱，你逼死我算了！"黄学倩从来没有这样对雪雪说话，吓得雪雪在电话里哭了起来。科室里的同事像遇到了怪物一样，惊讶地盯着黄学倩。李锦平示意大家继续干活，将她拉进主任办公室。黄学倩泪流满面。她知道自己失态了，也知道女儿平时很节俭，不乱花钱，上次给的几百块生活费，距离现在已经一个多月了。

李锦平说："护士长，按理，我不应该插手你的家庭生活，但你目前的状态，会伤害到身边的人。希望你能调整心态。"

黄学倩发完脾气，自己也很后悔。雪雪是个很不错的女孩，是郑昕害了母女俩，自己却将恶气撒向女儿，确实不应该。她拨通了女儿的电话。但女儿手机一直关机，打宿舍公用电话，也没有人接。

黄学倩担心雪雪，喃喃自语："她不会有什么事吧？"

她担心女儿受不起打击，从李锦平办公室冲出来，向学校赶去。

校园里，她终于见到雪雪。单瘦的女儿，在操场漫无目的地走着。她喊道："雪雪！雪雪！"

雪雪循声张望，像受了委屈的小羔羊，扑向妈妈的怀抱。

黄学倩抚摸着女儿单薄的身子，充满歉意地说："雪雪，妈妈不该把气往你身上撒。妈妈知道，你是最乖的女儿。"

雪雪的脸上还挂着泪痕。她摇头，说："妈妈，我不怪你。我以后会节省着花。"

黄学倩将身上仅有的一点钱掏出来，说："雪雪，这是你这几天的生活费。妈妈马上发工资，该花的钱，一定给你花。吃饭你不要省，学习用品、辅导资料也不要你省，妈妈会想办法。"

都说穷人的孩子早当家。雪雪知道家庭处境，懂得妈妈的艰辛，理解妈妈的不易，埋下了对郑昕的恨。

相依为命的感觉，在黄学倩的心里升起。这是一种悲壮的感觉。挣钱，是第一位要紧的事。她暗暗发誓，要想办法挣更多的钱，为女儿创造良好的成长环境。

上课的时间到了，母女短暂相见，又要分别。看着女儿清瘦的背影，黄学倩心中充满了内疚。钱不是万能的，可是，离开了钱，简直寸步难行。

钱！钱！钱！黄学倩满脑子都是钱。可是，除了上班，自己能从哪里去挣钱呢？不知道啊！

黄学倩打电话给陈瑾利，想与她见面谈谈心。可是，陈瑾利在工地上忙活，无暇顾及，让她等晚上见面。

湘江河畔，黄学倩无心欣赏风光带的绝美景色。自从离婚，灰色已经成了她的主色调。她猛然萌生纵身跳下湘江河的心思。

生活的重压，让她喘不过气来，不知道如何面对，她想，也许，死亡是她最好的选择。

可是，她不仅仅是一个人，她还有雪雪。女儿是她最大的牵挂和最深沉的责任。

谁能理解一个单身妈妈的心思？她苦笑着摇头。每个人都有自己忙碌的理由，却没有关心你的义务。

黄学倩对郑昕的恨，咬牙切齿。可是，恨又能解决什么问题呢？没用的。

“黄护士长，你怎么在这里？”熟悉的声音猛然在黄学倩耳边响起，吓了她一跳。她本能地回头，见是医务部主任庄强。她强装笑颜，说：“庄主任您好，我刚到学校看女儿，路过这里。”

庄强狐疑地看着黄学倩，说：“哦。我也是路过。走吧，我们一起回医院。”

黄学倩本来要等陈瑾利，可现在是上班时间，自己总不能在湘江边上傻傻地等到晚上吧？她不好明说，只得跟庄强一起回医院。

路途很短，黄学倩走得很犹豫。庄强问：“黄护士长，你好像气色不太好，心里有事吧？”

黄学倩故作轻松地掩饰道：“没有吧？庄主任，说女人气色不好是忌讳哟。”

庄强故作惊讶，问道：“哦？还有这种说法？”

黄学倩不想跟他调侃。她早已听说，这位庄主任，最大的毛病就是喜欢拈花惹草。她不想沾上他。况且，自己是个离婚的女人，闲言碎语会淹死人的。

庄强见黄学倩沉默，问道：“你一定是有心事。有什么事你跟我说说，看我能帮上忙吗？”

黄学倩岔开话题，说：“庄主任，听说医院要建胸痛中心，怎么动静不大？”

黄学倩冷不丁提这个问题，让庄强有几分尴尬。

沉默了一段时间，庄强才说：“胸痛中心建设是一项系统工程，前期工作都是何向东主任在牵头。”

黄学倩不明就里，问：“何主任能挑起这么重的担子？能指挥其他的科室主任？我看不行吧？”

庄强诡谲地笑了，说：“我想看看，何向东到底有多大的能耐！”

黄学倩惊讶地看着庄强，马上就意识到自己失态，赶紧扭过头。庄强瞥见黄学倩惊讶的表情，笑着说：“我没别的意思，就是想给科主任锻炼的机会。”

两个人各怀心思，有一搭没一搭地聊着，到了医院大门口，即将分开走，庄强突然发出邀请："黄护士长，晚上我有一个活动，能赏脸一起参加吗？"

黄学倩赶紧摇头，说："我晚上约了朋友见面，不能跟你参加活动，不好意思了！"

庄强绅士般颌首微笑，说："没关系，下次有机会再请你。我表妹的病，拜托你和李主任多多关照！"

黄学倩稀里糊涂回到科室，走廊上遇到李锦平，他关切地问："雪雪没事吧？"

黄学倩淡淡地说："没事。很好。"

李锦平望着黄学倩的背影，隐约的担心在胸间穿行。回到办公室，他给黄学倩发了一条微信：

黄护士长：我知道你的家庭情况不妙，希望你能振作起来，勇敢面对苦难的生活！其实，家家都有一本难念的经，希望你的人生路上，少一些磨难，多一些奋斗，为女儿树立一个好榜样！

黄学倩看了微信，心中暖流涌动。可是，她没回信息，连一句"谢谢"都不想说。

好不容易挨到下班，黄学倩急急地与陈瑾利约了地点，匆匆去见面。她不知道见到陈瑾利要说什么。她不想成为祥林嫂，向别人叨叨自己的苦难和不幸。

俩人相对而坐，听音乐，喝茶。音乐一曲接着一曲，茶上了一杯又一杯，这样的生活，外人看起来很惬意，其实，只有身在其中，才知道成年人的世界多么脆弱，多么不堪一击。

有一首音乐，是萨克斯曲《回家》，旋律优美，声音悠长，黄学倩沉醉其中，泪流满面。回家，多么好的词，可是，她每次回家，都是孤孤单单，凄风冷雨。

音乐结束，黄学倩起身，说："回家！"陈瑾利关切地问道："学倩，你今天情绪低落，到底怎么了？"酸楚涌上心头，黄学倩突然哭了，奔涌而出的泪，像开闸的洪水，恣意流淌。

陈瑾利握住黄学倩的手，说："我知道你心里苦，哭吧！哭出来就会好受一点。"

天崩地裂般的哭声，震撼了空旷的道路，惊醒了入睡的鸟儿，撕扯着陈瑾利的神经。

一个人的苦，能有人倾听，也是幸福的吧？起码，她还拥有知心的朋友。

好一阵子，黄学倩的哭声从惊天动地，到呜呜咽咽，到细声抽泣，如抗议，似抽丝。

终于止住了哭，陈瑾利抽出纸巾，递给黄学倩，问："舒服了吗？"

黄学倩擦干泪水，点点头，说："谢谢你能听我哭！没事了，回家吧！"

陈瑾利问："真没事了？"

"真没事了，回家！"

陈瑾利笑了，踩下油门，车子悄悄滑进无边无际的黑夜。

二十八

胸痛中心建设工作推不动，何向东心急如焚。李云昊三天两头催促，何向东不愿意说出医务部主任庄强不重视这个原因，他自己埋头苦干，凌晨回家是家常便饭。

这日，何向东将增配人员的报告直接递给李云昊，说："院长，系统已经安装调试好了，请医院尽快配备两名信息录入人员。"

李云昊正在看新院易地搬迁的规划报告，被何向东打断，心里不高兴，问："这份报告请分管领导和医务部庄强主任签字，交给人事科，下次专题会议研究。"

何向东说："院长，胸痛中心建设的事情，已经安排很久了，我建议领导尽快组织召开专题会，尽快将人员配齐，否则，这事没法子做了！"

李云昊皱了皱眉头，说："何主任，再急的事情，也要按程序办。先去医务部签个意见！"

何向东说："院长，你承诺支持胸痛中心建设，现在这么久了，我心里着急！"

李云昊的语气有些生硬，说："何主任，整个医院难道只有你一个人在建设胸痛中心？你什么时候学会翘尾巴了？"

院长说话不留情面，何向东只得撤回报告，交给庄强。庄强瞄了一眼报告，就将报告夹进了文件夹。

何向东问："庄主任，什么时候能配到位？时间不等人！"

庄强看都不看何向东，说："何主任，专题会议总召集人是分管副院长，你先去吧，我心里有数！"

何向东的心渐渐凉了，转身就出了医务部的大门。

下班后，何向东满脸不悦回到了家。刘淳见状，问道："向东，又怎么了？满脸不高兴？"

何向东将最近的事跟刘淳讲了。刘淳不明就里，问：“你什么时候得罪过他？”

何向东满脑子搜索，想不起自己什么时候得罪过庄强。刘淳提醒道：“向东，是他嫉妒你获得的荣誉太多了吧？你看，国家的、省里的、市里的、医院的荣誉获得不少，庄强可能觉得你挡了道？”

何向东猛地想起，在推荐先进个人的时候，院长原本打算推荐庄强，但是何向东在牛王山救人的举动反响很好，医院才临时改变主意，申报了何向东。

何向东不寒而栗。自己真的挡了人家的路！他问刘淳：“就算我得罪过他，不至于这么为难我吧？他是胸痛中心的行政总监啊！”

刘淳也难以理解庄强的举动，她说：“只有一种可能，庄强是个小人。小人是不能得罪的！”

何向东叹息，道：“唯女子与小人难养也！”

刘淳揪住他的耳朵，笑着说：“你说什么？再说一遍！”

本来是夫妻俩的嬉闹，没想到被何向东的妈妈撞见了，她系着围裙从厨房里出来，想喊他们准备吃饭，看到小两口亲热，脸一沉，喝道：“刘淳你干什么呢？”

刘淳赶紧松手，绷着脸，回卧室去了。何向东解释，夫妻俩开玩笑，让妈妈不要管这么多。

何向东妈妈很在乎儿子的耳朵，故意训斥何向东：“在家里一点地位也没有，你还护着她！”

何向东的父亲见老伴儿发脾气，上前劝阻。

何向东见妈妈的气渐渐消了，又想进卧室去劝劝刘淳，可是门被反锁了，他只得对着门赔礼道歉，刘淳还是不愿意开门。

家里的尴尬事让何向东更加烦躁，转而呵斥妈妈：“就你事儿多，开个玩笑有什么好生气的！”

此话一出，家里就闹腾开了。婆媳矛盾，变成了母子矛盾。妈妈抱怨，何向东娶了媳妇忘了娘，媳妇闭门不出，啥也不说，显然是正在气头上。

何向东像风箱里的老鼠两头受气，自己说的话谁都不听，干脆摔门而出。他是一个喜欢清静的人，却不会处理家庭琐事。

何向东摔门而出，险些酿出祸端，妈妈将一腔怒火全部撒到刘淳身上，家里爆发了一场婆媳之争，如果不是何向东的父亲制止，险些上演全武行。

刘淳见这种阵势，只得回到姑姑家。她抹着眼泪，刘翠英看着都心疼，打电话给何向东：“你媳妇在我这儿，过来劝劝她吧！”

何向东又从医院赶到姑姑家，刘淳却不愿意见他。刘淳的态度让何向东烦躁不已，说：“刘淳，我妈脾气大，你让一让老人家就行了，硬是把家里闹得鸡飞狗跳，有意思吗？”

刘淳不服气，质问何向东：“你什么意思？我现在怀孕了，开个玩笑你妈也不依不饶，你反倒埋怨我，你们那个家，我待不下去了！”

何向东问：“什么意思？”

刘翠英赶紧阻止，打架没好拳，吵架没好言，说不定话赶话就会说出伤人的话。她说：“好了，你们别争执了。向东，你先回去吧。过几天你再来接淳儿。你做好你妈妈的工作，淳儿毕竟怀孕了，不能动了胎气。”

何向东一直在想，夫妻之间的一个玩笑，怎么会闹出这么大的风波。满腹心事回到医院，却习惯性地去了介入导管室。

何向东心烦意乱，在值班室的床上折腾良久，好不容易迷瞪了一会儿，却被手机铃声唤醒：父亲尿血！何向东脑子里飞速搜索尿血的原因：尿路结石？膀胱癌？肾癌？前列腺癌？他不敢往下想，赶紧联系了救护车，将父亲接到医院。检查结果提示，前列腺癌的可能性大！

何向东倒吸一口凉气：前列腺癌？不可能不可能！但是，医生的职业敏感让他不敢轻视。他毫不犹豫地拨通了李锦平和泌尿外科主任的电话。这个时候，他也不怕同事的埋怨。

虽是凌晨时分，天寒地冻，但两位同事到医院都没有超过半个小时。气氛紧张，没有客套，检查病人，结合各项检查报告单，俩人断定，老爷子是前列腺癌，晚期。

晴天霹雳在何向东头顶炸响！平时，他与患者家属谈话的时候，不管是心肌梗死还是心衰，从他嘴里出来的，都是那么轻巧，那么专业化和程式化。今天，自己也领略了这样的滋味，尽管同事的话说得婉转，他还是觉得非常刺耳。

两位同事又分析了手术的可能。结果是，没有。李锦平劝何向东，别让老爷子住院，做些常规处理，回家休养，老爷子年纪大了，又是晚期，想吃就吃，想乐就乐，别再折腾。泌尿外科主任与李锦平的想法一样，不要在医院里受折磨了。

何向东突然怒了，质问道："你们是学科带头人，怎么能说出这样的话？救死扶伤的人道主义精神哪里去了？"

李锦平被何向东质问得哑口无言。同事之间的好心劝慰，被何向东理解成没有人道主义精神，只得无奈摇头，说："何主任，我理解你的心情。你心里如果过不去这个坎儿，就让老爷子在泌尿外科保守治疗，老人不会受太多痛苦。"

何向东的妈妈瞬间崩溃。何向东安慰妈妈，道："妈，没事，我们正在想办法，千万别让爸知道！"

安抚好妈妈的情绪，何向东冷静下来，住院还是不住院？住院的话，住哪个科室？何向东思前想后，决定就让老父亲住肿瘤内科。他继承了父亲直来直去的性格，说："李主任，还是让我父亲住你们科室，思想工作我来做。"

李锦平无奈地说："好吧！"

老爷子在药物的作用下安静地睡了。何向东轻轻地坐到父亲床边，握住父亲的手。父亲的手，曾经那么温暖，抚摸过他的脸颊，为他搓过澡，也扇过他的耳光，而今，这双手冰凉枯瘦，自己一点都没有关注到父亲身体的变化。

何向东想起，父亲的身体早就有了变化，晚上起夜的次数越来越多，撒尿的时间越来越长，但他总以为是前列腺炎，没有带老人去检查过。

何向东后悔不迭，却为时已晚。何向东将父亲从急诊转到肿瘤内科。

李锦平征求何向东的意见，要不要上化疗？何向东说："上吧。也许我的决定是错的，但我不能放弃治疗。"

李锦平说："我担心老爷子的身体吃不消。毕竟年纪大了，你还是慎重一些。"

何向东幽幽地说："我知道。癌症阶梯镇痛和支持疗法没有副作用，可是，对病情没有任何意义！"

李锦平说："我很直白地告诉你，老爷子的病情，即使上了化疗，也改变不了任何结果。你觉得，让老人在痛苦中度过余生，你就是孝顺了？"

李锦平的话，句句扎心，让何向东左右为难。

何向东的妈妈说："向东，听李主任的吧，你爸爸这辈子吃了太多的苦，让他平静地走吧。李主任说得对，想吃就吃，能吃就吃，他舒坦就行。”

何向东倚靠着墙壁，慢慢蹲了下去，双手捂住脸，低声哭泣。好一阵子，何向东掏出手机，告诉刘淳，父亲在肿瘤内科住院。

天刚麻麻亮，刘翠英和刘淳就赶到医院。何向东的妈妈看到刘淳，鼻子重重地“哼”了一声，再也不理她。

询问过病情，看过躺在病床上的老爷子，刘翠英拉过何向东的妈妈，出了病房。她想问问，刘淳到底哪里做得不好，以至于引发昨晚的家庭争执。

何向东的妈妈丝毫没有原谅刘淳的意思，她说：“我不想提她。这个家，有她没我，有我没她！”

刘翠英很难理解，问：“怎么闹得这么严重？刘淳家教不好吗？她不守妇道吗？她肚子里的小孩不是何向东的种吗？一点儿小事，夫妻之间开个玩笑就上纲上线，至于吗？我们做长辈的，难道不该盼望晚辈过得好吗？”

刘翠英一连串发问，让何向东的妈妈无言以对。她也知道自己理亏，借题发挥。可是，闹到这种局面，她如果先低头向晚辈认错，脸面往哪里搁？

刘翠英看出了她的心思，说：“我让她给您认错。毕竟是一家人，和和美美过日子才是最重要的。”

老爷子一住院，家庭生活完全乱了。上班为别人看病，下班照顾病榻上的父亲，何向东一下子就消瘦了下来。刘淳和何向东商量，能不能为父亲请一个护工？家里再请一个保姆？何向东同意刘淳的提议，请了护工，请了保姆，劳动强度降了下来，心理压力依然很大。

猛一日，何向东想起胸痛中心要求增加人手的报告交上去一个月了，还不见动静，他抽空去找庄强。

庄强头都没抬，说：“何主任，配不配人，配几个人，不是我说了算，你直接去找李云昊院长吧。”

何向东气呼呼的，从庄强办公桌上拿过报告，直接冲进院长办公室：“李院长，胸痛中心建不建，您说句话，要两个人这么难吗？”

何向东说完，才发现院长办公室有客人在。李云昊笑着说：“何主任，你来得正好，这位柳川总经理，为胸痛中心提供软件和网络服务，你们对接一下。”

柳川颔首致意，微笑着递过名片，说：“何主任，我们公司不但做软件服务和网络服务，还经营心脏支架，希望有机会合作。”

何向东尴尬地说："不好意思了，李院长，我先回避一下。"

李院长大度地说："何主任，你别急着走。以后，双方的合作会很多，希望你多支持。"

何向东说："李院长，我是来要人的，希望你能批准。"

李云昊笑笑，看看柳川，说："我们的专家就是这么直来直去，好，我现在就答应你。明天早上八点，准时到位。"

目的达到了，何向东转身就走，李云昊叫住了他："何主任，今天晚上，柳总有个宴请，你一起参加。"

何向东碍于情面，本想答应，但想起还在住院的父亲，孕中的妻子，委婉拒绝了院长的提议。此时，庄强也来到院长办公室，恰巧与出门的何向东擦身而过。

即便何向东寸步不离守着父亲，父亲的病情在这个晚上，突然恶化。他赶紧打电话给李锦平。李锦平赶紧从家里赶到医院，然而，他还是晚到了一步。何向东带着值班医生和护士抢救了半个小时，最终无力回天。看着父亲静静地躺在床上，何向东的眼泪忽地就流了出来。他像被人狠狠地抽了一记耳光，呆立着，心中空空如也，脑子一片空白。他没想到，父亲会去得这么快。他一把抓住李锦平衣领："你为什么不能早点儿来！为什么不能早点儿来！"

李锦平一把推开何向东，说："何主任，请您自重！您这个样子，哪里像个医学专家！"

何向东被激怒了，指着李锦平大骂："你是什么专家？只一个月就把病人整死了！"

李锦平挡开何向东的手，说："何主任，请注意您的言辞！"

在病房陪妈妈的夏晶晶听到动静，赶紧跑出来制止。知识分子之间的争吵，骂街的罕见，动手的更罕见。

夏晶晶只得打电话告诉刘淳，何向东主任在病房骂李主任，影响很坏。刘淳挺着大肚子，一摇一晃企鹅般赶到病房，说："何向东，你干吗呢？不嫌丢人啊！"

一觉醒来，何向东发现自己睡在父亲的灵堂，哀乐低回，花圈环绕。他想不起自己如何来到殡仪馆的。盯着父亲的遗体看了一阵，他的思绪渐渐恢复：父亲去世了！作为一名医生，竟然没能把父亲抢救过来。他无法接受父亲走得这么快，无法接受自己没能救活父亲。

太多的无法接受，都化成对李锦平的怨气。何向东盯着父亲的遗体，牙齿咬得咯嘣响。透过水晶棺，父亲的笑是那么慈祥。这是风里雨里送他上幼儿园、小学的父亲，是抚养自己二十多年的父亲，是他失意时最大的依靠、得意时敲得最响的那声警钟。

何向东心头涌起巨大的悲伤，放声痛哭。

刘淳走过来，扶起何向东，说："向东，你昨晚对李锦平的态度很差，影响不好。你还是找个机会向他道歉。"

提到李锦平，何向东来气了，说："我不会原谅他的！治病救人没有预见性，这水平还能算得上专家？"

刘淳说："向东，你不能责怪李主任，大家尽了全力。再说，李主任还是我们俩的红娘，这个你不能忘了吧！"

何向东沉默了。他确实把这层关系忘了！可是，父亲去世对他的打击实在太大了，怒气久久不能平息。

刘淳劝道："向东，我知道你的心思，可是，我告诉你，你这是迁怒。这种迁怒，不但伤人，更伤己！我们不能把父亲病逝归咎于李锦平，这种逻辑本身就是错误的。"

大厅里，哀乐低回。殡仪馆和医院产科，都是生命轮回的见证者，该来的终究会来，该走的留不住。这就是生命，没有人能逃离生死的轮回。

何向东辱骂李锦平的事在医院迅速传开。庄强向李云昊汇报，说："攻击、辱骂同事，是一起非常恶劣的事件，必须要从严处罚。"

李云昊盯着庄强，神情严肃地问："为什么要从严处罚？说说你的依据，哪项制度哪一条规定的？"

庄强无言以对，说："我觉得就应该从严处理。"

李云昊意味深长地说："庄主任，你对医生从严要求没有错，但你的方式太轻率了，让人觉得你在打击报复。"

庄强辩驳："院长，我没有打击报复。"

李云昊白了一眼庄强："庄主任，遇事多动动脑子，对你有好处。"

庄强恍然大悟的样子，谦卑地说："那好，我会把握好一个度，妥善处理好这件事。"

李云昊说："关键是做好李锦平的安抚工作，而不是处分何向东。快去吧。”

庄强刚起身，李云昊若有所思，说：“上午，我带一批人去殡仪馆慰问，你安排一下，大家一起去。作为即将成为领导层的人，最该考虑的事情，是如何栽花赢得人心。”

庄强点头出去，像是得到高人面授机宜。

庄强去了一趟肿瘤内科，煞有介事地转达了李云昊的问候，做了做李锦平的安抚工作，代表医务部给了慰问金。

李锦平宅心仁厚，本没有将这事放在心上，对庄强煞有介事的慰问，当然也就不在乎。俩人没聊几句，话题就转到他表妹的病情上，李锦平说：“庄主任，你表妹的病情很严重了，今天查房，发现她有重度心衰的症状。”

庄强当然清楚，化疗放疗之后，心脏负担加重，并发重度心衰的概率很大。他问：“要不要转心内科治疗？”

李锦平说：“看家属的意愿。我觉得转不转心内科都不是关键，关键是要请何向东主任先来会诊。可是，现在他这个样子，会诊恐怕不合适。”

庄强深知重度心衰的危险性，说：“术业有专攻。我觉得，先保命，再治病。尽早转心内科吧。”

李锦平当即安排黄学倩办好了转科手续。庄强有意无意地说：“院长等下带大家去看望慰问何向东，你去不去？”

李锦平迟疑了一会儿，说：“去！当然要去！”

庄强不是做老好人，而是想看看，何向东的反应。他当然希望何向东在灵堂斥责李锦平，这么一来，何向东就彻底完蛋了。他早就得到消息，春节后，医院领导班子将进行调整，何向东这个强有力的对手，就不战自败了。

在殡仪馆，并没有达到庄强想象中的效果，何向东和李锦平两个人，一个致哀，一个还礼，握手的时候，也没有异样。到底是有修养的人，做事情不至于太出格。何向东虽然怨恨李锦平，但在父亲的灵堂，他还是冷静的。

二十九

办完父亲的后事，何向东和刘淳都回到工作岗位。虽然心情郁闷，但在刘淳肚子里平安成长的孩子，给这个家庭多少增添了几分期盼。

何向东回科室上班的第一天，查房的时候，接到庄强的电话，告诉他自己的表妹在心内科住院，请多费心。何向东查过房，心情沉重起来：庄强的表妹病情严重，转到心内科来，李锦平在甩包袱。

抱怨归抱怨，为病人选择个性化治疗方案，是何向东多年坚持的标准。何向东很谨慎：这个病人是一个癌症病人，属于放疗、化疗导致的重度心衰人。何向东担心，是病人心衰或者其他大器官衰竭，死在心内科。

何向东请庄强来组织全院大会诊。庄强在电话里打着哈哈："心衰病人的救治，应该是何主任的专业，我一个外科出身的医生，就不要充当心内科专家了吧？"

何向东坚持要庄强来主持的理由充分，他是医务部主任，又是病人的表哥，是不二人选。何向东逐渐看穿了庄强的心思，他就是想让病人死在心内科。以前遇到这种情况，都是肿瘤内科请他去会诊，这次的转科蹊跷，联想到医院胸痛中心建设，感觉庄强在挖坑。

庄强想给何向东挖坑，却反被请去主持全院大会诊，让他很窝火。主持完会诊，庄强对何向东说："何主任，你这次全院大会诊的效果很好，明确了诊断、治疗方向，希望你尽力而为，我代表家属感谢你。"

何向东叮嘱管床医生，按照会诊专家的意见，制定联合治疗方案，尽量让病人能度过这个春节。

事情往往出人意料。会诊查房的时候，一大堆医生围在病人身边，让病人开始怀疑自己的病情。她悄悄去听了会诊发言，听到了"肺癌晚期"这几个字，顿时意识到，之前所有的人都是伪装的。生命已经走到了尽头！女子受够了折磨，不愿意经受更多的折磨，不想依恋并不属于自己的时光。她悄悄写下遗嘱，离开了这个让她千万个不舍的世界。

这份遗嘱，让庄强的计划彻底破灭。除了对何向东装模作样批评几句，不能对他带来任何实质性影响。

他反思：自己老老实实当医生，却总有人见不得他好，在背后使阴招捅刀子。之前，自己有困惑，还可以跟父亲交流，父亲的思路开阔，总能让他在惨淡的日子里，点燃生活的激情。现在，父亲驾鹤西去，他又能跟谁交流呢？妈妈？不行！老人家年纪大了，脾气急躁，弄不好，着急上火，血压飙升。妻子？不行！刘淳怀有身孕，不能把负面情绪传递给她，影响胎儿生长发育。

父亲去世之后，家里虽然暂时安宁下来，但婆媳关系没有完全修复，何向东隐隐觉得，新的家庭矛盾正在酝酿，不知道什么时候爆发。家庭事业内忧外患，何向东苦闷不已。他呆坐办公室，久久不愿意下班回家。

天色已晚，路灯渐次开启，照亮城市的夜空，将湘江河装扮得冷艳，将仙山峰照耀得灵秀。远处的人民公园和千年书院，在刀剑般的朔风下，一层一层将绿色剥离，世间一片萧瑟。

刘淳打来电话，问他事情处理进展，什么时候能回家？何向东含糊其词。他还不想回家。没成家的时候，渴望成家，成家之后，真想隔一段时间就能逃离家。不是为了体验“小别胜新婚”，而是为了内心的宁静。

刘淳曾提出跟父母分开住。她从江明剑那里继承了金钱、房产、股份，任何时候都可以分家。何向东当即拒绝，他结婚的目的不是为了将父母像包袱一样甩开，而是为了更好地照顾父母。

刘淳似乎对他的态度很失望。而后，又多次提出分家。何向东每次都严词拒绝。他以为刘淳对分家这件事死心了，可是她从未死心，竟然瞒着他，装修好一套房子准备搬家。

刘淳无法接受丈夫不回家，给何向东去了电话，让他赶紧回家。她说：“家里有老婆在等你，你老婆肚子里还有你的孩子，赶快回来！”

爱情和亲情的召唤，是温馨的、诱惑的。何向东起身，准备回家。

向姝琳打来电话说，县医院收治了一名急性心梗的病人，马上要转来做心脏支架手术。医院派出的救护车正在赶来的路上，要马上开通介入导管室，请他过去。

何向东松了一口气，终于找到可以不回家的借口：做手术。他马上打电话告诉刘淳，今晚有急诊手术，可能回不去了，要她早点儿睡。

刘淳清晰地看到何向东的变化，忧郁、焦躁、浮躁、怒火，这些负面情绪与他的名医身份越来越不相符。他已经很久没有侍弄兰花了。阳台上的兰花，眼巴巴地等着他、盼着他，可是，很难得见上何向东一面。

刘淳揣测不出变化的原因。难道是因为父亲的去世？难道是胸痛中心建设不顺利？这些疑问，一个个在她心里盘桓。她甚至想，他是不是在外面有了别人？这个念头在她心里闪过的时候，她的心微微颤抖。她马上否认，不会的。何向东人品高贵，不会做这样的事。

刘淳的疑问，搅得她无法安睡。她摸了摸隆起的腹部，一个小生命正在孕育。人们都说，小孩是爱情的结晶。她祈祷，他能回归正常，回归名医、有良知的知识分子的正轨。虚荣、名誉、地位、金钱，不能成为生活的羁绊。他有名誉、有地位，和她结婚之后，有一辈子也花不完的钱，不应该会忧郁、焦躁、浮躁和发怒？

难道是因为爱情？刘淳一个激灵。回想两个人相识、相知、相恋的全过程，是不是仓促了一些？他们的婚姻，是不是外力的作用更大一些？很多时候，刘淳都在想，自己跟何向东结婚，有些仓促。

小生命在刘淳肚子里一天天长大。即便何向东不是深爱自己，对小孩该是深爱的吧？

刘淳就这么纠结着胡思乱想，时而肯定、时而否定，她多么希望，自己真的是胡思乱想。何向东还是那个何向东，对她的爱没有改变，对事业的追求也没有改变。

刘淳知道，何向东是个孝子。深入骨髓的孝顺，浸泡在数千年的传统思维中。以他的能力，十多年前，就有省里领跑的大医院高薪聘请他，他也心动过，可是，父母不愿意跟他走，他就不走。“父母故土难离，儿子哪里都不去。守着父母，也能成就一番事业。”这是他的原话。

刘淳的纠结，在冬日的黑夜泛滥。她希望，能有机会跟他好好聊聊。没有沟通，就没有爱情。

可是，他真的是在做手术吗？该不该给他送点夜宵？长夜漫漫，不吃东西，他身体会受不了的。她想起第一次送鱼粉的情形，看到他的笑，满足感在心里洋溢。

被窝很温暖，刘淳在纠结：夜宵送不送？他若是在手术还好，万一不是做手术呢？他若是借故不回家，自己深更半夜去送夜宵，会不会有“查岗”的嫌疑。

去吧！女人的好奇心驱使她冒着凛冽的寒风出门了。一阵寒风接着一阵寒风，刘淳的身子在寒风中瑟瑟发抖。她小跑几步，迅速坐进车里，发动汽车。

城市的冬夜，不仅仅有寒冷，还有通宵不眠的夜宵店。鱼粉没得买，烧烤却丰富得很。刘淳将车停在一家熟悉的烧烤店门前，按了两声喇叭，服务员就照单烧烤。他们都不喜欢吃烧烤，但寒冬的晚上，能买到的只有烧烤。烧烤是一种古老的方法，只不过现在的人多加了一些调料。人类茹毛饮血的时候，发现了钻木取火，就开始了吃熟食的历程。

刘淳提着烧烤，站在导管室门口。看到几个人在门外等着，她知道里面正在进行着一场惊心动魄的救人大战。她问手术开始的时间，查阅何向东打电话的时间，稍稍松了一口气，他没有撒谎。她在心里嘲笑自己，多虑了！也庆幸自己来对了。这不仅仅是烧烤，这是一个妻子对丈夫的深情厚谊。

刘淳看了看时间：两点半。这时候，刘淳担心何向东的手术时间太长，烧烤冷了不好吃。她将烧烤放在中央空调出气孔下保温。刘淳困意袭来，开始打盹儿。不知过了多久，她听到动静，睁开眼，看到满脸憔悴的何向东。她向他挥手。他正在跟病人家属说话，嘱咐心脏支架植入术后注意事项，忽然看到坐在椅子上的妻子，心中涌起暖流。

一台手术凝结了医生数十年的学识和经验。嘱咐完病人家属，看着护士将病人推走，何向东才向刘淳走过来，深情地说：“半夜三更送夜宵，累着你了。”

刘淳撒娇，让何向东将她牵起来，指了指空调出气孔下的烧烤，说：“我担心饿着你。”

暖流在何向东心中涌动，说：“得妻如此，夫复何求！”刘淳伸手，刮了一下何向东的鼻子，说：“就你会说话，文绉绉的。赶紧吃了吧。”

何向东说：“这么多，我一个人吃不了。导管室还有几个医生护士，拿进去大家一起吃。”

这个冬日的深夜，因为一袋烧烤，导管室里充斥着轻松的氛围。向姝琳的心里却有些酸涩。私下，她一直崇拜何向东，接近于喜欢，她一直努力克制着自己的情感。她看到了何向东和刘淳的恩爱，不管是真的还是装的，她都觉得难受。她象征性地吃了两串羊肉，就进了值班室。

刘淳是敏感的。她觉出了向姝琳的不一样。或许，她是捕风捉影，或许，她是从向姝琳的某个眼神、某个表情中察觉到了危机。她望了一眼值班室的门，又看了看何向东。还好，何向东压根没有反应，刘淳的心情稍稍轻松了些。

大家有说有笑，吃着烧烤，说着闲话，时钟不知不觉就指向了四点钟。医生护士都是“夜猫子”。

这个世界上，任何人都可以正常休息，医生护士不行；任何商店都可以打烊，医院不行。没有人知道自己什么时候会生病，医生护士必须二十四小时待命，六十分钟在岗，须臾不能离开。

人的生命是最珍贵的资源。每一个人都有责任有义务保管好来之不易的生命，让健康意识、健康生活、健康人生成为时代潮流。

同一个夜晚，王晓源突然感到一阵阵疼痛在胃内翻滚。李锦平一个激灵：胃痛？难道癌细胞转移了？赶紧开车将王晓源送到了医院。

李锦平将夏晶晶叫来，连夜研究病情。夏晶晶的妈妈病情稳定，已经出院，住到了她的出租屋。接到李锦平的电话，夏晶晶赶紧起床，揉着惺忪睡眼，打着哈欠。实在困得不行，打开水龙头，让刺骨的水驱赶睡意。

结合急诊检查报告，李锦平和夏晶晶判断，王晓源的胃痛，跟癌症转移无关，而是偶感风寒引起的胃部不适，用了胃复安，就没事了。

折腾一个晚上，王晓源又回来了。开门的刹那，王晓源愣住了，父母和公婆都在家，他们一直没睡，围着火炉，等她回家。见他们回来，问长问短，见她没事，才安心去睡觉。王晓源的心里，装满了幸福和愧疚。

王晓源偶发胃痛，给李锦平敲响了警钟，自己平时确实很忙，但要抽出更多的时间关心王晓源。

这段时间，李锦平在科室花的心思太多，对王晓源有些忽视了。在他内心深处，还将妻子当作一个健康的人，忽视了妻子做过癌清扫术，上过放疗、化疗和靶向治疗。他握着王晓源枯瘦的手，寒气从手指传递到心脏。

到家了，李锦平第一件事就是给王晓源倒了一盆热水，为她洗脸。王晓源的脸，像一张惨白的宣纸，他的动作轻柔细腻，生怕重一点，会把这张纸戳破、揉碎。

李锦平轻轻地、慢慢地为王晓源擦拭，一遍又一遍。他的心，随着毛巾的游走而放飞。初识王晓源，这张脸饱满靓丽，神采飞扬，珠圆玉润，而今，被时光裁剪成这般光景，被疾病折磨得这般消瘦，往事不堪回首！

洗完脸，李锦平附在王晓源耳边，轻轻地问："晓源，现在好些了吗？"

王晓源摘下假发，盯着镜子，挤出几朵残云般的笑，说："好多了。幸亏有你，有父母，有儿子。在鬼门关前走了一遭，我会好好地守住你，守住我们的家。"

李锦平将王晓源紧紧地抱在怀里，说："小仙女，你记住自己说的话，好好地活下去。我们这个家，一个都不能少。"

王晓源的泪水在眼眶里打滚，说："傻子，我会好好的，你曾经告诉过我，头发会长出来，癌细胞会死去。我打算从明天开始，继续去病房带大家练习太极拳。"

李锦平点点头，说："去吧，我支持你，别太劳累就行。"王晓源突然问："锦平，我们……好久没在一起了吧？"

李锦平先是一愣，回过神来，明白她的心思，说："小仙女，你瞎想什么呢？我们不是天天在一起吗？"

王晓源的语气，低沉得有些绝望："你知道我的心思，如果你想了，出去找一个吧，只要不让我看见就行。"

李锦平愠怒，说："荒唐！"

王晓源的眼神闪着幽怨的光，说："这是人性。多少家庭，因此分崩离析！只要你不抛弃这个家，我不会埋怨你。"

李锦平压低了声音，说："晓源，你放心，我绝不是那样低俗的人。我们在一起生活这么多年，老夫老妻了，别再说这样的话。"

王晓源抱住李锦平，头倚靠在他的肩上，低声抽泣。李锦平双手环住她，说："小仙女，睡吧，别胡思乱想了。你的眼睛里揉不进沙子。拿出你的骄傲和自信，不能被病魔打倒。"

王晓源变了，变得自卑了。之前，她的骄傲和自信，被病魔一点点蚕食。这不是她的本性。她向生活低头了吗？向病魔低头了吗？那个骄傲的小仙女，现在徘徊在自信和卑微之间，把她的心揉碎。

三十

李云昊批准派两名内科医生到胸痛中心工作，被庄强换成了两名年轻的进修医生。庄强的理由是人手紧张，派不出医生，进修医生也能上传数据。

何向东不放心，定期检查，却错误连连，将回旋支心肌梗死填成下壁心肌梗死，将溶栓填成支架植入术。这些低级错误，是责任心不强导致的，何向东不能容忍。

何向东一打听，这俩人有点背景，据说俩人进修期满，不会再回原单位，而是留在心内科工作。

何向东冲冠一怒。庄强不支持不理睬的态度，让他颇为不满，还帮倒忙使绊子，是可忍，孰不可忍！何向东找到庄强论理："岂有此理，欺人太甚！胸痛中心建设是我一个人的事吗？"

庄强脸上堆着笑，问："何主任，谁惹您生这么大的气？大怒伤肝，消消气！"

何向东说："庄强，你再暗中使绊子，胸痛中心建设这件事我不管了！"

庄强装糊涂，端过一杯茶，递到何向东面前，问："何主任，我虽然是个医务部主任，归根到底是为临床服务的，什么时候使绊子了？这个帽子太大了，我受不起啊！"

庄强揣着明白装糊涂，何向东更为恼火，质问道："你给胸痛中心安排两个什么人？这么不负责，怎么能胜任胸痛中心的工作？"

"何主任，您来兴师问罪啊？这两个人是李院长同意的，您不必打听什么来头。我忠告您一句：予人方便，自己方便！"

何向东本是去算账的，却被庄强"教育"了一通，窝着火回到科室，将两个进修医生狠狠地训了一顿："以后再出现低级错误，进修考核不合格，永远不要想进我们医院！"

俩人见主任真的发火了，脸色成了猪肝色，诚惶诚恐地做检讨。何向东嘟哝了一句："一对儿怂包。"

其中一个恼怒地质问何向东："你刚才说什么？谁是怂包？再说一遍！"

何向东瞪了对方一眼，说："我说的，怎么了？"

猛地一拳挥过来，正中何向东鼻梁，眼镜飞舞出去，血流如注。何向东眼冒金星，一个趔趄跌倒在地。科室医生护士见这情形，赶紧将何向东扶起来，将事情通报给了医务部。打人的是胸痛中心软件经销商柳川的儿子，庄强接到电话，乐得差点笑出声，顾忌是在工作场所，压住满心欢喜，板着脸来到心内科，一阵快意恩仇的激动，心想：这下有好戏看了。

庄强安抚了一番何向东，查看了伤情，挺严重的，让心内科医生陪着何向东去做检查。何向东刚离开心内科，庄强赶紧打电话给李云昊："李院长，柳川总经理的儿子把何主任打伤了。"

李云昊愣住了，他没想到会出事，赶紧通知柳川。不到半个小时，柳川的豪车就停在了市人民医院门口。李云昊陪着柳川到了心内科，何向东的 CT 检查结果已经出来了：鼻骨粉碎性骨折。

柳川抓住儿子的衣领，一阵猛撸："犯浑，不知天高地厚，打你算轻的，赶紧给何主任赔礼道歉。"

科里早就通知了刘淳。刘淳不顾自己有孕在身，从肿瘤内科一口气冲到心内科。

李云昊安抚何向东和刘淳，柳川在一旁赔着笑脸。庄强看着这一切，脸虽然是绷紧的，却觉得真解气，内心的笑容差一点传导到脸上。

刘淳没理会李云昊和柳川，看了一眼检查结果，拿起手机报了警。然后，扶起坐在凳子上的何向东，说："去住院吧！该手术就手术，该治疗就治疗，该休息就休息。其他的，交给警察处理。"

何向东头晕眼花，起身的时候差点跌倒。柳川过来扶何向东，被刘淳一把挡开，柳川的脸僵住了。

刚才还飞扬跋扈的小柳，见刘淳报警，一个箭步冲上来，跪在刘淳面前求饶："阿姨，求求您放过我，要赔多少钱都行。我爸有钱。真的，我爸有的是钱！"

刘淳扫视一眼李云昊和柳川，说："我家不缺钱。你们家那点钱，我看不上。是男人，就要负责任！"

柳川见刘淳态度坚决，心想碰上硬茬了，赔着笑脸说："嫂子，我们真心实意道歉，求求你撤销报警。”

刘淳没有理睬柳川，在几个年轻医生的帮助下，扶着何向东去了骨科。

何向东被打鼻骨粉碎性骨折的消息，在医院不胫而走。向姝琳得知消息，拔腿就往骨科跑，跑到半路，她又折了回来：人家妻子在，我心急火燎地赶去，算什么事？还是和科室的同事一起去看望吧！

警察很快就来了，调查一番，事实清楚，小柳也承认自己殴打了何主任，柳川不断求情：“是我管教儿子不严，警察同志，这件事实属偶然，我们可以协商处理，你能不能把人交给我管教？”

警察不理柳川，在法律面前，求情不管用。柳川见警察不理自己，求助般看着李云昊和庄强，希望两个人能站出来求情。然而，这两个人却无动于衷。李云昊是担心自己公开求情，会让医务人员寒心，说院长的屁股坐歪了，不帮科主任伸张正义，却为一个老板的儿子求情。庄强干脆将目光投射到仙山峰，压根不看柳川。这个医务部主任，虽然报复心强，平时看不惯何向东到处出风头，为这件事在心里偷着乐，却不会当众求情。

柳川的钱和面子，在这个时候毫无用处。他掏出手机，准备打电话，心想：我不信，这件事还能摆不平？李云昊瞪了他一眼，他只得将手机放回了包里。

柳川、李云昊和庄强眼睁睁地看着警察把小柳带走，每个人心里的想法都不一样，有的着急，有的盘算，有的漠然。

最着急的当然是柳川。为了这个儿子，柳川费尽心思。好不容易把他弄到大医院来进修，李院长也答应他今后留在心内科了，本以为儿子能收心，安心找个工作，却把科主任打伤了。柳川寻思，最好的办法就是不让他进监狱。进去了，说什么都晚了。

离开病房，柳川埋怨李云昊：“李院长，刚才你怎么不让我打电话？”

一直到院长办公室，李云昊都没有回答柳川的问题。他能说什么呢？猪一样的父亲养育了猪一样的儿子，不知天高地厚。

柳川暗自思忖，李云昊的态度不明，难道支持何向东打官司？他问：“李院长，我们有必要去一趟派出所吧？那小子虽然犯浑，毕竟是我的孩子，不能为这件事就往死里整。”

李云昊盯着柳川，问：“柳总，你认为市人民医院的医生护士可以白白挨打？你儿子也是学医的，如果有人打他，你会忍下去吗？”

柳川怔住了，说："小兔崽子确实过分，科主任都敢打，是要让他吃点苦头。我看，给个教训算了，你跟何向东夫妇做做工作，让他们高抬贵手，放孩子一码。"

李云昊问道："你要我怎么做工作？刚才他妻子的态度你看到了，人家不差钱。我也认为，这不是钱的事。"

柳川说："你觉得该怎么做？"李云昊转身对着窗户，说："你耐心一点，先关几天，给人家消消气，其他的事好办。你不至于现在就想把人捞出来吧？人家占着理，胡来是要出问题的。"

沉默了一会儿，柳川觉得李云昊不会给他想要的答案，起身走了。走的时候，头也没有回，将院长办公室的门关得山响。

医务部办公室和院长办公室相隔不远，庄强看戏一般，看柳川进了院长办公室，又出了院长办公室，前后不到十分钟。从柳川关门的动作上，庄强看到了他内心强烈的不满。庄强看着柳川的背影钻进电梯，才敲响了院长办公室的门。在庄强眼里，这扇门，代表着权威，开开合合之间，很多事就悄无声息地办成了。

李云昊见到庄强，气不打一处来，指着他的鼻子大骂，唾沫横飞，地动山摇，骂得庄强眼冒金星。

李云昊是主任医师、硕士研究生导师，平时很斯文，这次确实把他逼急了。逼急了的兔子会咬人，逼急了的狗会跳墙，逼急了的知识分子会斯文扫地地骂人，大骂怒骂。庄强知道自己理亏，他极力推荐小柳这个刺儿头去心内科，只想看何向东的笑话，给胸痛中心建设使绊子，谁知道他能惹出这么大的麻烦？挨了院长一顿骂，庄强灰头土脸逃回医务部。

事不凑巧的时候，不如意的事一桩接一桩。骨科报告，何向东的鼻子会留下终身残疾。听到这个消息，刘淳立马找到李云昊，要求医院出面，严惩打人凶手。李云昊本来想冷处理，等何向东身体恢复了，带上柳川去求个情，小柳拘留几天，也许做做工作就会出来了。可是事情到了这一步，他无能为力。

李云昊安抚刘淳一番，带着庄强去了骨科看望何向东。何向东麻醉还没醒来。他的脸色苍白，鼻子上包扎着纱布。骨科主任满脸歉意解释："李院长，目前的情况不容乐观……"

李云昊摆摆手，打断骨科主任的话，责问："还有补救措施吗？你做不了，省里的专家能不能做？北京上海的专家能不能做？就这么放弃吗？”

骨科主任不卑不亢地回道：“李院长，我已经将病历资料传给上级医院的专家了，目前还没有回音。”

李云昊掏出手机，给他的同学打电话，他这个同学现在已经是全省重量级的骨科专家，同学的回答，让他大失所望。没办法就是没办法，医学是经验科学，没有回旋余地。

何向东的妈妈在心内科同事的陪同下也来到骨科。何向东躺在病床上的样子，把老人吓得晕厥过去了。乱糟糟的抢救场面让李云昊的心提到了嗓子眼。如果事情发展到不可收拾的地步，就是院长的责任。李云昊负面情绪被点燃，恨不得将小柳直接交给刘淳处理。当然，这不现实，不是院长该有的处理方式。

这几天，李云昊听到不少议论庄强的声音，挟私报复、排除异己，以便日后挤进医院领导班子。之前，他很欣赏庄强，有能力有魄力。可是，这次胸痛中心人员安排问题，让李云昊看出了庄强心胸狭窄，难以捉摸。人一旦被功利心蒙蔽了双眼，什么事都干得出来。

院长的态度发生了一百八十度大转弯，庄强始料未及。这些年，他小心翼翼跟在李云昊身边，希望顺利上位，现在危险了。他必须自救。目前，何向东对他不构成威胁，尽管他头上顶着光环，一旦破相，就没有任何竞争力了。想到这里，庄强坦然起来，下一届进领导班子舍我其谁的优越感，像一团发酵的面粉，在他心里膨胀。

何向东的妈妈是在后半夜被抢救过来的。老伴儿走了，儿子伤了，跟媳妇儿又有矛盾，今后的日子该怎么过？她的脑子里，净是些乱七八糟的想法，不活了？住敬老院去？哎！不知道怎么办。千万个纠结在心中涌动，再有个性的妈妈也舍不下儿子。毕竟是自己身上掉下来的肉，毕竟是功成名就的儿子。人家坐牢的吸毒的赌博的儿子，父母都没放弃，自己更不能放弃。活下去，好好照顾家，别给儿子添堵了。想起即将出生的孙子，何向东的妈妈嘴角浮现了一阵笑意。孙子，是她和老伴儿多年的盼望。可惜了，老伴儿去得那么快，那么急，连孙子的面都没见上。自己一定要挺住，不能撒手不管。老人双手撑在床上，挣扎着坐起来。她一步一挪，走到儿子病床边，握着儿子的手，轻声呼喊：“儿子，醒来！别丢下妈妈，别丢下这个家！”

何向东的手指轻轻地抖动了一下。这个细微的动作，妈妈感受到了，她激动得热泪盈眶，不顾半夜，喊道：“医生医生，何向东醒了！”

睡在陪护床上的刘淳被惊醒，笨拙地坐起，见何向东醒了，很激动，挪动身子向值班医生报信：何向东醒了！

何向东醒来，对各方都是一个重大的利好，终于能松口气了。李云昊赶紧通知柳川，来医院看望何向东，重要的是，谈一谈赔偿的协议，这样他才好做工作，让何向东和刘淳放弃追究小柳的刑事责任。

柳川屁颠屁颠跑到病房，脸上依旧是不自然的笑容，好话说了一火车皮，刘淳就是不松口。她一定要等司法鉴定结果，如果构成犯罪，必须追究刑责。

这时，刘翠英到病房来了。这几天，刘翠英接到很多说情的电话，当然也有威胁的电话，劝刘淳放过小柳，开始，刘翠英和刘淳一样的态度，追究到底。可没几天，市里一个有头有脸的人物给刘翠英打来电话，意味深长地说：“是人就会犯错，我们要学会容忍，学会宽容，比如在小柳的问题上，该宽容还是要宽容，不能一棍子打死，年轻人嘛，总会犯错的。”这番话，让刘翠英后背发凉。尽管她不在乎钱，但很多事不是钱能解决的。一味坚持，就意味着公司今后没有好日子过。

刘翠英的出现，让事件有了转机。刘淳听了姑姑的话，知道自己该妥协了。事情终究是要解决的。刘翠英和刘淳态度的转变，何向东像吞了一只苍蝇。每个人都想着为自己的利益妥协，就是没人为他考虑。何向东的态度已经无关紧要了。有时候，对生活的妥协，就是对自己的伤害。没人为你主张正义的时候，妥协是唯一的办法。何向东心里酸涩，仰天长叹：“算了吧。我的事你们做主！”

三十一

时值隆冬，一年稍纵即逝。何向东和李锦平坐在湘江河畔的茶馆，相对无言。城市建设提速提质，城市品位提升不少。

他本来不喝茶，但李锦平喜欢红茶，何向东约李锦平出来，是跟他道歉的。何向东的父亲在肿瘤内科住院，李锦平尽职尽责，谁想到老人的病发展太快，去得这么匆忙。

何向东那晚冲李锦平爆粗口，一直想给他道歉，却一直忙，直到最近挨打，在家休病假，开始反思，主动约李锦平出来。开始，李锦平不同意，说同事之间，这点小事，自己不会放在心上。何向东一再坚持，有话要跟他说清楚，憋在心里难受。李锦平这才答应。

上好的红茶，茶汤酽浓，香气扑鼻。俩人慢慢品着茶，将心事一点一点浸湿，思维开始活跃。何向东打破沉默，赔礼道歉，希望李锦平原谅自己。李锦平微微一笑，说："相逢一笑泯恩仇。何主任何必这么隆重？你知道，我一直敬重你的人品。这件事，已经翻篇了，过去了。"

俩人说了一些客套话，话题就转移到何向东受伤这件事。李锦平为何向东鸣不平，何向东无奈地笑笑，说："这件事既毁容又伤心，让我颜面扫地。毁容倒无所谓，可是，伤心无法医治。今后还是谨言慎行吧。"

李锦平问："听说有人出面施压？"何向东没有回答。李锦平又说："为商人站台，总归是因为说不清道不明的牵扯。"

何向东叹口气说："我们都是普通医生，和他们不是一样的人。"

李锦平看到了何向东的消沉。这一次的打击，比上一次还要深重。他说："希望你能早点儿走出阴影。我们当医生，说到底是治病救人，到了我们这个年纪，多看几个病人比功名利禄都实在。过几年，做不动了，后悔就来不及了。"

何向东的目光落在包厢的门上，他感觉有人在敲门，随口问道："谁啊？”

门被推开，庄强站在门口，笑着问道：“两位主任，我能进来蹭杯茶喝吗？”

俩人都很惊讶：庄强怎么知道自己在这里喝茶？何向东盯着庄强，说：“庄主任讨茶喝，怎么能将您拒之门外呢？”庄强径直走进包厢，自己拿起杯子倒上茶汤，凑近茶杯深吸一口气，赞道：“好茶好茶！”李锦平无动于衷。庄强问道：“李主任不欢迎我吗？”李锦平讪笑着，说：“不敢不敢！请坐请坐！”

庄强说：“最近发生了一些不开心的事，希望李主任和何主任别放在心上。你们知道，我这个医务部主任，看起来手里有权，其实都是领导的意思，我只能落实。”

庄强不动声色地把责任都往领导身上推了。李锦平和何向东并不说话，看猴子要把戏一样看着庄强。

庄强说：“论收入，我绩效工资比你们差一大截，论技术，我的业务已经荒废，虽然还在看门诊、带研究生，其实心是浮着的。行政方面的工作太多，业务只是应付了事。”

何向东说：“你收入比我们少，活得却比我们潇洒。”

庄强哈哈大笑，笑出了泪水，让人毛骨悚然。他抽出纸巾擦干泪水，说：“两位主任，别看我貌似潇洒，昧着良心做了一些事，有时候是被逼的，将柳川儿子安排到心内科，就是被逼的，何主任多理解我。”

何向东愤愤不平，不想看庄强那张丑陋的嘴脸，将目光移到湘江河上，说：“猪在挨宰的时候，都撕心裂肺地哀号，我想，那个时候，猪的内心一定觉得自己很无辜。”

李锦平干咳几声。何向东并不理会李锦平的善意提醒，说：“庄主任，有些事大家心知肚明就行了，不要这么洗白自己。把自己择得太干净，反而别扭。”

李锦平发出一连串咳嗽声，咳得脸红脖子粗。

下班的时候，庄强看见何向东和李锦平一起往茶楼来了，就一直跟着，在门外听俩人的谈话，一不小心将门撞响了，不进来坐坐显得心虚。

大家都知道，医务部主任历来是入选医院领导班子的强劲人选。庄强之前的所作所为，都是为了打压潜在的对手，为自己将来进领导班子扫平道路。

何向东说："害人之心不可有，防人之心不可无。这句话，我会好好记在心里。"

庄强抿完茶，李锦平想再续茶，他站起身，冲李锦平摆摆手，说："李主任，好茶，我走了，咱们后会有期。"

门打开，一阵寒风倒灌进来，庄强本能地缩了缩肥胖的身子，将新买的貂皮大衣裹得更紧。

何向东和李锦平兴味索然，没有心思喝茶聊天，俩人默默地坐了几分钟，猜测庄强已经走远，也起身回家。

家门口多了一双鞋，李锦平突然想起，应该是儿子放寒假回来了。他早就打来电话，告诉家里放寒假的具体日子，李锦平问要不要去接。他说，不用，自己和几个同学一起回，他们约好了，想去吃臭豆腐很久了，儿时的味道，家乡的味道。李高峰又问了妈妈的情况，提醒父亲不要忽略了妈妈。

打开家门，茶几上摆着一份臭豆腐，李高峰的行囊整齐堆放在墙角。李高峰洗完澡出来，头发湿漉漉的，冒着热气。王晓源在给李高峰洗衣服。见父亲回来，李高峰喊了一声"爸爸"，李锦平"嗯"了一句，算是打过招呼。李锦平对王晓源说："孩子长大了，衣服让他自己洗，别感冒了。"他又对儿子说："高峰，你妈身体不好，你要学会自己洗衣服。"

王晓源说："孩子刚回来，没说三句话就开始教训人，不太好吧！"

李高峰岔开话题，指着茶几上的臭豆腐，说："这份是给你留的。现在有点凉了，要不要我去加热一下？"

李锦平摆摆手，说："我不吃。你自己去洗衣服，你妈身体不好，容易感冒。"

王晓源不高兴，说："我乐意给儿子洗衣服，怎么了？就你事儿多。洗几件衣服，还能感冒？"

李锦平说："孩子长大了，我们要学会放手。"

王晓源洗干净手，走到客厅，说："老李，你婆婆妈妈的，是不是提前进入更年期了？我都还没更，你就开始更了？"

李锦平愣了一下，问李高峰："我啰嗦吗？"

李高峰说："是的，越来越啰嗦。"

李锦平没看见父母，往父母卧室张望了一下，轻声问李高峰："回来见到你爷爷奶奶、外公外婆吗？"

李高峰说：“当然了。这还用问啊？”

“儿子，把衣服放洗衣机里去，我都洗了第一遍，有的衣服太难洗了，你讲究一点，别弄得脏兮兮的。”

李高峰回答着，将衣服被套床单一股脑儿放进洗衣机，王晓源笑着说：“不能放这么多。你当家里的洗衣机是个聚宝盆，能洗得了这么多东西？”

男孩子，生活经验不足，不懂洗衣机里到底能洗多少东西，情有可原。李锦平又问了些学习上的情况，其实他不担心李高峰的学习，医学院校有良好的学习传统和学习风气，治学严谨，他担心的是，李高峰在学校过早谈恋爱，故意将话题往这方面引导，谁知李高峰不接话，随手拿了一本书，回卧室了。

父子俩“斗智斗勇”，王晓源哑然失笑：“好玩。下次我要将你们父子的对话录下来，发个抖音，点击量应该蛮大。”

李锦平感叹：“孩子大了，管不住了。睡觉！”

何向东回到家，刘淳正在给宝宝织毛衣。刘淳抬眼看了看何向东，觉得他的鼻梁歪得刺眼，想说出来，却怕刺激他，不敢说。

何向东去阳台上，看了一眼兰花。很久没打理，兰花蔫蔫地耷拉着脑袋。何向东叹息一声，自言自语地说：“兰花凋萎了，不是好兆头。”

刘淳停住手上的活，说：“你还没走出来？我觉得你的抗压能力比较强，为什么如此消沉？”何向东没有回答刘淳的问题，而是问道：“我妈睡了吗？今天精神怎么样？”

刘淳朝卧室努努嘴，说：“精神状态还行，早就睡了。”

何向东沉默了一会儿，叮嘱刘淳：“不要睡得太晚，实在不行，就买几件毛衣给孩子穿。”

刘淳说：“买的毛衣，哪有自己织的毛衣暖和？这是妈妈对儿子的心意。”

何向东先上床睡了。迷迷糊糊中，听见手机响了，抓起手机，原来又是急诊。

临出门的时候，刘淳叮嘱何向东早去早回，路上已经结冰了，开车慢一点。何向东应承着，走进寒风中。

刘淳心里不踏实。上次从向姝琳眼神中感觉到危机，她一直处在不踏实的心境之中。她有时安慰自己，也许是自己的错觉。可是，她总感觉心里堵得慌。她被这种不安全感，纠结了半个多小时，在数次被毛衣针戳到手之后，她毅然起身，去了市人民医院。

导管室前安安静静，难道，这次接来的是空巢老人？现在空巢老人多，半夜三更突发心梗，被120急救车接到医院紧急手术，家属总是不在身边。

在导管室门口等了一会儿，刘淳起身去了120院前急救中心，找了值班的司机，问晚上是否接了心梗病人？司机一脸茫然否认。刘淳愣了，没接病人，哪来的急诊病人？肯定有文章！难道他和向姝琳真的有见不得人的故事？

返回导管室，刘淳将门拍得山响，“砰砰砰，砰砰砰！”几分钟过去，门打开了，正是向姝琳！刘淳怒不可遏，吼道：“贱妇！不要脸！”

向姝琳不知所措，惊恐地看着刘淳。

听到动静，一个女人从里间走出来，关切地问向姝琳：“姝琳，怎么了？”

竟然还有第二个女人在场？刘淳蒙了，难道真的是在做急诊手术？那个女人穿着工作服，戴着口罩帽子，捂得严严实实，问：“你是谁？”

刘淳意识到自己这次错得离谱，说：“误会了误会了，我是何向东妻子，来找他的。”

另一个女人盯着她，像盯贼一样，问：“你是何主任的妻子？何主任在做手术！”

一个中年男子急匆匆走到导管室门口，将一张手术通知单递给女人，说：“医生，我办好了手续。”

刘淳恨不得找个地洞钻进去，太无地自容了。她赶忙赔礼道歉，说：“向护士，不好意思，我错了，我误会了。请你无论如何都要原谅我。”

向姝琳眼泪簌簌，说：“你走吧。我不想再看到你。”

刘淳转身离开导管室，忐忑不安地回到家。何向东肯定会知道这件事，他会有什么反应？总不至于闹翻吧？何况，我肚子里还有他的孩子，男子汉总该有一点容人之心吧？

何向东是披着凌晨的鹅毛大雪回家的。得知刘淳跟踪和骂人，心底透出一股冰凉：刘淳变了！猜忌心让人不可理喻。他没有兴师问罪，她大感意外。她的嘴唇嗫嚅了好久，终于主动承认自己骂了向姝琳。说话的时候，不时用眼角的余光瞟何向东。

何向东冷笑几声，说：“你长本事了！让我有何脸面在市人民医院待下去？”

刘淳见何向东并没有想象中的大怒，娇娇地说：“我还不是担心肚子里的孩子，怕他生下来的时候，被别的女人抢走了父亲。”

何向东冷冷地说：“在你心里，我就这么下流不堪吗？我们还是分开一段时间，大家都冷静下来。免得孩子生下来就是单亲宝宝，这才是对孩子最大的不负责任。”

刘淳没想到何向东会说出这番话，他冷漠的样子很吓人。她哀求道：“向东，不要这样，我们不要分开。”

何向东抱了一条被子，去了客厅。他要好好思考，将来的日子，该怎么过，将来的路，该怎么走。自己的婚姻让父母操碎了心，好不容易稳定下来，看起来秀气斯文的刘淳却让他一再无法理喻。也许是迫于外界的压力，结婚太仓促。何向东想到一句话：因为不懂而结婚，因为懂得而离婚。难道，他的婚姻会短暂到令人怀疑爱情？有时候，别人的关心，尤其是对你婚姻大事的关心，会成为你的负担。

刘淳木木地坐在床边，暗自垂泪。这一次，自己错得离谱，丢了何向东的脸，也给自己贴上了泼妇的标签。今后怎么办？如果何向东毅然离婚，自己的人生该怎么走？离婚？不至于啊！再错，我也是他妻子。我不会同意离婚的。他有什么资格谈离婚？当时，要不是姑姑和李锦平极力撮合，说不定就不会在一起。男人简直是笑话，追你的时候，好话说尽，手段用尽，一旦追到手了，就容不下自己的妻子犯任何一点儿错误。

三十二

刘淳的冲动在医院引起了一场风波。庄强找不到何向东的把柄，这件事成了他最有力的回击武器。凭什么所有的风头都让他占了？上一次，他大闹肿瘤内科，院长没有处分他，这一次，他还能躲得过？虽然是他老婆骂的人，这笔账要算到何向东头上。

庄强在职能科室例会上极力反映此事，领导只得派人调查。调查的结果，确有其事。迅速开会，工会去安抚向姝琳，医务部草拟处理意见。本来是要处理的，可是有人不同意，刘淳不是医院职工，何向东没有骂人，处分谁？

一席话，让李云昊院长干瞪眼，只好让庄强起草处分意见。庄强挑起这件事，没想到被人一脚给踢回来了。他的本意是借刀杀人，自己不出面就将何向东给收拾了。

庄强接到一个烫手的山芋，硬着头皮起草处分意见。翻遍了规章制度，也找不到一条合适的规定，庄强极为恼火：“不信老子收拾不了你！”

李云昊听见了，径直进了医务部办公室，问：“庄主任，骂谁呢？”

见是李院长，庄强赶紧从医院规章制度中收回视线，站起让座。李云昊摆摆手，说：“庄主任，我多次跟你说过，领导要学会宽容，你偏不听，公开提出要处分何向东。现在找不到依据了吧？”

庄强不服气，说：“科室主任管不住自己的家人，是不是家风不正？”

李云昊惊讶地望着庄强，意味深长地说：“庄主任，想想你自己吧！”

庄强目送李云昊走出医务部办公室，垂头丧气地坐下，一把将资料推到地上。其他人看见了，抿着嘴笑，就是没人敢说话。庄强恼怒地坐了一会儿，捡起散落在地上的资料。他就不信，自己找不到依据、收拾不了何向东。

何向东已经知道，庄强一心想整他，他依旧不为所动。该查房的时候查房，该看病的时候看病，该手术的时候手术。只是，他恼怒刘淳，之前不是这样的，虽然有点小脾气，怎么说变就变？是不是因为怀孕导致性情大变？

何向东难以理解刘淳的举动。这婚，到底离不离？

生活这团理不清的乱麻，何向东无所适从。他决定维持现状，静观其变。开完医嘱，他去了导管室，想安抚向姝琳。

向姝琳显然刚哭过，见到何向东慌乱地转身就往值班室走。

向姝琳今天休息，可是，她现在舆论的风口浪尖上，不敢出门，想等过这阵风头再露面。

何向东跟在向姝琳身后，说："对不起，我代替刘淳向你道歉，她最近可能是因为怀孕，性情变了，让你受委屈了。"

向姝琳进了值班室，"啪"地将门反锁。何向东无趣地站在门口。

此时，导管室正在做一台心肌梗死取栓术。医生已经从患者心脏血管前降支取出两团血栓，患者的血管还没有完全开通。隔着玻璃窗，何向东看见手术医生急得满头大汗。他盯着X光屏幕，通过传声器告诉手术医生，还有一小团血栓，在回旋支中端。手术医生努力了很久，也没能将栓子取出来。

时间一分一秒过去，心电监护仪显示，患者的心跳越来越慢，血压越来越低，随时可能有生命危险。何向东忙穿上防护衣，消毒双手，冲进手术室。手术医生将手术位置让了出来，自己站在旁边。何向东手法娴熟，导丝穿过回旋支，即将到达血栓部位的时候，何向东果断夹住栓子。即将取出的瞬间，意外发生了：栓子脱落了。何向东心头一惊，迟疑了一下，栓子不见了！患者突然面如死灰，心脏停搏！何向东赶紧实施急救，心脏按压、心内注射、电击复苏，所有的急救措施都用上了，终于无力回天。

何向东宣布患者死亡的时候，身子无力地滑到在手术室地板上。用庄强的话说，这是一次让何向东无法翻身的绝好机遇，何向东负有直接责任。

隔日，对何向东的处分决定出来了，行政记大过、负责两成赔偿金额、停发绩效工资半年、停止处方权半年。其他的处分何向东能接受，让他受不了的是停止处方权半年，这是剥夺他当医生的权利。

何向东找了庄强，庄强说是医院领导开会同意的。何向东找李云昊院长说："李院长，你好糊涂！"

李云昊说："何主任，处分是医院领导集体研究决定的，我们是在提醒你：不能过分骄傲。"何向东瞪着眼，李云昊继续说道："你走吧！好好反思自己的行为！"

何向东说："好！既然你和庄强容不下我，我辞职！男子汉大丈夫，走到哪里都有立足之地。”

不久，何向东将辞职报告送到了李云昊手里。李云昊极力挽留：“何主任，你真的说走就走吗？胸痛中心建设怎么办？”

何向东说：“这是你院长考虑的事情，我管不着。”

得知何向东辞职的消息，刘淳第一个不干，她跑到李云昊办公室，想极力劝阻李云昊批准这件事。刘淳请求李云昊：“李院长，他没跟家里商量。请您高抬贵手，暂时不要批准。”

李云昊正在看文件，从鼻子里轻轻地“嗯”了一声。

刘淳说：“李院长，虽然我们家不缺钱，就算何向东不工作，我们也能活下去，但是他辞职了能干什么呢？他只会当医生看病啊。请李院长大人不记小人过，放过他这一回。”

李云昊摆足了架子，才抬起头，看了刘淳一眼，说：“刘老师，辞职是他自己提出来的。市人民医院这口塘太小，装不下何向东这个大专家。况且，你上次在导管室辱骂向姝琳，闹得人尽皆知，我也没说什么。这一次，我们帮不了他。”

刘淳说：“李院长，何向东在市人民医院兢兢业业几十年，现在出了事，你连挽留的话都没有一句，是不是看他老实好欺负？”

刘淳发出一声冷笑，道，“李院长，你无情，别怪我无义！”告诉你，别以为我不知道你和庄强跟柳川那点破事儿，你想我们家不好过，”你们没有好日子过。不信，咱们走着瞧！”

李云昊惊讶地盯着刘淳，赶紧起身将办公室门关了，说：“刘老师，咱们说话讲证据。你别乱扣帽子！”

李云昊恼怒不已，想吼却不能吼，只得压低了声音说：“刘淳，你要搞明白，是何向东自己要辞职，不是我们逼他。我劝你还是要冷静。刘老师，我们会重新考虑何向东的辞职报告。他是医院的金字招牌，在全省都赫赫有名。不过，你也要好好劝劝他，不能率性而为。”

李云昊软硬兼施，刘淳说道：“好！咱们一言为定，希望李院长信守诺言。”

离开李云昊办公室，刘淳又去了一趟心内科。她找到何向东，希望能用未出生的孩子感化何向东，让他慎重考虑辞职的事，将辞职信要回来。

何向东铁青着脸，说：“谁让你去找李云昊的？简直荒唐！我的事你少管。”

刘淳的心情逐渐沉重。她仿佛看见，一个家正在分崩离析。她的泪水夺眶而出。

见刘淳哭了，何向东赶紧劝她：“我一个心内科专家，辞职之后找份工作完全没有问题。你担心什么呢？别哭了，你笑起来才好看。”

刘淳破涕为笑，一掌打在何向东后背，说：“小样！看把你能的。小心我收拾你。”

权衡再三，何向东还是要回了辞职信。人都有不冷静的时候，冲动是幼稚的表现。何向东想着李云昊说的话，非常不满。但是，自己现在不能辞职。毕竟刘淳有孕在身，他不能率性而为。

得知何向东最近遇到的糟心事，李锦平约了何向东，去了湘江河边的茶室。

依旧是红茶。心事却不尽相同。经历了这么多的事，何向东也不敢轻易对别人敞开心扉畅所欲言了。他并没有跟李锦平说自己的家庭情况，没有说自己和刘淳的家庭矛盾。他害怕，有朝一日，这些话题又会成为攻击自己的靶子。他确实害怕了，哪怕面对李锦平，他也不敢实话实说。

北风一阵紧过一阵，天上飘着雪花。李锦平回到家，王晓源倚靠在床头看书，还没有睡。他关切地问：“怎么还不休息？”

王晓源说：“我担心你。不知道为什么，最近总是担心你，怕我一闭上眼，就醒不来了，再也看不到你，看不到儿子，看不到家里的人。所以，我一定要等你回来。”

李锦平眼眶一热，说：“傻傻的女人，我会好好的，你也要好好的。现在我回来了，睡吧。”

王晓源把脸埋在李锦平怀里，撒娇道：“请叫我小仙女！”李锦平将嘴唇印在王晓源额头上，说：“睡吧，小仙女。”“嗯！”

三十三

岁月深沉，时节如流。春节前夕，病人一拨一拨地出院，只要病情许可，李锦平都会允许病人出院。过年了，谁都想跟家人团聚。平时拥挤的病房，现在空荡荡的，一下安静了下来。

病人少了，查房却并不轻松。留下来在医院过年的病人，病情都很重，有的病人已经到了弥留之际，能不能过完春节都很难说。

李锦平带着夏晶晶逐一查看病人，比平时更多了一分伤感。作为肿瘤内科主任，他的伤感来自对生命的敬畏，对人类认识疾病局限的悲怆。有时候，李锦平觉得自己虽然是专家，但在一些疾病面前却无能为力，不免沮丧。

李锦平发现，病区走廊上，有一个大学生模样的年轻人，不时朝他张望。李锦平断定，这是某个病人的家属，为了等他，内心焦急，却不愿意打搅他，才以莫名的表情看着他。

李锦平走到年轻人面前，问："请问你是在等人吗？"年轻人彬彬有礼地问："我在等李锦平主任，请问是您吗？"李锦平点点头，说："我就是李锦平。请问你是……"

姜力祥走出病房，对年轻人说："儿子，这位就是我的救命恩人李主任，给李主任磕个头！"

年轻人要跪地磕头，李锦平赶紧拦住，说："小伙子，男儿膝下有黄金，上跪天地，下跪父母，我受不起。"

年轻人不再坚持磕头，而是改为鞠躬，说："谢谢李主任和医生护士们对我父亲的精心治疗！要不是你们，我父亲恐怕难逃劫难，感恩好人！"

李锦平得知，姜力祥住院这段时间，他发奋读书，考取了顶尖医科大学研究生。他为年轻人的上进和奋斗感动欣慰。

姜力祥的儿子是来办理出院手续的。他是抗癌基金会救助的第一个病人，出院的时候，刘淳也来了。

此时的刘淳，虽行动不便，但必须到场。帮助人是快乐的，看到基金会救助的病人好转出院，她也很高兴。至少，她见证过、帮助过一条生命逃离死亡威胁。

感恩的、客气的话，姜力祥和儿子说了一遍又一遍，把自己都说哭了。姜力祥说："家里那么穷，我偏偏又得了这种病，真的想死了算了，幸亏医生护士把我救回来了。如果我那天死了，你就没得爹了。"

姜力祥的儿子眼泪汪汪的，说："爹，相信我，只要你坚持下去，我们家的好日子一定会到来。"

叮嘱的话说了一遍又一遍：要准时吃药，注意营养，少食多餐，高蛋白饮食。注意休息，不能干体力活。保证充足的睡眠，不能熬夜。过完年，就来复查……

李锦平不知道哪有这么多话要说。他想，也许这是一份感情、一份期待、一份希望。希望这个家庭，能在好心人的帮助下，一步一步走出困境。

刘淳被感动得直抹眼泪，她对姜力祥说："能尽一份力帮助你，是我做的最正确的事情。我愿意尽自己的能力，把基金会办好，帮助更多的人。"

刘淳又掏出包里所有的钱，塞到姜力祥的儿子手里，说："回家过年，总要置办年货，拿着这些钱，热热闹闹过新年。"

姜力祥的儿子执意不要，推来推去，李锦平说："收下吧，别辜负了刘老师的一片心意。你将来当了医生，有能力了，希望你也能尽力帮助更多的病人，回报社会！"

父子俩被这份温情感动，泪水涟涟，一步三回头，离开了医院。送走姜家父子，李锦平欲与刘淳告别，刘淳告诉李锦平，自己有话想跟他说。李锦平感到惊讶，除了工作上的事，自己没有过多的话和她讲。撮合她和何向东结为夫妻，他们之间再无工作之外的交集。

刘淳的眼神里有一种祈求，她说："我知道你会感到唐突，但我确实有很多话要跟你讲，请你务必抽时间让我把话说出来，要不然我憋得难受。"

李锦平搪塞道："我还要查房，要不改天，我把何主任约出来，有什么话，我们三个人当面说。"

刘淳否决了李锦平的提议，笑着说："我只想对你说，不过，你别想歪了。"

李锦平释然。别想歪了？他不好再拒绝，安排夏晶晶接着查房。在李锦平的办公室，刘淳单刀直入，问李锦平："李主任，你对何向东了解多少？对向姝琳了解多少？"这个问题难倒李锦平了。他对何向东，其实是一种惺惺相惜的感情，谈不上深刻的感觉。对向姝琳，更不了解。他在想，刘淳突然问这个问题，是不是跟上次刘淳辱骂向姝琳有关？他说得很谨慎："我没有明白你的意思。能说得直白一点吗？"

刘淳说："你明白我的意思。上次，我在导管室门口骂了向姝琳，哪知何向东真是在做手术。可我还是怀疑，他们之间有一种说不清道不明的关系。"

李锦平向来不喜欢打探八卦新闻，什么谁和谁好上了，谁和谁散了，谁家两口子吵架了，这些乱七八糟的事，李锦平一直都是绕着走。李锦平一头雾水，问："你怎么会问我这样的问题？"

刘淳说："李主任，我不是问八卦，也不喜欢八卦。我是敬重你的人品，才想问问你，怎么评价我和何向东的婚姻？当初，是你极力撮合我和何向东的。"

李锦平想起李高峰说的那番话，市人民医院一个堂堂的科主任，搞什么拉纤保媒的事，与身份不相符。自己当时还觉得是做了一桩好事，没想到他们夫妻关系会这么艰难。也许，成年人的世界里，只有残酷的现实，没有纯真的童话。

李锦平说："你可能在自己心里，愧疚无数次了。我想，还是我出面，把何向东和向姝琳约出来，最好你姑姑也在场，几个人把事情说开了。"

刘淳觉得李锦平说得有道理，同意他的提议，由李锦平约人，时间就定在晚上。刘淳的意思，要过就好好过，要散就痛痛快快散，不要搞得夫妻关系、家庭关系别别扭扭，憋着难受。

晚上，大家如约而至。刘翠英是长辈，拿出长辈的威严，说："前段时间，发生了一些不愉快的事情，大家心里有想法，日子过得扭捏，今天，我们请李锦平主任做个和事佬，来给大家说和说和。"

李锦平微笑着，欠欠身子，表示欣然接受。

刘翠英意味深长地说："有些事情，说开了就好。谁做得不对，首先道个歉，给个态度。"她瞥了一眼刘淳，问道："刘淳，你有什么话想说？"

刘淳走到向姝琳面前，伸出手，说："姝琳姐妹，之前的事是我莽撞，冲动，不该对你爆粗口，我道歉。"

向姝琳的手轻轻地触了一下刘淳的手，就收了回去，说：“希望你的道歉是发自内心的。”

刘淳的表情僵硬。都是成年人，道歉的话不是轻易就能说出口的。刘淳这样表达歉意，却没有得到向姝琳友好的回应，内心很不舒服。

李锦平笑着说：“姝琳，刘老师已经道歉了，说明她意识到自己做得不对，冤家宜解不宜结。”

刘翠英接过李锦平的话，说：“姝琳啊，我们都知道你受了委屈，我也替淳儿求个情，希望你看在她已经怀孕的份上，原谅她这一次。”

大家都眼巴巴望着向姝琳，好像她再不原谅刘淳，就是她得理不饶人。她不愿意既挨了打又输了理，大度地说：“我接受道歉，但我希望这事再也不会发生。好了，我还要回家给公公做饭，先走一步了。”

任凭大家怎么挽留，都没能留住向姝琳。何向东就像看客，好像这一切都与他没有关系。他的表情木木的、淡淡的，就像看着一场毫无生趣的话剧表演。向姝琳一走，刘淳长舒了一口气。她知道，向姝琳的心里根本没有原谅自己，这就是安排给何向东看的一次礼节性道歉。她希望能达到两个目标：何向东对向姝琳死心，自己在情义上占据主动。

刘翠英说：“记得上半年，刚开春的时候吧，我和李锦平主任撮合你们喜结连理，白头偕老，没想到，结婚还没几天，就闹成这个样子。不愁吃不愁穿的，你们是怎么过日子的？”

刘翠英的话振聋发聩。刘淳低下了头，说：“今天，我说几句心里话。之前，我总觉得，两个人结婚，就应该过二人世界。怀孕之后，又担心向东在外面找人，就做了傻事。”

何向东一声冷笑，说：“刘淳，你一肚子花花肠子，我怎么就没看出来？我妈妈影响了二人世界？担心我在外面找人？你真会想！”

刘翠英打断何向东的话，说：“向东啊，女人的心思敏感、细腻，特别是怀孕的时候，更容易猜疑。为什么走到这一步，有刘淳的责任，更有你的责任。当然，今天我们是来分析原因的，不是追究责任的。”何向东惊讶地问：“我的责任在哪里？”李锦平笑着说：“何主任，家庭生活是家庭成员共同的责任。我想，你是工作太忙了，跟家人的沟通不够，或者说，有效沟通不够。所以，你的责任在所难免。”

何向东沉默了。自己确实太忙，很多时候都没有顾及刘淳的感受。他常常半夜三更离开家看急诊，这是职责所在，却忽略了身边人的感觉。

何向东对刘淳说："淳儿，看来，我确实有责任。我把太多的心思放在工作上，对你耐心不够。以后，我会注意你的感受。"

气氛开始缓和。刘翠英趁热打铁，说："向东啊，你是我的救命恩人，现在又是淳儿的丈夫，我想看到你们家庭和美。你能意识到这一点不足，很好！"

李锦平笑着说："其实，家庭生活中，没有对错，只有包容。夫妻没有隔夜仇咧！"

话说开了，心情就在雪夜里舒缓地流淌，像这条古老的湘江河，不紧不慢地流淌，不管岁月如何更替，都没有停下追求大海的步伐。

何向东拉拉刘淳的手，说："老婆，对不起，以后我会兼顾好医生和老公两个身份。"

刘淳笑了，好久没有这么开心地笑了。她说："你马上要多一个身份：爸爸。你要对孩子负责！"

"好好好，三个身份，父亲、丈夫和医生！"何向东也笑了。

刘翠英说："其实，你们还有一个身份，儿子！记住，家有一老如有一宝，好好珍惜吧！"

热腾腾的饭菜上桌，大家各坐一方，以茶代酒，举杯相碰，日子就融化在活色生香之中了。何向东喜欢吃鱼，鲈鱼、鲫鱼、鲤鱼、草鱼石、斑鱼，清蒸黄焖炖汤油炸，他都喜欢。他常说：知道我为什么聪明吗？因为从小就爱吃鱼。那神情，就像爱撒娇的小姑娘，惹得刘淳忍俊不禁。今天上桌的是黄焖草鱼。他喜欢用鱼汤拌饭，他的口头禅是：鱼汤拌饭，锅底刮烂。可见何向东对吃鱼有多么热衷。这才是普通人的活色生香。

何向东吃得津津有味通体舒泰，刘淳劝他："慢点吃慢点吃，没人跟你抢！"

李锦平看着羡慕，说："能吃，证明身体好，身体的部件还能正常运动，是好事。"

何向东的手机铃声响了，是科室打来的。何向东接完电话，三下两下扒拉完饭，说："慢点吃就没得吃了，抢救病人去了。"

何向东风风火火来到导管室，患者已经躺在手术台上，术前准备已经做好，何向东穿上三十多斤重的防护铅衣，消毒，站在手术台前。

这个病人只有三十岁。急性胸痛的发病年龄呈现低龄化倾向，与熬夜、抽烟、酗酒有直接关系。何向东沉着地操作，导丝到达前降支这根“罪犯血管”的时候，就像陷入了一口巨大的泥潭，无法前行。X光显示，患者血管闭塞，导丝无法通过。何向东判断，患者前降支斑块脱落，激发血管内血小板的聚集，正在源源不断地形成血栓。

“取栓！快！”何向东迅速调整治疗方案。这种情况，盲目放置支架，必然会激活凝血系统，造成更多血栓的形成，必须紧急采取血栓抽吸术取栓，并使用溶栓药物。

一点点一团团白色的、红色的血栓凝块从患者前降支取出来，患者的脸色稍有好转。

何向东判断，溶栓治疗之后，患者心脏缺血状况会进一步改善，果断停止血管内支架植入操作，将患者紧急送进重症监护室。

值班医生问何向东：“下一步该怎么办？”何向东分析道：“我判断，这个病人心脏血管内有可能还残留小血栓，医嘱大剂量溶栓治疗，先观察。过几天，患者病情如果缓解，再做一个血管内超声诊断，如果血管横截面积大于四平方毫米，不用放置支架，直接服用溶栓药控制就可以了。”

值班医生点点头，说：“何主任真的是心内科的定海神针，如果换作是我主持手术，真不知道怎么应对。跟您又学到了一招。”

何向东说：“你不用吹捧我，我也不是神仙，也有把握不准的时候。但是，当医生的，就是要将把握不准的概率降到最低。”

值班医生说：“我说的是真心话，不是吹捧！跟着您，我真的能学到不少的知识。”

何向东拍拍值班医生的肩膀，说：“等你到我这个年纪，会比我还厉害！”

何向东简单收拾一下，冒着半夜风雪，急匆匆往家赶去。家里，还有妈妈，还有刘淳在等着他，当然，还有刘淳肚子里的孩子。想到孩子，何向东不由得笑了，心里热乎乎的，连彻骨的寒风都不在乎。

回到家，妈妈已经睡熟，刘淳还在织毛衣。见何向东回来，刘淳放下毛衣，拉着他的手，去了阳台。

呀！阳台上的寒兰开了，正散发着幽香！何向东心下欢喜，说：“寒兰耀门第，瑞雪兆丰年。来年，一定是个好年景！”

刘淳说："只要你一心一意对我好，对孩子好，我们家一定是积善之家，必有余庆。"

何向东笑着说："刘老师出口成章啊。我还知道，此句出自《周易》，后半句是：积不善之家，必有余殃。清朝著名红顶商人胡雪岩在创办胡庆余堂的时候，曾经想命名为余庆堂，后来因为秦桧的府邸用过此名，就把余庆堂换了一下顺序，改名庆余堂。"

刘淳撇撇嘴，说："就你知道！我还知道庆余堂的匾额就是秦桧的楷体书法，商号外墙上的胡庆余堂国药号这七个字，号称中国第一大字，出自大书法家章其炎之手。"

何向东伸出大拇指，说："我家娘子，博闻强识，才女！大才女也！"夫妻玩笑，其乐融融，他们找到了热恋的感觉。何向东适时对刘淳讲了妈妈的故事，告诉她，妈妈性子直，很要强，但心地善良。因为性格刚强，不太善于跟别人相处，工作上受人排挤，吃过很多苦，希望她能理解和尊重妈妈，如果妈妈做了什么不对的事情，不要直来直去批评妈妈，更不要针尖对麦芒，让一让，家庭就和睦了。

刘淳其实在心里检讨过自己的行为。与婆婆相处并没有大的矛盾，都是些鸡毛蒜皮的小事，是自己没学会怎么跟老人打交道，她决心改改自己为人处世的方式。

生活就是这么微妙，很多道理大家都懂，要持之以恒坚持，变成一种习惯，却不简单。

第二天，雪停了，太阳出来了，天地一片晶莹。但北风依然凛冽，吹在脸上像刀子在削刮，呼吸都很难受。何向东竖起大衣领子挡住脸，才感受到自己的体温。早上出门的时候，刘淳让何向东别开车，怕路面结冰打滑，不安全。

到了医院，何向东习惯性地看了一眼电子钟，7：40，比平时晚了十多分钟。这个挂钟，是按照胸痛中心建设的要求安装的，时间与网络同步，分秒不差。

最近接到通知，胸痛中心建设检查验收马上就要开始，先是专家暗访，再是专家组现场明察。何向东无奈地摇摇头，胸痛中心建设多灾多难，看样子，要跟检查组报告医院的情况，推迟专家组评审的时间。

何向东进了主任办公室，ICU 主任打来电话，昨天取栓溶栓的那个年轻病人，发生了三次室颤，都抢救过来了，但还是没有脱离生命危险，请他去ICU会诊。

放下电话，正准备交班，向姝琳过来，告诉他，她准备向护理部申请调出导管室，请他先给看看这份《请调报告》。何向东问：“为什么要调走？”

向姝琳说：“何主任，您认为我还能在导管室待下去吗？我不想成为别人茶余饭后的谈资。”

何向东说：“身正不怕影子斜！”

向姝琳说：“我请求调出导管室，是为了避嫌。别人可能误会，但是，你们家那位一直在怀疑我，我还是走了好。”

何向东说：“你这一走，岂不是此地无银三百两？”

向姝琳说：“我不这么想。如果不能调出导管室，我就辞职。”说完，拿起《请调报告》走了。

向姝琳是铁了心要调出导管室，走就走吧。何向东想。

三十四

年味儿越来越浓，大街小巷播放的都是迎新春、恭喜发财之类的祝福歌曲。病人越来越少了，病房越来越安静。

查房的时候，周达善想出院。但是，他不知道自己该到哪里去？李锦平说：“周达善，你出院回家也是一个人，干脆在医院待着，大年三十，我们一起包饺子。”

人走运的时候，身边围着一圈一圈的人，男的女的，都是笑脸，眼里都盯着他的钱。男人想从你这里赚到钱，好吃懒做的女人想用色相从你这里换到钱。这就是赤裸裸的交易。自己曾经乐此不疲。背时的时候，男人不见了，女人也不见了，世界安静下来，留下离婚的前妻照顾他。

周达善问李锦平：“你知道陈瑾利最近在忙什么吗？”“她在照顾黄学倩。”

“黄护士长怎么了？”

李锦平没有回答他的问题。医务人员的隐私，不可以过多地被病人知道。

周达善打电话给陈瑾利，想问她什么时候来接自己出院。连续拨了几次，陈瑾利都没接电话，他的眼神里充满了失望。恰在此时，陈瑾利到肿瘤内科来了。进了周达善的病房，将营养品放在床头柜上，对周达善说：“我知道你打电话给我的目的。今年春节，我不能接你出院。”

周达善赌气地说：“我就知道你嫌弃我。也好，这就是报应吧！你好好地看我的笑话。”

陈瑾利心里特别难受，说：“我要照顾黄学倩。我对你也算是仁慈了，别拿自己太当回事。”

李锦平说：“你还是在医院过年吧，我们会照顾好你的。”

周达善不耐烦地说：“好吧好吧，我在医院过年。就算是死在医院，也不要你管！”

陈瑾利说："周达善，我没有义务照顾你。你这辈子是作过头了，上天在给你惩罚！我走了。"

陈瑾利对李锦平使了一个眼色，俩人一前一后走出周达善的病房。在李锦平的办公室，陈瑾利拿出一张《诊断书》给李锦平，赫然写着：抑郁症。她说："黄学倩每天以泪洗面，我请了心理科医生来会诊，医生诊断是抑郁症，要到精神病专科医院住院治疗。"

李锦平说："你打算陪她到精神病医院去住院吗？"

陈瑾利点点头，说："她是我最好的朋友，我不陪她，就没有人陪她了。"

李锦平感叹道："有你这样的好朋友，是黄学倩的福气。我们都希望她能尽快恢复。不过，抑郁症是很难治愈的。"

陈瑾利说："现在，我最大的担心就是她想不开。"站了一会儿，陈瑾利心事重重地走了。她本来是一个优雅的女人，却被现实逼得步伐沉重。

陈瑾利刚走，夏晶晶的电话就风风火火打来了，她急急地说："李主任，我妈妈……不行了！"

李锦平赶紧要了救护车，向夏晶晶家赶过去。可是，紧赶慢赶，还是没赶上抢救，李锦平到的时候，夏晶晶的妈妈心脏已经停止跳动。

李锦平拍拍夏晶晶的肩膀，说："夏医生，你已经尽力了。作为医生，我希望你能明白，生老病死是自然规律。节哀顺变！"

夏晶晶擦干眼泪，端来一盆温水，为妈妈细心地擦拭身子。从额头开始，到脸颊、手指、脚板，每一个地方，都擦得那么细致。她说："妈妈，您是一个爱干净的人，这辈子吃苦受累，没享过福。您白生了我这个女儿。"

李锦平打电话给科室的医生，叫同事来帮忙。肿瘤内科的同事陆续来了，有的人主动联系殡仪馆，有人去置办用品，还有人去联系墓地。夏晶晶一脸茫然地看着忙忙碌碌的同事。她没有经历过这样的事情，千头万绪，无从下手。有同事张罗，她心里踏实了。

临近年关，不敢拖延时间太久，夏晶晶将出殡的时间定在明天。虽然仓促，却不得已。各有各的家，各有各的事，不能占用同事太多的时间。再说了，她崇尚"厚养薄葬"理念，虽然算不上厚养，但陪伴妈妈治病这么多年，也问心无愧。

李锦平担心，夏晶晶一个人在殡仪馆会害怕，专门安排了几个年轻的小伙子轮流值班，陪夏晶晶一起守灵。

妈妈去世之后，悲痛总是不由自主地向夏晶晶袭来，忍不住的时候，夏晶晶就躲到灵堂后面，哭几声，然后擦干眼泪，按照流程，一步一步走下去。

出殡这日，来了许多同事。对于夏晶晶这样的独生子女而言，遇到这样的事情，单位才是最大的依靠，同事就是最亲的亲人。

现在，夏晶晶独自坐在妈妈的墓碑前。山上的风很大，一阵一阵呜咽，滴水成冰的日子，水寒山瘦，夏晶晶却一点儿也感觉不到寒冷，也许心里太多悲痛，寒冷也被忽略了。

妈妈的离去，让夏晶晶感到自己成熟了不少。之前，她一直觉得自己是聪明的、懂事的，但是操办妈妈的后事，她才知道，这个世界上有很多事，是从书本上学不到的，必须亲力亲为，才能明白其中的道理。丧母之痛郁结胸间，无法排遣。妈妈患病这些年，父亲不堪重负离家出走，夏晶晶打心眼儿里瞧不起他，她之所以没考虑自己的婚姻大事，是害怕自己也嫁了个不负责任的男人，如果这样，不如不嫁。

夏晶晶想起，自己刚参加工作时犯过的愚蠢的错误，是李锦平从中斡旋，自己才得以在医院工作下去。有些事，当时有误会，而当你回头重新审视这些不愉快甚至是“污点”的时候，你会发现，人心有复杂的一面，也有善良的一面。她知道，如果不是同事想办法，如果没有抗癌基金会相助，如果没有医院的关心，她不可能走出困境。

有的人，本事没多大，贡献没多少，却整日嚷嚷着要辞职，看到这些人，夏晶晶就想笑，她真想对那些人说：没有医院这个平台，纵使你有再大的本事，也是枉然。你的成绩背后，凝聚着很多人的服务。没有检验科放射科药剂科，你试试能不能当一名好医生？没有财务科人事科，你试试工资会不会到你的账上？

夏晶晶在妈妈墓前，絮絮叨叨讲了一个下午，眼见着即将天黑，夏晶晶站起身，拍拍身上的泥土，满怀遗憾下山去了。情到深处，遗憾愈甚。妈妈的经历，也许是她这一辈人的缩影，很多人都是这么走过来的。

刚走出没多远，夏晶晶就发现几个身影在徘徊。天色已暗，她看不清对方的脸。她心下一惊：这个时候，是谁站在这孤零零的山上？夏晶晶下意识放慢了脚步，掏出手机，给李锦平打电话，故意大声说：“李主任，我马上回来了。大约半个小时到家。如果我半个小时没回来，你赶紧报警。”

夏晶晶停下脚步观察，奇怪，那些身影不见了。夏晶晶吓出一身冷汗。忽然，几个年轻人出现在她眼前，定睛一看，全部是同事。

夏晶晶惊讶地问：“你们怎么还没回去？吓死我了！”

其中一位年轻的小伙子告诉她，李主任担心她孤零零地待在山上，就让这些年轻人开一辆车，留下来保护她，但要离开一段距离，别打搅到她。

夏晶晶心头一热，这么好的科主任，这么好的同事，自己不可辜负！她打电话给李锦平，感谢他的安排，又埋怨他，为什么不告诉自己，吓了一大跳。李锦平笑着回话：“就想吓吓你，看你敢这么晚一个人待在山上不？”

这一天，是金奥韦结束国外治疗回国的日子，李锦平查完房之后，去机场接金奥韦。金奥韦是李锦平送出国接受肿瘤质子治疗的第一个未成年人。之前，李锦平送过几个成年人出国治疗，效果比较好，五年存活率提高了不少。听说，金奥韦治疗效果很好，李锦平也很欣慰。

刘翠英也带着公司的人去机场接金奥韦。金奥韦是公司特别资助的病人，刘翠英跟李锦平一直有联系，密切关注金奥韦的治疗情况，得知金奥韦的病情得到控制，她也很高兴。此前，公司总经理向刘翠英汇报，在金奥韦回国的当天，请媒体来报道公司的善举。刘翠英驳回了总经理的计划，她说，不宜大张旗鼓宣传，给小女孩的压力太大。

见到这么多人来接自己，金奥韦一下子就哭了。她在父亲的陪同下，向大家一一鞠躬。得知妈妈为了自己能得到好的治疗，残忍结束了生命，金奥韦号啕大哭。父亲一直没敢将这个噩耗告诉金奥韦，是不想影响金奥韦的治疗。

好不容易劝住金奥韦，车队浩浩荡荡朝金奥韦家飞驰而去。然而，这个家已经家徒四壁。打开家门，一股刺鼻的霉味扑面而来，墙上结满了蜘蛛网，地上、桌子上、凳子上铺满了灰尘。

金奥韦的父亲愁容满面。要过年了，家里面什么都没有，冷火冷灶。

见此情景，刘翠英下决心一帮到底。她安排人，去买些基本的生活用品、食品、取暖器，交了电费、水费、煤气费。

刘翠英留下一笔钱，让金奥韦的父亲将这个家好好收拾收拾，给金奥韦一个好的养病环境。金奥韦的父亲，双手颤抖着接过钱。他带着金奥韦，再次给大家鞠躬作揖：感谢好心人的帮助！

金奥韦回国的同一天，黄学倩在陈瑾利的陪伴下，住进了精神病医院。

医院的名字虽然扎眼，但你必须来。面对陈瑾利的执拗，黄学倩来了。

在黄学倩看来，精神病医院的名字不但扎眼，还扎心。

可是，如果不来，也许在某一天的深夜，她会控制不住自己，结束自己多灾多难的生命。

她不能这样。雪雪还小。

她已经向李锦平托孤一次，不能再干这样的傻事。人家也有自己的家，王晓源身体不好，怎么能总是麻烦人家呢？哪怕是撑，也要撑下去，撑到雪雪长大成人。

有时候，人的这条命，是要努力去挣，就像许许多多的癌症病人，与疾病坚强抗争，有的坚持了五年、十年、十五年，李主任治疗的一位退休教师，与癌症抗争了十五年，他写了一本长达百万字的长篇小说，记录自己这些年抗癌的经历，被病友誉为“抗癌明星”。这位老师，应该是一个励志的典范。遭遇困境的时候，也要学会独处，像一颗尘埃，降低欲望，生活在低处，坚持不完美的人生。

洁白的墙壁，洁白的床单，自己常常接触。可是，一旦躺在精神病医院的病床上，黄学倩的心里很别扭。从本质上说，抑郁症是一种严重的精神疾病，可是，黄学倩的心里，并不认可自己患的是精神病。

黄学倩的内心紧锁，医生用了很多办法，陈瑾利也跟她讲了很多道理，她自己也做过强烈的思想斗争，力求能将这把心锁解开，就是解不开。自己也觉得很疑惑。这个心，为什么会不听自己的话？也听不进医生的话、朋友的话？

黄学倩多次叮嘱陈瑾利，不准告诉雪雪自己在精神病医院住院。雪雪已经受过伤害，不能再次受到伤害。被绑架之后，雪雪就没有真正开心过。这是黄学倩的一块心病，她担心雪雪走上她的老路。如果爱能给生活阳光，黄学倩宁愿将世上所有的爱都倾注到雪雪身上，希望她开心、健康和幸福。

黄学倩直挺挺地躺在病床上，盯着药水不紧不慢地输进自己的血管，表情木然。陈瑾利问：“要不要输慢一点？”

黄学倩摇摇头。陈瑾利没话找话，问：“想不想吃点什么东西？”黄学倩还是摇头，冷着脸，一言不发。

黄学倩的主治医生姓马，工作起来很严谨，但不失幽默。黄学倩不太搭理马医生。马医生见惯了抑郁症患者，对黄学倩的症状了然于胸，向陈瑾利交待了治疗方案。他说："不要期望她在短时期内有多大改善。每天心理治疗和药物治疗，一个疗程三个月，希望你们有耐心。"

陈瑾利明白，心病还须心药医。但黄学倩已经没有心药。一天到晚不吃不喝不动，不断叹气，不管陈瑾利怎么劝，都无济于事。

黄学倩无法走出抑郁，可是，咬紧牙关也要活下去。生命只有一次，珍贵无比，我必须珍惜！好好活下去，为女儿撑起一片天。

三十五

过了小年，家家户户就开始贴春联置办年货，在外地谋生的人，也忙着买回家的车票，跟亲人团聚。

腊月二十七是周末，李锦平见王晓源气色不错，就跟她商量，去看望几个人：黄学倩护士长、小患者金奥韦、向姝琳的公公。王晓源满口答应："应该去，我陪你一起去。好久没有出去转转了，闷在家里也难受。"

父母做的腊鱼腊肉，家里买的年货、水果，米油面条，每样拿一点，每一家的需求不一样，给的东西不一样。

天气很好，冬日的阳光温柔地照在地面，懒洋洋的感觉，将雨雪阴霾一扫而光。跟父母和儿子李高峰打好招呼，夫妻俩拎着大包小包直奔车库。

李锦平规划好路线：先去看黄学倩护士长，她在医院住院，早去早走，尽量不打搅她休息；再返回来，去看望金奥韦父女，中午请父女俩在外面吃点好的；下午，陪向姝琳的公公包饺子，让老人家也乐呵乐呵，感受春节的气氛。

夏晶晶打来电话，问李锦平是否有安排，她想去看看黄学倩护士长，是否可以同行？

李锦平将自己的行程告诉她，说："我们想到一起去了。我和你嫂子开车过来接你。"

王晓源感慨道："夏医生成熟多了！"李锦平附和道："是啊，经历了那么多事，也该成熟了。"车拐过几个街口，李锦平就接上了夏晶晶。黄学倩的病情并没有多少改善。但见到同事和朋友，黄学倩露出了久违的笑容。她破天荒从床上爬起来，给大家洗苹果。陈瑾利松了一口气，笑吟吟地说："今天终于看见你的笑容了。我们每天都想看到你的笑容。"

李锦平说："希望你能好好休养，肿瘤内科许多病人等你回去呢！"

王晓源拉着黄学倩的手，问长问短。两个人你一言我一语，好不亲切。

这个问：你的病情怎么样？最近保养怎么样？

那个问：你的太极拳还在练习吗？坚持下去，坚持就是胜利。我们期待你的好消息。

这个说：别什么事都往心里去，人的心脏只有那么大，装不下太多的东西。

那个说：我最近心情不好，是迷失了方向，不知道风往哪个方向吹。迷迷糊糊，难以为继。

她们两个亲密得如同姐妹，让夏晶晶都插不上话，只得站在旁边，看着两个人有说有笑。

陈瑾利提醒黄学倩，你们两个自顾自这么亲密，别冷落了夏医生。黄学倩回过神来，招呼夏医生坐。她说："你妈妈去世的时候，我没能参加追悼会，对不起。"

提到妈妈，夏晶晶的心里一阵难受，她说："护士长，你把身体养好，我们就放心了。"

说着说着，黄学倩的眼泪又流下来了。刚才还好好的，突然心情低落，大家措手不及，陈瑾利赶紧去请医生。马医生又劝慰一番，才让黄学倩止住哭泣。她幽幽地说："人家都和和美美地准备过春节，我却要在医院，突然感到难受。没事，你们先回去吧。都挺忙的！"

离开黄学倩的病房，李锦平的心沉甸甸的。多么活泼能干的女人，被生活无情地折腾，变成了现在这样心力交瘁的人！

三个人都不说话了，只有汽车发动机的声音。

到金奥韦家的时候，她刚给母亲上坟，蔫蔫的样子令人心痛。看见李锦平，金奥韦就像换了一个人，高兴地说："叔叔阿姨请坐。我去泡茶。"

父亲叫住她，说："金奥韦，我听说李主任只喝红茶。你等一下，我去买包红茶回来。"

李锦平拉住金奥韦的父亲，说："不用破费。家里有什么茶就喝什么茶，实在没茶叶，喝杯开水也行。"

金奥韦的父亲执意不肯，说："那不成！虽然买不起好茶，但一般的红茶还是要买的。"

李锦平拗不过，只得由他去了。一小会儿，金奥韦的父亲就拿着一包红茶进了屋，让金奥韦赶紧去泡茶。李锦平瞄了一眼红茶，竟然是正山小种。

李锦平心里一热，说："老金，你买这么贵的茶干啥？我说了不让你破费。"

他呵呵笑着，就像冬日阳光下的枯树枝，很朴实的样子，说："应该的。你是金奥韦的救命恩人，喝点儿茶不算啥。"

李锦平心里一阵痛。这些生活拮据的普通人，尤其懂得感恩，看重朋友感情。他说："老金，你是个能干的人，回来没几天，把家里收拾得干干净净。"

老金呵呵地笑着，搓着手，说："都是逼出来的。早几年，孩子她娘生病，被逼得忙完外面忙家里，没办法咧！有清闲的日子，我也想过。"

一席话，说得大家都沉默了。金奥韦泡好茶，端上来，茶香溢满小屋。

李锦平问了金奥韦的病情，又为她做了基本的体格检查，觉得效果不错，鼓励金奥韦按时服药，保障睡眠，一定能战胜疾病。

金奥韦虽然年纪小，但很懂事。也许，经历过磨难的人，思考问题比较深邃。她说："我会的。为了我治病，妈妈放弃了生命，父亲天天陪我，还有很多好心人帮助我，我一定会跟病魔抗争到底。"

李锦平恨不得自己变成神医，手到病除，解除人间病痛。可是，他做不到，自己只是一个凡夫俗子，能做的只是尽最大的努力，减轻病人的痛苦，延长病人的生命。

不知不觉到了中午，李锦平提议中午一起找个好一点的饭店吃饭，改善一下金奥韦父女的生活。

老金搓着手，说："要不得，不能让李主任再破费了。"李锦平说："你不要客气，吃餐饭的钱我还是有的。另外，把你那包茶叶一起给我带走。你也不喝茶，到时候发霉了就浪费了。"老金说："是咧是咧，金奥韦，你把茶叶带起，我们一起走了。"趁父女俩没注意，李锦平从包里拿出一沓钱，也没数，压在茶几果盘下。

李锦平故意多点了三四个菜，准备最后让金奥韦打包带走。李锦平吩咐服务员，少放点油、盐和辣椒，王晓源和金奥韦都吃不得高盐饮食。服务员为难地说："我们菜的特色是咸和辣，这样一来，菜就没有味道了。"李锦平坚持要清淡饮食，服务员只得如实告知厨房。

忙了一个上午，大家都累了。王晓源竟然靠在桌子上打盹儿。李锦平提议："吃完饭大家休息一会儿，下午再去看向姝琳的公公。"王晓源不同意，坚持要一起去包饺子，不能食言爽约？

夏晶晶是希望回去休息一下的，昨天她值夜班，早就哈欠连天了。听王晓源这么说，将话咽了回去。人家身体不好，都能坚持，自己有什么理由喊累呢?

一顿饭，吃得津津有味。大家有说有笑的，没有一个外人能看出来，金奥韦和王晓源是身患癌症的人。

到向姝琳家的时候，才发现，肿瘤内科的同事除了值班的、休假的，所有人都到齐了。李锦平惊讶，是谁通知的？看见夏晶晶偷偷地笑，他一下子就明白过来了，这个鬼灵精怪的女医生，也学会组织科室活动了。

李锦平把米、油、面粉从车上卸下来，先去了卧室，见了老爷子。这一年，老爷子苍老了不少。老来丧子，人生最大的不幸，老伴儿也紧接着就离开了，打击可想而知。幸亏向姝琳不离不弃，才艰难地撑起这个家。

老人步履蹒跚，招呼李锦平坐，让向姝琳泡茶。李锦平拿出红茶对向姝琳说："泡红茶，每个人一杯。"向姝琳应声去了。

李锦平在卧室陪老爷子聊天，这一年是老人最难熬的，李锦平小心翼翼地说话，生怕触痛了老人的伤处。讲话莫揭伤疤，骂人莫揭短处。这是李锦平一贯的修养。

别看老人平时沉默，但眼不花耳不聋，就是腿脚不利索，老人平时爱读书看报，爱思考问题，可谓见多识广，两个人天南地北地聊着，从高考到高铁，从医疗到医保，从房价到房奴，处处都显示着老人对社会时事的关心和思考。

聊着聊着，老人突然说："我们聊了那么多，就是不敢聊我的孩子，不敢聊我的老伴儿。"

李锦平愣了一下，他极力回避的，却是老人最想聊的。他安慰道："您老不要太伤心，注意保重身体。"

老人叹息一声，那沉重的叹息，像一把锤子猛击在李锦平的心上。

王晓源进到卧室，是想问李锦平什么时候开始包饺子，见这情形，正要悄悄退出来，老爷子开口了，说："李主任，这位是王老师吧？姝琳给我提起过。"

李锦平点点头。

老爷子招呼："王老师，进来坐吧。"

王晓源进退两难，李锦平说："进来吧，陪老爷子聊聊天。"

王晓源说："我是来问一下，什么时候可以包饺子？"

李锦平从里间走出来，招呼大家准备包饺子，并开始分工，谁和面，谁剁馅子，谁包饺子，谁烧开水。科里一个年轻小伙子说："李主任，我们早就准备好了，饺子都包完了，只等你和老爷子下令，就可以下锅了。"

李锦平笑着说："就你们机灵，知道提前来包饺子。不错咧！表扬一个。"

夏晶晶说："得嘞！李主任，今天准备怎么奖励我们呀？"

李锦平说："夏医生，今天奖励你吃五十个饺子！"

夏晶晶笑了，说："李主任，你这不是奖励我，是惩罚我增肥十斤。"

笑声溢满了向姝琳的家。

热气腾腾的饺子上桌，酒已经倒好，花生米也炸好了，老爷子正准备让大家开始吃，何向东和刘淳来了。

大家都吃惊地望着俩人：刘淳不是和向姝琳有过节吗？她这个时候来干什么？

见大家都愣着，何向东笑着招呼："老爷子，我和淳儿过来，给您老拜个早年！"

老爷子赶紧招呼向姝琳："姝琳，再加两套碗筷，快点呀！"向姝琳冷脸坐着不动。老爷子说："姝琳，来的都是客人，可不能怠慢了何主任和夫人。"刘淳的脸上也生出尴尬，但很快就恢复常态，说："姝琳，有些事是我做得不对，今天，我当着大伙儿的面，给你赔礼道歉！对不起！"王晓源老练，起身去厨房拿碗筷，夏晶晶见王晓源起身，赶紧跟着一起去了厨房拿来碗筷，摆好凳子。李锦平又给何向东倒满了酒，将何向东拉到自己身边坐下，说："今晚我们不醉不归，如何？"

何向东豪爽地回应："不醉不归！"王晓源拉了拉李锦平的衣袖，提醒道："你要开车，怎么喝酒？"

李锦平白了王晓源一眼，说："找代驾。一年到头难得和何主任聚一次，今天，我就放开喝了。"

喝酒这事儿，得看跟谁喝，什么时候喝。一个人喝闷酒，容易醉，一群人去斗酒，也容易醉。跟朋友喝，慢慢喝，微醺最好。

其实，何向东和刘淳过来，是做了一番工作的。刘淳的心里，还是没有迈过那道坎儿。何向东劝道："聪明的人，都知道退让。你和我一起去，当着老爷子的面，给向姝琳道个歉，就能化干戈为玉帛。”

刘淳说：“我说不出道歉的话。这么一点小事，一而再再而三道歉，你把我当什么人？向姝琳重要还是我重要？”

何向东说：“又来了！这是哪跟哪啊？别说气话。我们错了就是错了，大人有大量。”

刘淳想了老半天，终于松口，愿意道歉。这会儿，何向东挨着李锦平坐下，大家举杯喝了开场酒，就一个一个敬酒。何向东敬到向姝琳的时候，她借故离开，何向东端着酒杯，拦住向姝琳的去路，说：“今天，我当着所有人的面，告诉你，你的《请调报告》被我从护理部拿回来了。”

向姝琳惊讶地看着何向东，说：“你为什么拿回来？”

何向东指着刘淳说：“她让我拿回来的。你不能离开导管室。”

向姝琳说：“胡闹。我就想离开导管室。要不然，我就辞职，不在市人民医院干了。”

眼见情况要急转直下，刘淳也端起饮料，朝向姝琳走过来，说：“姝琳，你就好好待着吧。你这个时候走，不是影响好不好的问题，而是大家对何向东人品会怀疑。你想想，他在医院这么多年，正直、敬业，你一走，大家就会胡乱怀疑。”

向姝琳端起饮料，一口干了，说：“我就信你们这一回。不走就不走，反正我习惯了导管室的工作。”

“这就对了嘛！”何向东适时鼓励，端起杯子将酒倒进了喉咙。李锦平提议，肿瘤内科每个人都敬心内科何向东主任一杯酒。大家要喝完，何主任随意。

酒过三巡，李锦平端起酒杯，向大家祝福新年。

这一年，江明剑走了，留下抗癌基金会。这一年，谢金韵走了，留下两个为基金会捐款的儿子。金奥韦的妈妈走了，把治疗的机会留给了女儿。这一年，多少人走了，是医学的悲哀，是人类自身的悲哀。

这一年，多少人扛过来了，姜力祥扛过来了，金奥韦扛过来了，王晓源扛过来了，周达善扛过来了。做医生的，就是为病人挣命的，无怨无悔为病人挣命，无私无悔为生命加油，这份职业，是健康使者，是白衣天使。

这一年，多少事情值得回忆，多少事情值得怀疑，多少遗憾留在心间，多少伤痛仍在人间！

李锦平的目光扫过每一个人，多少故事留在岁月中，王晓源、何向东、刘淳、夏晶晶，这就是生活，有笑、有哭，有汗水、有泪水。无数的汗水和泪水凝结在一起，见证着医生们平凡的日常生活。

李锦平提议："让我们为自己、为与病魔搏斗的人们，干杯！"

窗外，夜幕悄然降临。仙山峰上灯光闪烁，湘江河依旧不紧不慢地流淌着……